「네, 네엣! 저, 저, 힘낼게요!!」

「왕도로 돌아가면 모두를 소집해요!

장소는…… 하늘색 지붕이 있는 카페에서!!」

티나의 전속 메이드
엘리

하워드가를 섬기는 워커가의 손녀딸.
티나와 함께 앨런의 수업을 받아
재능을 꽃피운 덜렁이 메이드 아가씨.
티나 일행과 함께 왕립 학교에 다니고
있다.

하워드 공작가 차녀
티나

4대 공작인 하워드가의 사람인데도
마법을 전혀 쓸 수 없었던 소녀.
앨런의 지도 덕에 재능을 폭발적으로
꽃피워 왕립 학교 수석으로 입학하게
됐다.

「물론, 엘리도 낄 거지?」

하워드 공작가 장녀
스텔라

티나의 언니이자 왕립 학교의
학생회장. 차기 공작에 합당한 사람이
되고자 수련을 쌓는 노력가. 앨런의
지도 덕에 자신감을 되찾은 재녀.

「어머니, 각오하세요!」

린스터 공작가 장녀
리디야

『검희』. 왕립 학교 입학 시부터
앨런과 인연을 이어온 악우.
명석한 두뇌와 수려한 외모에 검과
마법 솜씨까지 초일류인 아가씨.
지금은 왕궁 마법사에서 왕녀 직속
호위관으로 승진했다.

「자기 어머니한테 말버릇이 그게 뭐니!」

린스터가 공작부인

리사

리디야와 리네의 어머니. 린스터가
최고 권력자라 명성이 자자한 미녀.
앨런을 아들처럼 귀여워하고
있으며 패기가 부족한 딸을 자주
도발한다.

대교의 난간에서 들고 있던
종이 등롱을 아래로 떨어뜨렸다.
흐릿한 등불이 둥실둥실 천천히
떨어져 물에 닿는다.
수면이 꽃밭처럼 바뀌어 갔다.
무척 환상적인 광경이다.
어릴 적, 이 광경을 보고
나는 정령을 믿었다.─

공녀 전하의 가정교사

앨런

마법 제어에 관해선 누구도 따라올 수
없는 경지에 올랐지만, 자신의 실력에
자각이 없는 청년. 티나를 포함해
현재는 소녀 네 명의 가정교사를 맡고
있다.

「난 카렌이 행복해졌으면 좋겠는데」

「저도 오빠가 행복해졌으면 좋겠어요. 하지만…… 리디야 씨는 안 돼요!」

앨런의 여동생
카렌

소수민족인 늑대족 소녀로 종족 차별이
여전한 가운데 실력으로 왕립 학교의
부학생회장 자리를 거머쥔 우등생.
여름방학 후반부는 앨런을 독점할
예정.

「그 아이 오빠로서 은혜는 갚을 거다.

교육을 잘 받고 자랐거든.」

린스터가 장남
리처드

차기 린스터 공작으로 지금은 근위
기사단 부장을 맡고 있다. 기본적으로
마이웨이인 성격에 멋진 청년이지만,
린스터가 최강인 어머니와
여동생들에게 시달리며 고생해 왔다.

CONTENTS

Tutor of the
His Imperial Highness princess

공녀 전하의 가정교사 5

뇌랑의 공주와 왕국 동란

Tutor of the His Imperial Highness princess

Lightning wolf
sister and the Kingdom riot

Character
등장인물 소개

**공녀 전하의 가정교사 /
검희의 두뇌**

앨런

티나 및 다른 소녀들의 가정
교사. 본인은 자각이 없지만
상식을 벗어난 우수한 마법
기술을 가지고 있다.

**왕립 학교 학생회
부회장**

카렌

앨런의 의붓여동생.
착실하지만 의외로 어리광
이 많다. 스텔라 및 펠리시
아와는 친한 친구 사이.

>··>··>··>··>··>   왕국 4 대 공작가 (북부) 하워드 가문   <··<··<··<··<··<

**하워드 가문
차녀**

티나 하워드

앨런의 수업으로 재능을
꽃피운 소녀.
왕립 학교에 수석 입학.

**하워드 가문 장녀 /
왕립 학교 학생회 회장**

스텔라 하워드

티나의 언니로 차기 하워드
공작. 성실하고 다른 사람
이상으로 노력가인 성격.

티나의 전속 메이드

엘리 워커

하워드 가문을 섬기는 워커
가문의 손녀딸. 자주 티격
태격하는 티나와 리네의
중재역.

>··>··>··>··>··>   왕국 4 대 공작가 (남부) 린스터 가문   <··<··<··<··<··<

**린스터 가문 장녀 /
검희**

리디야 린스터

앨런의 파트너. 자유분방한
성격이지만 마법과 검 솜씨
모두 초일류인 아가씨.

**린스터 가문
차녀**

리네 린스터

리디야의 여동생. 왕립 학
교에 차석 입학. 수석인 티
나와는 라이벌 관계.

프롤로그

"다들, 오늘은 모여줘서 고맙다. 나는 글랜트 올그렌이다."

동도 교외의 산림지대. 올그렌 공자가 산장, 그 지하에 마련된
숨겨진 방에 오늘 밤 모인 것은 왕국 동방의 유력 귀족들이었다.
거대한 원탁에 둘러앉은 남자들은 내가 중앙 자리에서 이름을
대자 일제히 자세를 곧추세웠다.
백작, 자작, 남작 같은 귀족들에 우리 올그렌 기사들.
휘하에 있는 귀족, 기사 중 모일 수 있는 자는 모두 출석했으며
그 면면은 쟁쟁함을 자랑했다.
왕국 주변에서 연습을 칭해 대기 중인 최정예 부대 『보랏빛 방
벽』을 이끄는 허그 허클레이와 올그렌 휘하의 무투파 귀족들이
모인 것이니 현재 왕국에서도 최강이 틀림없으리라.
흡족해하는 날 향해 옆에 앉은 둘째 남동생, 그렉이 원탁을 손
가락으로 두드렸다.
나는 헛기침을 하고 동지들에게 발언했다.
"급한 소집에 응해주어 고맙다. 용건은 다름 아닌——『의
거』에 대한 것이다."

『！』

실내에 강한 긴장감이 달린다.

『의거』—— 귀족들에게서 차례차례 수많은 이권을 박탈한 현 왕가에 대한 모반은 몇 년이나 전부터 꼼꼼히 계획되었다.

그렉의 반대편에 앉은 레몽 디스펜서 백작이 손을 들었다.

이 남자는 그렉의 심복이자 오늘 밤 회합을 마치면 동생과 함께 왕도로 향할 예정이다.

"공작 전하, 그건…… 얼마 전 벌어진 동도의 그 사건 때문에 『의거』를 중지하신다는 뜻이실까요?"

"아니, 아니다—— 그렉."

"네!"

둘째 남동생은 내 지시를 받고 자리에서 일어섰다.

왕도 주변의 여러 부대를 이끄는 그렉과는 오랜만에 만난 것인데, 호리호리한 체격임에도 다부진 몸에 짙은 보라색 군복이 멋들어져 실로 당당한 모습이었다. 내 동생임에도 넋을 잃고 바라보게 된다.

과연 진짜 『올그렌』을 계승하는 자격을 갖춘 자다. 셋째 남동생 그레고리, 넷째 남동생 길에겐 미천한 피가 흐르고 있어 이렇게 되진 않는다. 그렉이 시원스러운 목소리로 설명을 시작했다.

"모두 들었을 것이오. 제럴드는 우리의 지시를 기다리지 않고 혼자 앞서나간 결과…… 근위 기사단과 『검희(劍姬)』 앞에 패배했소!"

방 안의 분위기가 단숨에 무거워진다.

——전 왕국 제2 왕자, 제럴드 웨인라이트는 실로 어리석기 짝이 없는 자였다.

그 어리석은 자가 바보 같은 아버지—— 기드 올그렌의 지시로 사영해 근처 저택에 유폐가 결정됐을 때, 나는 쓸모가 있을지도 모르겠다고 생각했다. 썩어도 준치라고 『웨인라이트』다. 데리고 있을 가치는 있다.

그리하여 우리는 제럴드와 몰래 접촉해 녀석의 과거 부하인 『흑기사』를 찾아내 호위로 붙이고—— 일을 성공시킨 뒤 꼭두각시 왕으로 세울 서약을 나누었다.

그 증표로 『염사(炎蛇)』의 단검과 은밀히 입수한 고대의 대마법 『염린(炎麟)』의 마법식이 적힌 사상 최고로 흉악하며 사악한 마법사 『염마(炎魔)』의 일기장의 사본을 건넸다. 절대 다룰 수 없을 것이라 확신하고서.

하지만 우리의 예상을 뒤집고 폭주를 시작한 제럴드는 하필이면 『염린』을 발동시켜 동도, 나아가 왕도마저 완전히 불태워 버리려 했다. ……그 남자는 광인이었던 것이다.

이해할 수 없는 것은 그만한 수의 용병들을 고용할 돈이 어디서 나왔느냐 하는 것인데…….

그렉이 조용히 말을 이었다.

"그리고 동도에는 제럴드 사건에 대응하기 위해 『검희』와 근위 기사단 본대, 『대마도(大魔導)』 로드 후들과 『교수』까지 모였소."

『!!!!!』

귀족들에게 큰 충격이 달린다. 몇몇 사람은 공황 상태에 빠지려 하고 있었다.

『검희』와 『대마도』 모두, 『개인』이 전쟁의 판국을 바꾸는 것조차 가능한 괴물이라 불리게 된 지도 오래됐다.

허나 전자는 젊은 여성이다. 막상 전장에서 맞붙게 되면 내 승리는 굳건하리라.

문제는 후자인 두 사람이다. 녀석들에게 들키면…… 『의거』는 실패로 끝날 가능성이 크다.

그렉이 자신만만하게 선언했다.

"안심하시오! 이미 근위 기사단 본대는 반이 무너져 왕도로 귀환했소! 우리와 제럴드의 연결고리는 전혀 증거가 없소이다! 게다가 '기드 올그렌의 병이 낫는 대로 글랜트 올그렌도 동석하여 가을 초입, 왕도 왕궁에서 직접 설명하겠다'는 형님의 말을 믿고 여름의 관례를 재개했소. 『검희』는 남방으로. 『대마도』는 서방으로. 『교수』는 북방으로 휴가를 위해 떠날 것이오! 즉, 이 사건은 이미 끝났다고 생각한 것이외다."

"녀석들이 각지로 흩어지면 동도와 왕도 사이에 현재 우리를 방해할 『적』은 존재하지 않는다."

나는 모두에게 결론을 늘어놓았다.

──엄밀히 말하면 내 말이 다가 아니라 『담보』까지 들어놓았다.

왕국 노인들이라면 분명 믿을 『담보』를.

결과 교수와 『대마도』 모두 의심 하나 없이 믿었다. 왕국 최고봉의 마술사들도 꿰뚫어 보지 못할 줄이야, 성령교 문서 위조 기술은 대단하다.

  제럴드가 유일하게 초래한 것, 그것은—— 빈틈이다.

  사건은 끝났다는 어리석은 적들의 착각을 우리가 찌르고 들어가는 것이다!

  대마법을 사용해 의식이 혼탁한 채로 근위 기사단 본대에 의해 왕도로 연행된 제럴드에게서 밀약이 새어나갈 가능성은 없다. 없지만…… 우리와 주고받은 서간은 옛 루퍼드 백작 저택에서도 발견되지 않았다.

  『흑기사』와 그 부하들의 시체도 없었으니, 탈출했다고 봐야 하리라.

  그 말은 즉, 녀석들이 서간을 교섭 재료로 삼아 제럴드와 자신들의 지위 보전을 조건으로 걸어 왕국 내 중추와 접촉할 가능성이 크다는 것이다. 그것이 왕도에 도착하면…… 끝이다. 그 전에.

  숨을 크게 들이쉬었다.

  『〈의거〉를 결행한다.』

  실내는 정적에 휩싸였고, 직후 귀족들이 일어서 소리를 질렀다.

  "그 말을 기다리고 있었습니다!" "실력주의를 내걸고 질서를 파괴하는 왕가에 심판을!" "실력주의가 판치면 우리 위에 평민과 성씨조차 없는 이주 민족들, 그뿐만 아니라 수인들이 설 가능성조차 있소." "그런 조상들의 역사마저 짓밟으려는 행위를 결코 용인해선 안 되오."

사기가 하늘을 찌를 듯하다. 그렉과 마주 보고 고개를 끄덕였다. 이 정도면 가능하겠군.

그때, 원탁 오른쪽 중앙에 앉아있던 백발의 노인이 손을 들었다.

안광에서는 매처럼 날카롭고 압도적인 위압감을 풍겼다. 실내에 다시 긴장이 달렸다.

"──공자 전하, 발언을 허락해 주시기를 바랍니다."

옆자리의 그렉이 물었다.

"헤이든 백작, 왜 그러지?"

올그렌 공작가의 『쌍익(雙翼)』 중 하나, 왕국 내에 열 명도 없는 『대기사』의 칭호를 가진 올그렌 공작가 친위기사단 단장, 헤이그 헤이든이 번뜩이는 눈길로 우리를 노려보았다.

"우리는 왕국 동방 방위에 특화되어 있습니다. 외적과의 싸움은 마왕 전쟁 이래, 200여 년간 경험한 적이 없습니다. 따라서 일이 벌어졌을 때 병참 유지에 각별한 배려를 해주십사… 부탁드렸을 터입니다. 또한 왕도와 멀어 연락망 유지에 대한 우려도 있습니다."

허그와 이 노인은 바보 같은 아버지, 기드 올그렌이 어린 시절부터 길러온 부하다. 방심은 할 수 없다.

'왕국이 내건 실력주의를 핑계 삼아 하급 귀족, 일반 평민, 물밑에서 진행 중이던 타민족의 이주, 수인의 등용에 반대해 가담했다.' ……라고 본인들은 설명했지만, 곧이곧대로 믿기는 어렵다.

무엇보다 올그렌 공작을 계승한 내게 『공자 전하』라고? ……이 꼰대가!

동생이 내게 눈짓을 주었다. 여기서 피로하는 것은 예정에 없었지만 어쩔 수 없지.

"물론 고려하고 있습니다. 글랜트 형님."

"헤이그 옹, 당신이 걱정하는 것도 당연해. 하지만 문제가 없을 것을 확실히 약속하마."

"……그렇다는 말씀은?"

옛날부터 무례한 노인이군! 더 이상 네놈과 허그, 어리석은 아버지의 시대가 아니란 걸 알려주마.

나와 동생에게 냉엄한 시선을 던지는 늙은 기사를 속으로 욕하며 원탁을 둘러보았다.

"마왕 전쟁 시대와 달리 지금은 왕국의 주요 도시가 기차로 연결되어 있다. 우리는 병참 유지와 군사 이동에 기차를 이용할 것이다! 이미 우리에게 찬동한 각 거상 가문이 물자 준비를 진행하고 있다. 또 장거리 마법 통신을 대대적으로 이용해 연락도 긴밀히 할 것이다. 전쟁에 이렇게 준비했던 예는, 대륙 전체를 뒤져봐도 없다. 『의거』는 신시대의 전쟁, 그 시작이다! 헤이그 옹, 이래도 납득 못 하겠나? 그리고…… 내가 얼마 전, 올그렌 공작가를 증명하는 마(魔)의 미늘창 『심자(深紫)』를 계승했단 건 이미 알고 있을 텐데?"

"……주제넘은 말을 드려 송구합니다, 공작 전하."

늙은 기사가 고개를 숙이고 물러났다. 어느 정도 속이 풀렸다. 늙은이는 생각 못 할 발상이었겠지. 다른 동지들은 흥분해 주먹을 불끈 쥐며 연신 고개를 끄덕였다.

"형님, 저도 하나 확인하고 싶습니다만."

후드 모자가 달린 회색 로브를 입고 원탁의 가장 아랫자리에 앉은 깡마른 남자, 셋째 남동생인 그레고리 올그렌이 손을 들었다. 오늘도 꾸며낸 듯이 웃고 있다.

기묘한 짜증을 느끼며 허락했다.

"뭐지?"

"작전안은 의문의 여지도 없습니다. 훌륭해요. 반드시 성공하리라 확신을……."

"빨리 말해!"

"앗, 죄송합니다. 동도를 제압할 때 말입니다만, 만에 하나 저항하는 자가 나오면 어떻게 할까요? 수인들이 어떻게 움직일지는 미지수가 아닐지요……. 그들과 우리에겐 『옛 서약』도 있고 목표 중 하나인 거목은 그들에게 있어선 성지입니다."

"흥! 그 소릴 하려던 거냐. 그거야 당연하지."

의자에 앉아 비웃었다. 내 동생이나 되는 녀석이 그런 사사로운 걱정을 할 줄이야.

며칠 전, 수인족 총대이자 늑대족 족장인 오우기가 깔보듯 차갑게 대하던 것을 떠올렸다.

──마왕 전쟁 이후로 맺어진 곰팡내 나는 『옛 서약』 따위, 신경 쓸 필요도 없는 것을!

나는 등을 곧추세우곤 드높게 선언했다. 목에 건 성령교의 금체인이 흔들리는 감촉이 기분 좋다.

"저항하지 않는다면 관대하고 자비로운 마음으로 목숨만은 살려줄 거다. 허나 조금이라도 저항하면 당연히, 해로운 짐승으로 판단해 용서 없이 구제할 것이다. 짐승이 사람에게 대들다니, 건방지기 짝이 없지."

옆자리의 그렉이 박수했다. 그러자 뒤따라 동지들에게서도 박수가 일었다.

동도의 동서쪽에 커다란 자치구를 가진 데다 거목을 독점하는 수인들에 대한 반감은 크다. 거목의 열매, 가지, 잎은 막대한 재산이 되기에.

박수하지 않는 자는…… 헤이그와 그 부하들, 여전히 얼굴에 근심을 새긴 그레고리로군.

나는 오른손을 들어 박수를 멈췄다.

"헤이그, 그리고 그레고리. 아직도 뭔가 걱정거리가 있나?"

"……아뇨. 저항하지 않는 수인족의 대처는 들었사오니."

"『검희의 두뇌』는 어떻게 할까요? 요양을 위해 동도에 남는다고 하던데……."

늙은 기사는 물러났지만, 어리석은 동생은 물고 늘어졌다.

원탁의 귀족들에게선 "『검희의 두뇌』?" "『검희』의 데림추 말이군!"" 『성씨 없는 자』 주제에 린스터에게 빌붙은 어처구니 없는 사내 아닌가." 하는 소리가 오른다.

아무래도 위협으로 느끼는 자는 아무도 없는 모양이다. 나는 일축했다.

"무슨 소릴 하나 했더니…… 신경 쓰이면 네가 처리해라!!"

"제, 제가요???"

곧바로 그레고리가 당황했다. 그렉과 이리도 차이가 나다니.

"그래. 할 수 있겠지?"

"……알겠습니다. 『검희의 두뇌』는 제가 맡겠습니다."

어리석은 동생은 고개를 깊이 숙이고 받아들였다. 짐승 손에 자란 일개 평민 따위 이 녀석과 호위 마법사들의 대응만으로도 충분하다 못해 넘칠 터. ……나 원, 한심한 놈 같으니.

나는 오른손으로 주먹을 쥐어 높게 치켜들었다.

"우리는 이길 것이다! 승리는 굳건하다!! 든든한 아군도 동방에서 지원을 온다! 우리에게 승리를!!!"

『우리에게 승리를! 이 광기의 시대에 종언을!! 올그렌 공작 전하 만세!』

*

어리석은 자들의 잔치가 끝난 시각. 나는 비밀의 방문에 손을 대고 이름을 댔다.

"코노하입니다. 열어주십시오."

그러자 두꺼운 문에 마법식이 떠올랐다. 그 문양이 자아를 가진 것처럼 천천히 풀려가더니── 문이 열렸다.

방 안에는 회색 로브를 걸친 그레고리 올그렌이 있었다. 왼손으로 목가의 금 체인을 만지작거리고 있다.

"아아, 코노하 씨. 기다리고 있었습니다."

웃는 얼굴. 그러나 어쩐지 정체를 알 수 없는 이 상냥한 사내에게 이름을 불린 것만으로도 소름이 돋았지만, 나는 사명감으로 그 감정을 억눌러 죽였다.

"무슨 일이실까요? 글랜트 공작 전하께서 당신을 감시하라고 내리신 명령에 변화는 없습니다."

"아~ 그런 건 아무래도 좋아요. 이쪽으로 와 주세요. 재미있는 게 있거든요."

나는 말없이 다가가 손가락으로 가리킨 원탁을 들여다보았다.

전국 지도 위에 유리로 된 말이 배치되어 있었다.

아군은 보라색, 적은 빨간색, 파란색, 녹색, 하얀색. 중립지는 무색으로 나뉜 모양이다. 왕국 주변에 적은 거의 없고 무색의 대군이 단둘 있을 뿐.

꺼림칙한 미소를 띤 채 그레고리가 말을 이었다.

"『의거』 결행 때를 추측한 정세입니다. 왕도엔 제대로 된 전력이 없죠. 근위 기사단은 제럴드 전 왕자 사건 때문에 반파됐고 왕가 직속 호위관들은 정예지만 수가 적은 데다 동방의 두 후작 집안인 가드너와 크롬 양가도 중립에 섰으니, 전략적으론 쉽게 이길 것이다. 질 리가 없다── 글랜트 형과 그렉 형은 그렇게 생각하는 모양입니다."

나는 침묵했다. 이 남자와 대화를 즐기는 취미는 없다.

하지만, 나도 『의거』라 불리는 어리석은 자들의 광기의 축제, 이에 따른 여러 전쟁 자체는 승리하리라고 예상하였다. 아무렴, 올그렌의 『쌍익』이 참가하니까.

『대기사』란 기사의 정점에 군림하는 자에게 내려지는 칭호다. 그 존재는 섣불리 여길 수 없다.

하지만, 결정적으로 어리석은 자들은 그 괴물……『검희의 두뇌』를 너무나도 얕보고 있다.

수로 밀어붙이면 전장에선 해치울 수야 있으리라. 하지만 녀석의 무서운 점은 그런 차원이 아니다.

과거 4년여간의 전투 이력을 상세히 조사하고 깨달았다.

저 괴물은 사람의 『불가능』을 손쉽게 『가능』으로 바꾼다.

천재지변과 같은 뜻으로 불리는 흑룡을 격퇴하고 두 쌍의 날개를 가진 악마를 물리친 데다 흡혈귀의 진조와 조우하고서도 ── 태연하게 살아남았다. 이 시점에서 사람을 벗어난 존재 중에서도 손꼽힐 만하다.

그리고 그것을 이루어 낸 것은 일반적으로 널리 알려진 사실처럼 『검희』의 힘뿐만이 아니었으며, 그 녀석의 냉철하면서도 유례없는 전술, 전략적 시점에 의한 것이었다. 나의 유일한 주군, 길 올그렌 님이 그렇게까지 따를만한 면이…… 인정하고 싶지 않지만 있었다.

그 녀석이라면 단편적인 정보만으로도 진실에 도달할 가능성을 버릴 수 없다.

——그 남자는 『의거』에 화를 초래할 것이다.

길 님을 우습게 보는 녀석들 따윈 어찌 되든 상관없지만.

그레고리는 내게 개의치 않고 북쪽, 남쪽, 서쪽의 투명한 말에 손가락을 차례로 올렸다.

"마왕군을 상대하는 서쪽의 루브펠러 공작가와 왕국 기사단 주력이 움직일 수 없는 것은 확실합니다. 북쪽의 하워드는 유스틴 제국과, 남쪽의 린스터는 후국 연합인 아틀라스와 베이젤, 두 후국과 대치하고 있죠. 이 사이 올그렌이 왕도를 함락시켜……"

보라색 말을 왕도로 모아 북쪽과 남쪽 방면으로 나누었다.

"제국, 후국 연합을 상대하는 하워드, 린스터의 뒤통수를 치고 무너뜨린다. 왕국을 내 손에! ……이거, 불가능할 것 같지 않아요? 형들의 예상이 어설픈 것 같은데."

그레고리는 또다시 내게 미소를 향했다.

"코노하 씨라면 어떻게 하겠어요?"

"특별한 용건이 없으시다면 실례하겠습니다. 길 님이 저택에서 탈출하실지도 몰라서."

나의 주군은 현재 동도 저택에 실질적으로 감금된 상태다.

……내가 감금했다.

서둘러 돌아가 얼굴을 뵈어야 한다. 내 마음은 그레고리의 꺼림칙한 미소를 볼 때마다 길 님을 원했다.

뒤로 돌아 문을 열려던 차, 등 뒤에서 목소리가 날아들었다.

"길은 탈출 같은 거 안 해요. 아무렴, 친아버지의 목숨이 달려 있잖아요? 오늘 여기에 부른 것도, 당신의 목적이 어째 잘 보이질 않아서예요. 길을 걱정한다면 앨런 님과 만나게 하는 게 낫지 않아요?"

뒤로 돌아 남자를 노려보았다. 가슴께에는 불길하기 짝이 없는 성령교의 황금 문양.

내가 길 님께 한 거짓말── 노공 기드 올그렌의 목숨은 이젠 무슨 짓을 해도 구할 수 없음에도 당신께서 움직이지 않으면 살릴 수 있다고 속인 것까지 알고 있었다.

그레고리의 후방에 있는 공간이 일그러지더니 후드 모자를 깊이 눌러써 얼굴이 보이지 않는 회색 로브 두 사람과 내가 죽어도 절대로 잊지 못할 어머니와 언니의 원수── 네모난 투구를 쓴 성령 기사가 모습을 드러냈다.

회색 로브를 걸친 사람 중 하나는 누가 봐도 남성이다. 다른 키가 작은 사람은…… 나이가 있는 여성인가.

어떤 원리로 이곳에 나타났는지는 알 수 없었다. 아마도 어둠 마법이나 전이 마법을 응용한 것이겠지. 셋 모두 명백히 기량이 앞선다.

성령 기사에 대한 살의를 '우선해야 하는 것은 길 님' 하고 속으로 몇 번을 되뇌며 억누르고 평탄한 목소리로 대답했다.

"저는 길 님의 신변의 안전만을 생각하고 있습니다. 당분간 저택 밖은 폭풍이 몰아칠 것 같으니까요. 의심이 드신다면—— 심장의 주인(呪印)을 발동시켜도 상관없습니다."

"아아…… 알았습니다. 저도 동생은 아끼거든요. 이런 일에 소중하디소중한 그를 말려들게 하고 싶진 않아요. 고맙습니다. 그만 가 보세요."

……이 남자가. 길 님을 아낀다고? 대체 뭘 꾸미고 있는 거지? 꺼림칙하다.

나는 저도 모르게 왼쪽 손목에 찬 어머니의 유품인 팔찌를 소매 너머로 꽉 쥐고 있었다.

그래도 나는 길 님을 지켜 보이겠다. 내 목숨을 걸어서라도.

——설령 상대가 괴물일지라도, 상대가 그 무엇일지라도 반드시.

나는 고개를 숙이고 방을 나서 문을 닫았다.

그레고리가 회색 로브들과 성령 기사에게 유열에 찬 미소를 짓는 것이 보였다.

——입술 모양을 읽었다.

『〈말〉은 판 위에 모두 모였다.』

제1장

"흐으음. 그런 일이……. 앨런 님, 홍차는 제가 우리겠습니다 ♪"

그렇게 말하고 밤색 머리카락에 날씬한 메이드── 왕국 4대 공작가의 일각을 맡아 남방을 다스리는 린스터 공작가의 메이드장인 안나 씨가 방긋방긋 미소를 지으며 침대 위에서 상반신을 일으킨 내게 손을 내밀었다.

──홍차 정도는 스스로 우리려 했는데 들키고 만 모양이다.

포기하고 도자기 잔을 건네자 메이드장은 아름다운 동작으로 홍차를 우리기 시작했다.

이곳은 동도에서 가장 큰 병원, 그 안의 특별실이다. 커다란 방에는 몹시 고급스러운 침대와 의자 몇 개, 작은 원형 테이블이 놓여 있었고 수많은 마법 장벽과 도청 방지용 마법이 설치되어 있었다.

왕국의 전 제2 왕자 제럴드 웨인라이트가 대마법 『염린』으로 동도를 괴멸로 몰고 가려 한 사건을 저지한 지 벌써 닷새가 지났다. 안나 씨는 남도에서 사흘 전에 이곳에 도착했다는 모양이다. 안나 씨가 소서에 올라간 잔을 내밀었다.

"드세요♪"

"고맙습니다."

받아 들고 한 모금 마셨다. 내 실력으론 낼 수 없는 맛에 무심코 칭찬하고 말았다.

"맛있군요."

"불초, 저 안나는 린스터 공작가 메이드장☆ 제가 뒤처질 일은…… 그래요! 그『통제』, 하워드 공작가 메이드장 셰리 워커 님뿐이랍니다!!"

"그중에서도…… 청소가, 말이죠?"

"하윽!"

안나 씨는 이마에 손을 대곤 허풍스럽게 비틀댔다. 전에 셰리 씨에게서 퇴짜를 맞았던 것이다. 소매로 입가를 가린 메이드장이 원망스럽다는 듯이 날 바라본다.

"앨런 님, 그러한 짓궂은 말씀을 듣고 기뻐하는 건 아가씨들뿐이랍니다. 흑흑흑……."

"죄송합니다. 그러면 하던 얘기로 돌아갈까요. 리암 린스터 공작 전하, 또 리사 린스터 공작부인. 두 분께 무척 죄송한 마음입니다. ……저 때문에 리디야가 말려들고 말았어요."

왕립 학교 때부터 나와 인연을 이어온 악우, 리디야 린스터 공녀 전하는 제럴드와의 전투에서 그 몸에 전설의 대마법『염린』을 봉인했다.

왕국의 동서남북, 각각에 광대한 영토를 가졌으며 건국 시의 공적과 왕가의 피가 흐르고 있다는 역사적 경위가 있어 4대 공작가 사람들은 대대로 『전하』란 존칭으로 불린다.

리디야 린스터는 그중에서도 『검희』란 이명을 계승한 다음 세대의 상징이었다.

그런 여자아이를 나는……. 안나 씨가 내 얼굴을 들여다본다.

"주인님도 사모님도, 그리고 리디야 아가씨도 그러한 생각은 전혀 하고 계시지 않습니다. 제가 동도에 파견된 건 앨런 님과 일행분들의 무사를 확인하기 위함입니다."

나는 잔을 든 채 고개를 숙였다.

하지만 달리 방법은 없었을까…… 안나 씨가 슬며시 머리에 손을 올려놓고 다정히 쓰다듬었다.

"아, 안나 씨??"

"『앨런 님은 이번에도 최선을 다하셨습니다.』라고 반드시 주인 어르신과 사모님께 보고드리겠습니다. 제게 전부 맡겨주세요 ♪"

"가, 감사합니다. 근데…… 저기, 손을 말이죠."

"우후후~ ♪ 로자 하워드 님 건도 자세히 조사 중이랍니다~ ♪"

메이드장은 그저 미소 지을 뿐이었다.

별수 없다. 그동안 스텔라에게 줄 과제용 노트를 한 번 더 확인하자고 생각했을 때—— 오한이 들었다.

입구 문이 난폭하게 열렸다. 그곳에 서 있던 것은 아름답고 긴 붉은 머리의 미소녀였다.

"그러면 앨런 님. 전 리처드 도련님과 얘기를 좀 나누고 오도록 하죠~. 편안한 시간 되시길 ♪"

곧바로 상황을 파악하고 메이드장이 재빨리 자리를 떠났다. 이 상황에서 도망치겠다고?!

"윽! ……여전히 도망치는 게 빠르네."

그렇게 중얼거리며 침대 옆으로 찾아온 린스터 공작가 장녀, 리디야 린스터 공녀 전하는 불만스럽다는 듯이 의자에 걸터앉았다. 복장은 하얀 원피스를 차려입었다.

침대 쪽으로 의자를 당겨 내게서 소서째 잔을 빼앗더니 단숨에 비워버리곤 사이드 테이블 위에 올려놓은 뒤 날카롭게 노려본다.

"우리한테 돌아갈 준비를 시키는 동안 안나랑 무슨 얘기한 거야? ……이 바람둥이야!"

"무슨 소리야! ……얘기 자체는 네게도 했던 거야."

"내가 말하는 건 왜 내가 없을 때 얘기를 했느냐 하는 거거든?"

리디야의 추궁에서 벗어나고자 나는 시선을 피하며 창밖을 바라보았다. 오늘도 날씨가 좋다. 푸르른 거목이 눈부시다. 어제까진 수많은 병문안 손님이 찾아와 고생이었다. 밤에는 얼마 전에 만났던 제이드 그리폰의 어미와 새끼까지 찾아왔었고…….

나는 붉은 머리의 공녀 전하에게 대답했다.

"별것, 아니었어."

"거짓말! 그래, 알아. 어차피 『내 책임』 운운했겠지."

"……묵비권을." "요구는 각하야! 에잇!"

리디야는 침대로 뛰어들더니 비스듬히 걸터앉았다. 자기 어깨를 내 어깨에 갖다 댄다.

"너랑 난 바보 왕자를 날려버리고 동도를 구했어. 그리고 시집도 안 간 공녀 전하에게 조금 상처가 났지. 그저 그게 다야. 누구 때문이라곤 말 안 하겠지만 말야. 그래, 말은 안 하겠지만!"

붉은 머리의 공녀 전하는 보란 듯이 자기 입술과 내 오른손 손등을 만졌다. 나는 간신히 반격했다.

"우리 둘만의 힘이 아니었지만 말이지. 오웬도 있었고 티나도."

"그 꼬맹이 이름 꺼내지 말라고~."

리디야가 내 머리에 툭 자기 머리를 부딪친다. 나는 소녀의 오른손을 만지며 물었다.

"몸에 이상은?"

붉은 머리의 공녀 전하는 어리광을 부리듯이 머리와 손을 움직였다.

"아무 문제 없어. ……있잖아, 나, 내일 돌아가기 싫어. 앨런이랑 같이 있을래."

조용히 붉은 머리 공녀 전하가 읊조렸다.

거기선 평소의 드센 모습이 전혀 느껴지지 않았다. 머리를 톡 두드렸다.

"안 돼. 왕녀 전하가 배려해 주신 덕에 귀성 기간도 늘어난 거잖아. 애당초 왕도에 있는 공작가 사람이 여름과 겨울에 일정 기간 귀성하는 건 거의 유명무실해졌다곤 해도 공무 아냐?"

리디야는 입술을 비죽이더니 토라진 표정으로 내게 따졌다.

"……넌 내가 없어도 괜찮단 거야?"

빤히 날 바라보는 눈동자를 똑같이 바라보며, 속으론 누구보다도 아름답다고 생각하는 여자아이에게 대답했다.

"안 괜찮지."

"흐~음, 역시 괜찮…… 엥? 어? 어어?! 뭐어어?!!"

내 말을 되풀이하려던 리디야가 이상한 소리를 지르더니 스스로 자기 몸을 끌어안았다.

"이, 이럴 땐 『괜찮아』라고 말해야지!! 갑자기 그러지 마!"

붉은 머리 공녀 전하는 당황해 허둥거리더니 내 어깨를 때렸다.

"아얏! 때, 때리지 마! ……하여간."

리디야의 어깨에 팔을 두르자, 순간 "!" 하고 놀라더니 그래도 금세 힘을 뺐다. 나는 푸념을 입에 담았다.

"막연히 불안한 게 가시질 않아. 왕도에 있는 펠리시아가 보낸 편지에 쓰여 있던 **'녹색 옷의 기사와 그 동료들이 왕도의 상인 가문을 드나들고 있다' '군수 물자 매매 활발화'** 가 아무래도 마음에 걸려. ……이런 얘길 할 수 있는 건, 너밖에 없어."

"그러셔~…… 나밖에 없다고!"

리디야는 갑자기 날 밀어 쓰러뜨리곤 위에서 덮쳤다. ……각도 때문에 가슴께가 무척 난처하다.

"남아있길 바라면 솔직하게 그렇게 말을 하라구 ♪ 우리가 있으면 문제 될 거 하나 없으니까!"

"아, 남는 건 안 돼."

내가 담박하게 부정했다. 순간 리디야는 고개를 살짝 갸웃거리더니, 곧 말을 이해했다.

"왜 그러는데! 전에 약속했잖아. '저는 리디야 아가씨 곁을 평생 떠나지 않겠습니다!' 라고."

──확실히 왕도의 린스터가 저택 현관 앞에서 어깨 너머로 말하기야 했는데.

나는 가슴께에서 시선을 돌리며 나무랐다.

"안 돌아가면 소문날 거라고. 남을 이유도 『내 불안』 갖곤 너무 부족해."

"안 부족해! 속이 시꺼먼 왕녀님과 어머니한테 전하면 한 방이야!!"

"그러면 나중 일이 귀찮아져. 『검희』와 셰릴의 이름은 소중히 해야지."

리디야는 현재 우리의 왕립 학교 동기인 셰릴 웨인라이트 왕녀 전하 직속 호위관이란 지위다. 본래 장명종만 뽑히는 왕족 호위관으로 발탁된 시점에서 관심을 끌고 있었다. 더 이상 나쁜 의미로 관심을 끌 순 없다. 붉은 머리 공녀 전하가 조용해졌다.

"있잖아. 왜 아까부터 나랑 눈을 안 마주치는데?"

"나한테도 사정이 있거든. 이제 그만 내려와 줄래?"

"싫어…… 있지, 지금, 이 방에 나랑 너밖에 없지?"

리디야의 목소리가 변했다. ……사태가 무척 수상쩍게 흘러간다.

도망치려고 몸을 움직여도 양어깨를 꽁꽁 붙들렸다. 몸이 꼼짝도 하지 않는다.

"키스 하고 싶어졌어…… 그리고 역시 빨간색이 좋아?"

"어? 전이랑 다르게 가슴 쪽 속옷은 하얀색이던……아니, 그게 아니라."

"뭐가 아닌데? 남자라면 포기해!"

살짝 볼을 붉힌 리디야가 얼굴을 들이댄다.

그때였다.

"선생님! 무사하세요?!""오빠! 괜찮아요?!"

당황한 목소리와 함께 문이 열리고 두 소녀가 우르르 들어왔다.

한 소녀는 옅게 파란색이 섞인 백금색 머리카락에 순백색 리본을 머리에 달고 하얀 반소매 셔츠에 스커트를 차려입었다.

내 제자 중 하나이자 전설의 대마법 『빙학(氷鶴)』이 그 몸에 깃든 재녀, 티나 하워드 공녀 전하다.

다른 한 소녀는 은회색 머리카락에 동물 귀와 꼬리를 가졌으며 연한 파란색 반소매 셔츠에 검은색 반바지를 입은 늑대족 소녀.

왕국의 명문, 왕립 학교에서 부학생회장을 맡은 내 자랑스러운 여동생, 카렌이다.

방에 들어오자마자 상황을 확인한 두 사람은 우리를 뚫어지게 바라보았다. 파들파들 떨며 소리 지른다.

"뭐, 뭐 하는 거예요!!!""……당신은 왜 꼭 항상!"

리디야는 혀를 차곤 아쉽다는 듯이 내게서 내려와 두 사람을 상대했다.

"생각보다 훨씬 빨랐네? 조금만 더 있었으면 됐는데……."

그렇게 말하고 보란 듯이 입술을 만졌다. 여동생과 제자가 눈을 매섭게 뜨며 흥분한다.

"입원 중인 오빠를 덮치려 하다니……." "요, 용서 못 해요! 오늘이야말로!"

병실 안에서 점점 세 사람의 마력이 높아져 가던 그때—— 다시 문이 열렸다.

"애, 앨런 선생님!" "오라버니!" "앨런~ 엄마 왔다~."

들어온 것은 세 사람.

한 사람은 메이드복을 입은 금발의 소녀.

하워드 공작가를 오랫동안 곁에서 도와온 워커 가문의 대를 이을 소녀이자 티나의 전속 메이드에 내 제자이기도 한 엘리 워커다.

엘리와 나란히 선 것은 붉은 머리카락에 티나와 색만 다른 연한 붉은색 옷을 입은 소녀.

리디야의 여동생이자 세 번째 제자, 리네 린스터 공녀 전하다.

두 사람을 데리고 온 아담한 몸집에 기모노를 차려입은 늑대족 여성은 나의 어머니인 엘린이다.

"""……."""

리디야, 티나, 카렌의 시선이 교차하자마자, 마력이 수그러들기 시작했다.

어머니 앞에서 싸우는 건 좋은 생각이 아니라고 판단한 걸까.

……살았다.

　재빨리 태세를 전환해 청초함을 두른 리디야가 어머니 곁으로 다가갔다.

　"리디야, 본가에 편지는 보냈니~?"

　"네, 어머님 ♪"

　그런 『검희』를 카렌과 티나가 뭐라 말 못 할 표정으로 바라보고 있었다.

　우선 눈앞의 폭풍이 물러갔기에 나는 천사 같은 메이드에게 말을 걸었다.

　"엘리, 미안한데 거기 봉투 좀 집어 주겠어요?"

　"네, 네엣!"

　엘리가 기쁜 듯이 달려온다. 강아지 같은걸.

　엘리는 사이드 테이블의 봉투를 들더니 내게 건네려다가──.

　"꺅!"

　아무것도 없는 곳에서 굴러 침대를 향해 쓰러졌다.

　나는 평소처럼 그녀를 받아냈다.

　"어이쿠. 괜찮아요? 조심해야죠."

　"네, 네엣! ……에헤헤…….""으으!""

　부끄럽다는 듯이 쑥스러워하는 엘리를 보고 티나와 리네가 의심에 찬 시선을 보냈다.

　나는 천사 같은 메이드의 머리를 살포시 두드리고 두 사람을 나무랐다.

　"티나, 리네, 그런 눈으로 엘리를 보면 안 되죠."

그러자 두 공녀 전하는 엘리에게 시선을 못 박은 채 다가왔다.

"선생님." "오라버니, 엘리에겐 중대한 의혹이……."

"티나, 이 봉투는 스텔라에게 주세요. 내용물은 과제 노트와 편지예요. 벌써 첫 번째로 준 노트를 다 풀었나 보더군요. 돌아가면 건네주세요."

""""?!""""

봉투를 내밀자, 소녀들이 일제히 놀라 딱딱하게 굳었다.

침대 옆에서 카렌이 어이없다는 듯이 물었다.

"……오빠, 궁금한 게 하나 있는데…… 그 내용물인 노트, 언제 만든 거예요?"

"어? 어젯밤이랑 오늘 아침인데??"

여동생이 흘겨보며 뒤를 돌아보았다.

"……어머니, 리디야 씨, 들었어요?"

그러자 두 사람이 얼음장 같은 미소를 띠었다.

큰일이다. 화났다. 엄청나게 화났어. 무지막지하게 화났어!

──이후, 입원 중에 몰래 일하고 있었던 사실을 잔뜩 야단맞았다.

특히 어머니는 이제 괜찮다고 설명해도 좀처럼 넘어가 주질 않아서…….

그만큼 걱정을 끼쳐버렸구나, 하고 반성했다. 오늘 밤만큼은 아무것도 하지 않겠다고 다짐했다.

내일 오전 중엔 퇴원이기도 하니까. 응.

*

"그러면 티나, 엘리, 리네, 왕도에서 건강한 모습으로 다시 만나요."

"""……."""

다음 날, 광요일 오후. 동도 중앙역 승강장에선 기차가 승차를 기다리고 있었다.

무사히 퇴원한 내 눈앞에는 어린 제자 세 소녀가 고개를 숙이고 있었다.

셋 다 모자를 썼고 발치엔 여행 가방을 뒀다. 오늘 기차를 타고 각자의 고향으로 돌아가기 때문이다.

나는 아쉬워 보이는 제자들에게 말을 걸었다.

"그런 표정 하지 마세요. 금방 왕도에서 만날 수 있어요. 다다음주 토요일이면 기차 자리도 구할 수 있고요. 돌아오는 광요일이 『송혼제(送魂祭)』고 암요일 이후론 왕도로 돌아가는 사람이 많아져서 기차도 좀처럼 예약하기 힘들거든요……."

왕국의 일주일은 대륙 통일력을 따라 8일제이며 화, 수, 토, 풍, 뇌, 빙, 광, 암, 이렇게 옛 여덟 속성에 요일이 배정되어 있다. 일반적으론 광요일이 예배일이며 암요일은 안식일이다.

왼쪽 소매를 잡아당기길래 보니 옅은 녹색 옷을 입은 엘리가 날 바라보며 말을 자아냈다.

"애, 앨런 선생님…… 저, 저기…… 펴, 편지, 써도 되냐여? 아으……."

"물론이죠. 기대할게요."

"네, 네엣! 여, 여름방학 과제도 열심히 할게요!! 그리고, 그리고…… 저, 전부 다 풀면……."

메이드 아가씨가 평소보다 더 꼼지락거린다.

대답을 기다리고 있는데 뒤에서 어르신들이 찾아왔다.

"앨런, 기다렸지.""왜 이 풋내기와 기차 자리가 나란히란 말이냐!"

한 사람은 인간족. 다른 한 사람은 엘프족이다. 둘 다 가죽 여행 가방을 들고 있다.

나의 대학교 은사인 교수님과 왕립 학교장인 『대마도』로드 경이다.

두 사람은 제럴드 사건에 대응하기 위해 동도로 출장을 와 있었다. 나는 미소 지으며 물었다.

"교수님에 로드 경까지 저희보다 늦게 도착하실 줄이야…… 자신들 처지를 알고 계세요?"

""…….""

신사 두 분이 깊숙이 고개를 숙였다.

왕국의 기차망은 세계 최첨단을 자랑한다. 하지만 동서남북 각 도시는 왕도를 기점으로 연결되어 있기에 한 번 왕도를 경유하지 않으면 도착할 수 없다.

이번에 교수님과 학교장님께는 왕도까지 티나 일행과 동행을 부탁드린 뒤, 교수님은 그대로 티나, 엘리와 함께 북도로, 학교장님은 서도로 향할 예정이다.

또한 대체로 이 기간이면 교수님은 여름의 더위를 피해 하워드 공작가에서 지내시며 학교장님도 고향인 서방으로 돌아가신다.

　교수님의 여행 가방에서 쉬고 있던 검은 고양이 모습을 한 사역마인 앙꼬 씨가 땅으로 폴짝 내려와 엘리에게 뛰어들었다.

　"꺄악!" 메이드 소녀가 마음에 든 눈치다.

　이어서 선물을 사러 갔던 린스터가의 메이드장이 돌아왔다.

　"기다리셨죠! 선물을 고르는 데 시간이 조금 걸렸네요. —— 앨런 님, 아가씨분들은 저와 앙꼬 님이 보도록 하죠."

　"역시 안나 씨는 눈치가 빠르시네요. 자, 교수님, 학교장님, 가시죠. 티나, 엘리, 리네, 우린 할 얘기가 있어요. 조금만 기다려 주세요."

　""……네."" """네~에 ♪"""

　축 늘어진 신사 두 분이 사형장으로 향하는 듯한 소리를 내는 가운데, 소녀들은 앙꼬 씨와 안나 씨가 사 온 선물을 보고 신이 났다. 풍경이 극과 극을 달리는걸.

　나는 초연히 있는 두 은사의 등을 밀며 걷기 시작했다.

　역사에 설치된 대형 시계탑은 동도에서 가장 큰 인공 건축물이다. 게다가 목제만을 썼다.

　높이는 왕도의 성령교 대성당 이상.

　수인들의 협력이 없었다면 이렇게 빠르게 세우진 못했을 것이다.

나는 피고 두 사람을 대형 시계탑이 잘 보이는 승강장 벤치에 앉히고 방음 마법을 발동시켰다. 팔짱을 끼고 힐문을 시작한다.

"교수님, 학교장님. 이번 제럴드 사건에 티나와 다른 아가씨들이 말려든 것, 이해는 했지만, 여전히 납득은 못 했습니다. 미리 싹은 뽑아뒀을 텐데요."

"합당한 지적이야." "허나 어떻게 예상하겠나? 대마법 『염린』인데?"

"그것 자체는, 뭐, 괜찮습니다. 이미 지나간 일이긴 하니까."

두 사람은 가슴을 쓸어내리며 안도의 한숨을 내쉬었다. 하지만 나는 추궁을 이어갔다.

"하지만, 문제는 전혀 해결되지 않았어요. 하워드가에서 제가 손에 넣은 일기장의 주인이 『염린』을 만들어 낸 인물이란 건 알았습니다. 하지만 『염린』의 마법식이 적힌 일기장의 마지막 페이지, 그것의 사본을 제럴드가 갖고 있었다는 사실, 나아가 『광순(光盾)』, 『소생(蘇生)』 같은 대마법을 조잡하게나마 동시에 사용했죠. 이건 누군가 지원을 했음이 틀림없어요. 그리고."

"……이것의 출처 말이지."

교수님은 여행 가방을 무릎 위에 올리곤 천천히 열었다. 그곳에는,

──강대한 마력이 담긴 사슬로 봉인된 심홍색 단검이 있었다.

학교장님이 신음을 흘렸다.

"이만한 결계를 펼칠 정도로 위험한 물건이란 말인가……?"

"숙련된 사용자라면 그 단검을 한 번 휘두르기만 해도 중소 도시쯤이야 불태워 버리고도 남을 물건이죠. 담긴 마법은…… 지금 기준으로 말하면 전술 금기 마법급은 될 겁니다."

"헉."

내 추측에 왕국 최고봉의 마법사인 노엘프가 경악했다.

『금기 마법』이란 그 위력, 또는 잔혹함 때문에 인간족뿐만 아니라 마족까지 포함해 사용이 금지된 마법을 가리킨다. 마법 그 자체가 쇠퇴 중인 현대에 사용할 줄 아는 마법사는 대륙 안에서도 열 손가락에 꼽으리라. 그리고…… 아쉽게도 문제는 이것만이 아니다.

"여기에『빙학』,『염린』의 안전한 해방 방법도 찾아야만 합니다. 학교장님, 친가를 방문해 주세요. 엘프의 장로분들께 사정 청취도 부탁드립니다. 다른 장명종도 같이요."

"! 모, 못 해! 나, 난 친가에선 의절 당했네. 애, 애당초 에, 엘프족뿐만 아니라 장명족 사이에서 동의를 구하는 게 어렵단 건 자네도 알고 있잖은가?!"

"마왕 전쟁 종전 후 장명종 사이에 어떤 약속을 나눴는지도 모르고 참견하고 싶지도 않지만…… 이젠 그런 소릴 하고 있을 수도 없어요."

──마법의 쇠퇴.

그것이 설령 장명종 일족의 발상으로 만들어 낸 흐름이라 해도 세상이 평화로워진다면 어쩔 수 없는 일이리라. 나 개인으로

선 아쉽긴 하지만.

그래도 묻어뒀을 터인 『과거』의 힘에 리디야와 티나가 위험에 처하게 된다면 이야기는 다르다.

나는 시곗바늘을 『과거』로 돌리길 주저하지 않을 것이다.

학교장님을 쏘아붙였다.

"우선해야 하는 건 두 사람의 안전이에요. 아니면—— 또 어린아이 둘을 희생할 겁니까?"

"끅…… 기대는 하지 말게. 장로들이라 해도 모든 걸 알고 있다곤 생각할 수 없으니."

"그래요. 그리고 『에텔하트』란 성씨와 『열쇠』란 말도 조사를 부탁드립니다."

교수님과 학교장이 생각에 잠긴다.

"『에텔하트』……." "『열쇠』……."

"제럴드가 티나를 『에텔하트의 딸』이라고 불렀어요. 로자 하워드 님의 옛 성이죠? 귀족의 성씨에 관해선 학식이 얕아서 저로서는 떠오르는 게 없습니다."

"여기서 그녀의 이름이 나올 줄이야…… 월터에겐 말했나?"

"아직입니다. 교수님이 직접 전하시는 게 낫겠죠. 안나 씨에겐 얘기했습니다."

"나머지 하나인 『열쇠』는 뭐지?"

노엘프가 끼어들었다. 나는 자신을 가리키며 말했다.

"저라더군요. 이전처럼 애매한 표현이 아니었어요."

신사 두 사람이 골똘히 생각에 잠기며 벤치에 몸을 맡기고 깊은 탄식을 흘렸다. 로드 경에 이르러선 무언가를 내던지는 듯한 동작을 취하기 시작했다.

"다 포기하고 내던지셔도 곤란한데요…… 교수님, 올그렌의 동향은요?"

"눈에 띄는 움직임은 없었어. 그들이 제럴드의 모반에 관여했는지도 직접적인 증거가 없어. 현시점에선 의혹뿐이지. 글랜트 공자는 가을 초입의 왕도 소집에 응했어."

"왕도 주변에선 여전히 『보랏빛 방벽』을 포함해 대군이 연습 중이지만, 이건 관례니까. 기드 올그렌 노공은 결국 만나지 못했지만. ……그리고 『흑기사』의 시체도 나오지 않았네."

여태까지 한 번도 올그렌 공작가의 넷째 도련님이자 나와 리디아의 대학교 시절 후배인 길 올그렌은 내 병문안을 오지 않았다. 즉 그만큼 병이 깊이던 노공의 상태가 악화한 것이겠지. 나는 내 목소리가 차가워진 것을 자각하며 물었다.

"글랜트 공자 전하의 말씀은 도저히 신용이 안 갑니다. 두 분께서 납득하신 근거가 뭐죠?"

교수님과 학교장님이 고개를 끄덕이며 말했다.

"자네라면 그리 말하겠지." "허나 근거가 있었다네. 보게."

"?──이, 이건."

나는 학교장님이 아무것도 없는 공간에서 꺼낸 서면을 보고 경악했다.

──그 마법이 담긴 서약서에 적힌 것은 두 『대기사』의 이름이었다.

허그 허클레이 백작과 헤이그 헤이든 백작. 이름 높은 올그렌의 『쌍익』.

기드 올그렌 노공의 수족 같은 신하로 대륙 서방에선 모르는 이 하나 없는 『기사 중의 기사』. 약속한 일을 반드시 이루어 내는 것으로 유명한——이른바 살아있는 전설이다.

틀림없이 글랜트 공자 전하보다도 신용이 간다. 나는 어깨를 으쓱이고 쓴웃음을 지었다.

"확실히 이 두 분의 이름을 내밀면 직접적인 증거 없이는 더이상 추궁하긴 어렵네요. 여기부터 무대는 왕궁 내 정치다——그런 것으로 받아들여도 괜찮겠죠?"

"그래. 그 두 사람이 약속했다면." "어른들의 시간이지. 피가 흐르지 않는."

교수님과 학교장님이 차갑게 대답했다. 그렇다면야 괜찮겠지—— 하고 생각하려던 차, 문득 불길한 생각이 떠오르고 말았다. 결코 일어날 리는 없는 것이겠으나…….

"앨런?" "왜 그러나?"

"아뇨…… 만약 그 서약서가 위조됐다면 모반을 일으키기 딱 좋겠구나 싶어서요. 전제조건으로 두 분을 마법으로 속여야겠지만요."

"앨런, 고작 올그렌에겐 속을 일은 없어." "서약서를 위조하는 건 죽을죄 아닌가."

신사 두 분이 문제조차 되지 않는다며 손을 크게 내저었다.

『웨인라이트 왕국을 수호하는 것은 4대 공작가일지니.』

이것은 왕국뿐만 아니라 대륙 서방 일대에도 통하는 상식이다.

반란을 일으켜 왕국의 질서가 흐트러지면 서방의 마왕군이 침공해 올 가능성마저 있다. 왕국의 대귀족들이 그 정도까지 어리석지는 않을 터이다. 고개를 숙였다.

"실례했습니다. 불가능한 얘기죠. 잊어주세요."

그렇게 말하면서도 나는 가슴 속 불안을 깨끗이 지울 수가 없었다.

——린스터, 하워드 양 공작가에는 괘념할 사항으로서만 전달해 두자.

*

티나 일행 곁으로 돌아오자, 리디야와 카렌, 어머니가 도착해 있었다.

기차 안에서 먹을 도시락을 만들어 온 것이다.

——리디야는 무언가 하고 싶은 말이 있는 눈치다.

아버지인 나탄의 모습은 없었다. 『송혼제』용으로 급하게 납품해야 할 물건이 생겨 배웅을 못 오는 것을 아쉬워했더랬지. 어머니와 카렌이 번갈아 가며 안아주는 티나와 아가씨들이 귀엽다.

교수님과 학교장은 근처 벤치에 앉아 진지한 모습으로 조금 전 화제로 계속 대화를 나누고 있었다.

나는 천으로 만든 모자를 쓰고 아가씨인 양 있는 붉은 머리 공녀 전하에게 다가가 물었다.

"아버지랑 어머니랑 카렌한테 무슨 얘기 한 거야?"

"네가 신경 쓸 일 아니야."

"거짓말하는 게 뻔히 보인다니까."

"어디 사는 누구한테 영향을 받아서 그렇겠지."

일부러 그러듯이 한숨을 내쉰다.

"하아…… 그래서? 스태프는 왜 들고 있어? 그리폰편으로 보냈어도 됐잖아."

"자."

리디야는 그렇게 말하고 천에 감긴 지팡이── 왕궁 마법사 취임 때 왕가가 하사한 지팡이를 내게 들이밀었다.

"리디야, 이 지팡이는 널 위한 거야."

"자!!!!"

"……하여간."

내가 포기하고 받아 들자, 붉은 머리 공녀 전하는 천 주머니의 끈을 풀어 지팡이 끝을 밖으로 내밀었다.

──그곳에 있는 것은 붉은 리본.

리디야가 전에 묶어놓은 것이다. 역사 건물 채광창으로 쏟아지는 빛에 리본이 반짝반짝 눈부시게 빛난다. 붉은 머리 공녀 전하가 가는 손가락을 리본 위로 미끄러뜨리며 말했다.

"어디 사는 누구누구 씨가 걱정이 많아 보여서."

리디야가 리본에 입술을 떨구자 불꽃 깃털이 살아있는 것처럼 기뻐하며 춤췄다.

"부적이야. 이러면 마음이 놓일 거 아냐?"

나는 대답하지 않고 작은 노트를 꺼내 펜을 달렸다.

페이지를 찢어 의기양양한 붉은 머리 미소녀에게 건네주었다. 리디야는 받아들자마자 훑어보더니 모자챙을 눌러썼다. 목소리에 희색이 섞인다.

"흐, 흐~음……? 『홍검(紅劍)』의 쌍검 발동안. 거기에 전이 마법을 응용한 단거리 이동술, 그 시제 마법식이라……. 후후, 다음에 그 썩어빠진 『용시』를 만나면 두들겨 패주겠어!"

"사이좋게 지내주라. 나쁜 애도 아닌데."

과거, 흑룡과의 전투에서 대립하고 함께 싸운 누구보다도 상냥한 소녀를 떠올렸다.

"싫어! 네 앞에선 나쁘지 않더라도 내 앞에선…… 아, 시간, 다 됐구나……."

눈앞의 기차가 기적을 울려서 준비가 다 됐단 사실을 알렸다. 특등차 문을 역무원이 열었다.

개의치 않고 어머니와 안나 씨는 잡담을 나누고 있다.

"리사 씨, 기모노 마음에 들어 하셨으면 좋겠는데……."

"전혀 걱정하실 거 없답니다 ♪ 지금쯤 도착했을 것 같네요!"

어머니는 리사 씨에게 기모노를 선물로 보낸 모양이다. 그분의 기모노 차림이라. 어울리겠는걸. 티나와 아가씨들이 우리 곁으로 달려왔고 카렌은 리디야 곁으로 갔다. 메모를 눈치챈 모양이다.

내게 시선을 준다. 『여동생 몫이 빠진 거 아니에요?』

카렌 몫은 괜찮다. 무슨 일이 있으면 내가 지킬 것이다. 오빠니까.

"선생님!" "애, 앨런 선생님!" "오라버니!"

"티나, 엘리, 리네. 시간 다 됐어요. 다시 말하지만, 왕도에서 건강한 모습으로 만나요. 각자 과제는 서두르지 말고 천천히 하고요. 스텔라는 너무 빨라요. 난처한 학생회장님이에요."

티나와 리네의 앞머리가 거세게 움직이며 질투와 불만을 표현했다. 엘리도 으으~ 하고 끙끙댄다.

"티나, 리네, 대항 의식 같은 거 가지지 말고."

""! 아, 안 가졌어요!""

두 사람의 앞머리가 동요 때문에 마구 흔들리고 있다. 나는 천사 같은 메이드 아가씨를 향해 미소 지었다.

"엘리는 약속 지켜줄 거죠?"

"네, 네엣! ……그, 그래도…… 저, 저기 저기, 애, 앨런 선생님! 제, 제게도 새로운 마법을——"

"아가씨들~ 슬슬 승차할 거예요~. 준비해 주세요 ♪"

열린 특등차량 문 앞에서 손에 든 밧줄로 올가미를 만들고 있는 안나 씨가 티나와 아가씨들에게 지시를 내렸다. ……밧줄?

그만 말이 잘린 엘리의 표정이 난처해진다. 나는 귓가에 속삭였다.

"(하고 싶은 말은 몰래 편지로 알려주세요.)"

"(! 네, 네 ♪ 고, 고맙습니다!)"

나는 세 공주님의 머리를 차례로 토닥토닥 두드렸다.

"자, 가 보세요. 무슨 일 생기면 편지 보내고요. 저도 한 번은 반드시 답장을 쓰겠습니다."

"""네~에 ♪"""

세 사람은 기운차게 대답하곤 여행 가방을 들고 어머니와 다른 사람들을 향해 걸어나갔다.

자, 그러면 리디야는 뭘 하고 있나 싶어 붉은 머리 공녀 전하를 살피니 여동생에게 단단히 일러두고 있었다.

"알겠지? 절대로 저 녀석이 무리하게 하지 마!"

"알아요. 전 누구랑은 다르거든요."

리디야가 아름답게 웃어 보였다. 무섭다.

"카렌?『누구』가 설마 날 말한 건 아니겠지?"

"또 누가 있다고요? ……아까 오빠한테 뭐 받은 거예요? 보여주세요!"

여동생은 눈으로도 좇기 힘든 속도로 리디야가 들고 있는 메모지를 향해 손을 뻗길 반복했다.

연이어 다가오는 손을 붉은 머리 공녀 전하가 한 손으로 간단히 내치곤 비웃었다.

"호호호 ♪ 이건~ 오, 로, 지, 내 거거든 ♪"

"큭! 헛소리!!"

고도의 공방이 이어진다. ……어쩐지 고양이와 개가 장난치는 것처럼 보이기 시작했다.

얼마 지나, 무슨 수를 써도 메모지를 빼앗을 수 없었던 부학생회장이 금구를 입에 담았다.

"지, 지팡이 리본, 돌려보낼 거예요!"

리디야가 딱 잘라 부정했다.

"그건 저 녀석이 정할 일이잖아? 새언니에 대한 태도가 엉망이네."

"저한테, 새언니는, 없어요!!"

"후후 ♪ 그렇게 말할 수 있는 것도 지금뿐이야."

나는 회중시계로 시간을 확인하고 두 사람의 이름을 불렀다.

"리디야, 카렌도 그쯤 해."

"끄응…… 아무튼, 조심히 가세요."

"──응. 고마워."

두 사람이 손을 마주 잡았다. 아웅다웅하긴 하지만 사이는 나쁘지 않다.

티나 일행은 승강문 근처에서 다시 어머니가 번갈아 가며 안아주는 중이었다. 흐뭇하다.

여기에 카렌이 종종종 다가가 말을 걸었다.

"티나, 엘리, 리네, 조심해서 가요. 또 왕도에서 만나요."

"""네~에 ♪"""

"착해라."

카렌의 꼬리가 흔들린다. 어머니는 네 사람을 다정히 바라보았다.

그러자 교수님과 학원장님도 머리를 쥐어 싸맨 채 이쪽으로 다가왔다.

"앨런, 이대로 가다간 내 휴가는 조사만 하다가 끝날 것 같구나······."

"애송이, 네놈도 고생하도록. 나는······ 거의 백 년 만에 친가로 얼굴을 보이러 가는 거란 말이다······."

"부탁드리겠습니다. 그러면 안나 씨, 다들 모였으니 기차에 올라 주세요."

나는 은사 두 사람을 어르며 메이드장에게 말했다. 그러자 메이드장이 고개를 저으며 부정했다.

"아뇨. 아직 다 모이지 않았어요! ······설마, 도망치신 건 아니겠죠?!"

"──도망 같은 거 안 쳐, 안나. 나도 목숨이 아깝거든. 안녕, 앨런."

뒤에서 표표한 목소리가 들려왔다.

"! 리처드! 이제 밖에 나와도 괜찮나요? 그쪽은······."

돌아보자, 그곳에는 붉은 곱슬머리에 키가 큰 남성── 리디야와 리네의 오빠이자 근위 기사단 부장인 리처드 린스터 공자 전하가 서 있었다.

그의 왼팔에 기대어 있는 것은 가냘픈 몸에 원피스를 입고 하늘하늘한 옅은 붉은색 머리카락의 조신해 보이는 소녀였다. 나이는 열여섯 살이라고 들었다.

리처드의 약혼자인 사샤 사익스 백작 영애다.

"난 이제 괜찮아. 그냥 조금 장난을 잘 치는 아가씨를 붙잡는 데 수고가 들어서 말이지."

"……리처드 님은 제가 싫어지셨나요?"

"그럴 리가! 난 널 사랑해. 나도 너와 헤어지는 게 괴롭단다. 몸이 찢어지는 듯한 심정이야! 가능하다면 지금 여기서 영원한 사랑을 맹세해 버리고 싶을 정도야, 나의 귀엽디귀여운 사샤. 하지만 지금은 돌아가렴. 부모님도 무척 걱정하고 계셔. 또 남도에서 만나자."

"리처드 님." "사샤."

얼싸안는 두 사람. 실로 감동적인 광경이지만, 이곳은 동도 중앙역이다. 지나가는 사람들이 희한한 듯이 바라보는 둥, 너무나도 눈에 띈다.

그런 두 사람에게 안나 씨와 리디야, 리네까지 차가운 말을 던졌다.

"리처드 도련님." "바보 오빠, 사샤." "……두 분 다 장난이 너무 지나쳐요."

"! 아, 안나……." "리, 리디야 아가씨! 리, 리네 아가씨! 이건……."

"""변명하지 말고!""" ""네, 넷!""

차렷하는 두 사람. 이어서 안나 씨의 시선이 옅은 붉은색 머리 소녀를 포착했다.

"사샤 아가씨. 자, 이쪽으로. 사익스 백작님이 남도에서 기다리고 계십니다. 기밀 통신의 암호식을 풀어 멋대로 동도까지 오신 건으로 무척 화가 나셨습니다."

"아, 안나 님…… 사, 사랑을 위해선, 어, 어쩔 수 없었다구요!"

"하시는 말씀은 마땅합니다. 하지만── 저도 일이라서요★"

"리……리처드 님! 죄, 죄송해요!"

방긋 미소를 짓는 메이드장에게 겁을 먹고 백작 영애는 도주를 꾀했지만, 안나 씨는 들고 있던 밧줄을 던져 순식간에 구속했다. 너무나도 재빠른 솜씨에 주변 통행인에게서도 박수가 쏟아질 정도였다.

리처드는 "……사샤. 나는, 나는 무력하구나!" 하고 우는 척을 했고 끌려가는 백작 영애도 마찬가지로 "리처드 님! 사샤는 언제나, 언제나 당신을!" 하고 실로 명연기를 보여주었다. 서로 잘 어울리는걸.

──승차를 재촉하는 두 번째 기적이 울렸다. 나는 손뼉을 치며 지시를 내렸다.

"자! 시간이에요. 안나 씨, 교수님, 학교장님, 모두를 부탁해요."

"맡겨만 주세요♪"

안나 씨가 메이드복의 치맛자락을 양손으로 붙잡아 우아하게 인사했다. 우리도 고개를 숙였다.

교수님과 학교장님은 고개를 끄덕이더니 고급스러운 특별차량으로 들어갔다.

"리디야, 또 오렴. 약속이다?"

"또 올게요. 반드시 올게요. 어머님, 건강히 지내세요. 아버님께도 인사 전해주세요."

리디야와 어머니는 마지막 인사를 나누고 있다. 나는 발치로 찾아온 앙꼬 씨를 엘리에게 건넸다.

"엘리, 앙꼬 씨와 티나를 잘 보살펴 주세요."

"네, 네엣!"

"리네, 왕도까지 티나와 엘리를 잘 부탁해."

"오라버니, 리네에게 맡겨주세요."

"으으! 왜 저만 둘이서 보살펴 주라고…… 선생님, 그 지팡이."

티나가 내 왼손에 들린 스태프를 가리켰다. 어깨를 으쓱이며 대답했다.

"리디야가 가지고 있으라고 하더군요."

"그런가요. 흐~음, 그랬단 말이죠! 그, 그럼, 그러면 저도…….'"

"꼬맹이, 내가 뭐라고? 자, 빨리 타!"

"""!"""

기척도 없이 리디야가 뒤에서 나타났다. 어머니가 곁에 있기 때문이리라. 살기를 극한까지 억눌렀다.

그럼에도 세 소녀는 몸을 부르르 떨더니 여행 가방을 손에 들고 우리에게 몇 번이고 고개를 숙인 뒤 기차로 들어갔다.

나는 악우와 이마를 맞대며 눈을 감고는 말없이 천천히 떨어져 서로를 향해 고개를 끄덕였다.

"왕도에서 봐. 생일은 기대하고 있어도 돼."

"기대 안 할 거거든!"

작게 혀를 내밀고 리디야도 똑같이 가방을 들고 기차에 올랐다. 리처드는 사샤 씨와 차창 너머로 서로를 바라보고 있다. 나는 기차에서 조금 떨어져 승강장 중앙으로 향했다.

카렌이 내 왼쪽에 나란히 섰고 어머니는 오른쪽에 섰다. 눈길이 무척 따뜻하다.

"아이들이 다들 착하더라~ ♪ ──앨런, 리디야는 정말로 착한 아이야. 아까 우리에게 사과하더구나. '그를 위험하게 만들어 죄송합니다. 제 책임이에요.' 라면서. 엄만…… 울어버렸어."

"리디야가요? ……그래요."

"그, 그래도 전 리디야 씨를 새언니라고 인정 안── 오빠, 티나가!"

팔에 팔짱을 끼고 있던 카렌이 내 왼팔 소매를 잡아당겼다.

그러자 헐레벌떡 옅은 푸른 머리카락의 공녀 전하가 기차에서 뛰어나오더니 날 껴안았다.

"티나?! 대체 무슨 일이죠? 이러다 기차가 떠나버리겠어요."

"선생님! 지팡이를 주세요!! 어서!"

곤혹스러워하면서도 스태프를 건네자, 티나는 들고 있던 푸른 리본 새것을 끝에 묶었다.

"부적이에요. 제 리본을 선생님이 갖고 계셨으면 해서, 그, 그리고…… 에잇!"

"!" "앗!!" "어머나, 어머어머."

──공녀 전하가 푸른 리본에 키스했다.

승강장 일대에 수많은 얼음꽃이 흩날려 열차 주변에 있던 사람들이 술렁였다.

티나는 리본에서 입술을 떼더니 양 볼에 손을 얹으며 선언했다.

"이, 이제 선생님과 저는 떨어져 있어도 함께예요."

"……리디야가 뭘 하는지 보고 있었나요?"

"? 무슨 말씀…… 헉!"

기차가 마지막 기적을 울리며 역무원이 문을 닫았다. 천천히, 기차가 움직이기 시작한다.

창문을 열고 당황한 엘리와 리네가 외쳤다.

"티, 티나 아가씨!" "빠, 빨리! 서, 서둘러요!!"

나는 여동생에게 지시했다.

"카렌! 티나를!"

"리디야 씨도 티나 씨도 월권행위가 지나쳐요! 오빠도 나중에 설교해 줄 거예요!"

"서, 선생님! 서, 설명!! 설명해 주————"

카렌이 외치며 『뇌신화(雷神化)』를 발동했다.

티나는 여동생에게 안겨 사라졌고—— "꺅!" "아으, 아으~." "이, 이 바보 수석 나리 같으니라구!" 살짝 난폭하게 창문을 통해 차 안으로 던져넣자, 엘리와 리네가 받아주었다.

어머니가 내 왼팔 소매를 붙잡았다.

"카렌, 대단하구나. 기차를 따라잡다니."

"어머니와 아버지 딸인 데다 제 동생이잖아요."

마법 생물인 작은 붉은 새가 창문을 빠져나와 날 향해 날아오더니 스태프 끝에 앉았다. 『바람은 중! 죄! 야!』. 제법 티나가 마음에 들었으면서 말이야.

"——오빠, 돌아가면 제 리본도 지팡이에 묶을 거예요. 아직

어릴 적에 하던 게 남아있으니까."

무사히 임무를 마친 여동생이 돌아오자마자 떼를 썼다.

"카렌까지 저 애들에게 닮기 시작하면 난 슬플 거야."

"안 닮았거든요. 그리고 동도에 있는 동안 오빠는 『저』만의 오빠니까! 그걸 잊지…… 앗, 다들."

"? 그, 그래." "어머나~."

창문 너머로 제자들이 기차 안을 달리며 우리에게 크게 손을 흔드는 것이 보였다.

──기차가 완전히 사라질 때까지 손을 흔든 뒤, 나는 두 사람에게 웃어 보였다.

"자, 어머니, 카렌, 돌아가요. 아버지께 뭐라도 사다 드릴까?"

*

티나 일행이 친가로 귀성한 지 벌써 닷새가 지났다. 오늘은 풍요일. 기분 좋은 바람이 불어온다.

동도에서 왕도까지는 약 하루가 걸린다. 왕도에서 북도, 남도까지도 각각 약 하루가 걸린다.

별일 없다면 그저께 도착해 환대를 받았을 것이다. 편지는 아직 오지 않았다. 그 애들이라면 가장 빠른 레드 그리폰편으로 보내올지도 모르겠는데? 하고 생각했으나, 예상이 빗나갔다.

아버지와 어머니는 밖에 나가 자리를 비웠다. 오랜 지인에게 받을 물건이 있다고 한다.

나는 내 방 의자에 앉아 책상으로 시선을 되돌렸다. 그곳에는 새로운 노트가 있었다. 여덟 개의 시제 상급 공격 마법식과 몇 가지 보조 마법식이 적혀있다.

──침대 그늘에서 강한 시선을 느꼈지만, 일부러 무시했다.

지금 내가 가정교사로서 가르치는 아이는 네 사람.

티나와 리네의 지도 방침은 당분간 마법 제어를 중시한 것이다. 어찌 됐든, 마력이 너무 많다. 리네는 진도가 반걸음 앞선 덕에, 노트의 과제를 푸는 속도도 빠른 것 같다.

엘리는…… 조금 고민 중이다. 그 메이드 아가씨는 현재 불, 물, 흙, 바람, 얼음, 어둠, 이렇게 여섯 속성을 다룰 줄 알며 전장용 마법 생물을 현현시킬 줄도 알고 마법의 은밀성도 압도적이다. 다만.

"여름 축제 때, 토넬리네한테 용서가 없었으니, 공격성 상급 마법을 가르쳐도 될지……."

"이미 늦었어요. 엘리에겐 재능이 있거든요. 티나, 리네와 다른 방향으로요."

움직이는 소리와 함께 세상에서 가장 귀여운 악마의 속삭임이 들려왔다. 아까보다도 가깝다. 침대 위로 올라온 모양이다. 무심코 고개를 끄덕일 뻔하다가── 고개를 저었다.

아, 아니야! 그 애는 천사라고. 북쪽 성녀님과 그 애는 사수해야 해, 사수!

──당초 예정대로 비상(飛翔) 마법을 배우게 하자. 일단 상급 마법 준비도 하면서.

사실, 가장 큰 문제아는 티나의 언니인 성녀님 겸 공녀 전하일지도 모른다.

"여름방학 과제를 이미 다 풀다니, 스텔라가 이렇게까지 노력가였을 줄이야……."

"당연하죠. 스텔라는 목표를 정하면 끝까지 밀고 나가는 성격이거든요. 그리고 저도 새로운 마법을 알려주세요. 전 여동생이라구요. 오빠는 여동생의 어리광을 받아줘야 한단 말이에요!"

줄곧 날 감시하던 귀여운 악마── 여동생 카렌이 드디어 강하게 요구하기 시작했다.

나는 노트를 닫고 펜을 내려놓곤 의자째 돌아보았다.

카렌은 내 침대 위에서 베개를 품에 안고 앉아 뾰로통 볼을 부풀리고 있었다. 반소매 셔츠에 반바지. 평소 차림새다. 한눈에도 불만스러워 보인다. 꼬리로 침대를 두드리고 있다.

나는 그런 악마적으로 귀여운 여동생에게 주의를 주었다.

"카렌에겐『뇌신화』랑 3속성 복합 번개 창이란 비장의 수가 있잖니."

"저도, 새로운, 오빠의 마법을, 가지고 싶다구요!"

"왕립 학교 3학년인데…… 후배를 시샘하다니. 아직도 어리구나."

"오빠는 심술쟁이예요! 리디야 씨랑 스텔라한텐 줬으면서!!"

여동생은 베개에 얼굴을 묻었지만, 금세 반만 고개를 내밀어 원망스럽다는 듯이 바라보았다. 다른 제안을 꺼내자.

"마법을 강화하는 것보다도 단검을 새로 바꾸자. 지금 건 4속성 이상의 마법을 부여하면 분명 부러질 거야. 이미 펠리시아에게 부탁해 놨어. 대학교 수험도 있으니까."

"단검을 새로 바꾸는 건 싫어요. 그건 제가 왕립 학교에 입학했을 때 오빠가 온 왕도를 뒤져서 선물로 보내준 거잖아요. 제 보물인데……."

카렌이 베개를 꼬옥 껴안으며 중얼거렸다. 시선에서 느껴지는 무척이나 토라진 기색.

"오빠가 이렇게 절 어린애 취급하는 한…… 전, 머리는 절대 안 기를 거예요! 설령 오빠가 길고 아름다운 머리카락을 가진 여자가 취향이라 해도요!"

나는 살짝 의아해하며 고백했다.

"? 카렌은 어떤 머리 모양을 해도 귀여운걸. 지금도 세상에서 가장 귀여워."

"! 지, 진짜예—— 아, 아니거든요! 그런 얘기한 게 아니라구요! ……버, 벌로."

나는 슬며시 다가가 여동생의 머리에 손을 얹었다.

"이렇게 해주면 되니?" "아……."

천천히 쓰다듬기 시작했다. 옛날에도 자주 이렇게 기분을 풀어주곤 했었지.

마음이 평온해지는 것을 느끼고 있었으나, 정작 여동생은 꼬리를 흔들면서도 불만스럽게 중얼거렸다.

"반칙이에요. 전 열다섯 살인데. 조금만 더 있으면 열여섯 살이라구요. 어른으로 대해주세요!"

"어른이라. 그러면."

나는 푹신푹신한 쿠션을 두 개 손에 들고는 방을 나서 툇마루로 나가 내려놓았다.

드러누워 팔 아래 빈 곳을 손으로 가볍게 두드리며 여동생을 불렀다.

"카렌, 이리 와."

"! ……오빠는, 비겁, 해요."

그렇게 말하면서도 카렌은 기쁜 듯이 부랴부랴 다가와 옆에 누웠다.

손을 뻗어 카렌의 머리를 계속 다정히 쓰다듬었다. 분해하면서도 저항하지 않는다. 꼬리는 기쁜 듯이 팔랑거렸고 나아가 내 가슴에 얼굴을 묻었다. ……정말, 옛날과 변함이 없구나.

내리쬐는 진한 햇살의 냄새와 카렌의 온기, 열어둔 창문에서 살랑살랑 불어오는 편안한 바람이 잠기운을 함께 불러왔다. 이대로 자버리는 것도 괜찮을지 모르겠는데…….

"오빠? 졸려요?"

여동생이 몸을 흔들어 정신을 차렸다. 눈을 뜨고 물어본다.

"응. 카렌, 가끔은 같이 낮잠 잘까?"

"! ……어, 어쩔 수, 없죠. 트, 특별히, 이번만이에요?"

머뭇거리며 카렌이 고개를 끄덕였다. 나는 미소 짓고 조용히 눈을 감았다.

누군가 이름을 부르고 있었다.

"카렌—! 집에 없어—?" "카레~엔. 나갔나?"

아는 목소리다. 다람쥐족과 표범족 소녀의 목소리…… 내 소 꿉친구…….

하지만 움직이고 싶지 않았다. 그치만 여긴 무척 따뜻하고 편안하고 가슴이 두근거리는걸…….

"그냥 들어갈까? 코코." "그, 그러면 안 돼~ 가야."

"자, 간다—." "으아아아아아~."

──잠깐만. 지금, 집으로 들어온다고 한 거야? 단숨에 의식이 각성한다. 눈을 뜨자──.

자고 있는 오빠의 얼굴이 눈앞에 있었다. 아, 귀여워라. 멍한 머리로 손을 뻗어 볼을 만졌다.

자는 얼굴을 본 게 몇 년 만이지? 평소엔 이른 아침에 일어나서 밤늦게 자는 사람이니까…….

거기까지 생각하고 문득 시선을 느꼈다.

"오, 오올. 카, 카렌도 제법이네. 껴, 껴, 껴안다니."

"카, 카렌~ 대, 대담하다~. 으아아아."

"헉!! ……아, 아니야. 잠깐 있어 봐!!"

복도에 있던 것은 기모노를 입은 두 소녀였다.

키가 작은데도 드세며 붉은빛이 도는 갈색 머리를 뒤로 묶은 것이 다람쥐족인 카야.

키는 크지만 소심하고 검은색과 노란색 긴 머리를 땋은 것이 표범족인 코코.

둘 다 내 소꿉친구다. 동도에 있을 적에는 항상 같이 지냈다.

오빠가 이 정도까지 눈치를 못 채다니……. 이쪽에 있는 동안에는 무리해서 일하게 하지 말자. 결의를 다지고 깨지 않도록 자신의 팔을 꼬집어냈다.

나중에 내가 팔을 움직이기도 했고 그리 힘이 들어간 상태도 아니었던지라, 탈출에 성공했다.

"기다렸지. 자, 내 방으로 가자. 오빠는 피곤하거든."

"카렌, 너 진짜…… 이제 와서 아무렇지도 않은 척해봤자 소용없거든!"

"카렌~ 얘기 많이 들려줬으면 좋겠는데☆"

"……."

수치심이 뒤늦게 올라와 쪼그려 앉아 얼굴을 손으로 덮었다. 양어깨에 소꿉친구가 손을 올렸다.

"카렌, 자, 가자." "카렌~ 천처~언히 얘기해 보자구☆"

오빠는 그대로 자게 둔 채, 부엌에서 차와 차 과자를 들고 우리는 내 방으로 이동했다.

자기 집 안방처럼 두 사람은 곧바로 접이식 테이블을 펼치곤 쿠션에 앉았다. 나는 테이블 위에 차와 차 과자를 올려놓고 내 의자에 앉았다.

잔에 차가운 차를 따라 두 사람에게 내밀었다.

"갑자기 찾아온다니까. 내가 없었으면 어떡하려고 그랬어?"

"그럴 리가 있겠어. 앨런 씨가 아직 동도에 있다고 들었는데."

"카렌은~ 앨런 씨가 있을 땐 거의 집에서 안 나오잖아."

"……누가." ""그러거든!""

소꿉친구들의 지적에 당황하면서도 나는 내 몫의 차를 따른 잔을 기울였다.

둘 다 웃는 얼굴로 잔을 가까이했다.

──쨍그랑하고 기분 좋은 소리를 내며 건배.

"어서 와, 카렌." "어서 와~ 카렌."

"다녀왔어…… 얼마 전에 이거 똑같이 하지 않았어?"

며칠 전 여름 축제 때, 늑대족 족장의 아들인 토넬리와 부하들이 내게 시비를 걸었다. 오빠가 때려눕혀 줬지만, 그 뒤, 리디야 씨의 폭로 덕에 여름 축제 회장에서 커다란 연회가 벌어졌다. 두 사람과는 거기서 이미 재회를 이뤘다.

"이런 건 몇 번을 해도 괜찮다구! ……애당초 넌 계에에속! 앨런 씨랑 귀여운 아가씨들과 같이 있느라 우리랑은 하나도 안 놀아줬잖아!"

"참~ 카렌~. 그, 그 여자애들이 모두 귀족 아가씨란 게 진짜야?"

흥미진진하게 코코가 물어온다. 나는 차를 마시며 솔직하게 대답했다.

"진짜야. 공녀 전하가 셋에 그에 준하는 아가씨가 한 명이지."

""히이이이이.""

두 사람은 침대에 쓰러졌지만 금세 일어났다. 그리곤 『자세히 설명해 줘!』 하고 시선으로 호소했다. 나는 한 손을 저으며 일축했다.

"오빠가 괜찮다고 말해주지 않는 한, 이 이상은 말 못 해."

""에이~ 째째해~.""

그러나 금세 마음을 다잡은 카야가 손을 들며 말을 이었다.

"있지 있지, 앨런 씨는 우리가 생각하는 것보다 훨씬 굉장한 사람이야? 『왕궁 마법사 자리를 걷어차고 수인족의 명예를 지켰다』며. 며칠 전 신시가지에서 벌어진 소동 진압에도 참가했다고 들었는데……."

아무래도 며칠 전 사건은 정보가 통제되고 있는 모양이다. 신시가지의 족장들로선 『저도 모르게 인간족의 도움을 받았다』곤 말하기 껄끄러울지도 모른다.

"오빠는 굉장한 사람이야. 바라기만 하면 바로 왕도 왕립 학교에서 교편을 쥐든가, 대학교에서 연구실을 가질 정도론 말이지. 난이도로 따지면 족장들이 지금 갑자기 후작급이 되는 정도려나?"

"뭐어?! 말이 돼? 그런 게!!" "마, 말도 안 돼~."

자랑스러운 기분이 들면서도 담담한 어조를 의식하며 대답했다.

"우리 오빠는 그런 사람이야. ……족장들은 대부분 눈치 못 챈 것 같지만."

"아~ 그럴지도 모르겠다. 지금 족장들은 전혀 거리도 안 걷고. 마차만 타고 다니잖아."

"오히려~ 자경단 사람들이나 왕도에 일상적으로 가는 사람들이 더 잘 알지 않을까?"

"그리고 꼬맹이들도 말이지. 인기 엄청 많잖아. 앨런 씨는 옛날부터 연하들이 잘 따르는 것 같지 않아? 그리고 할아버지나 할머니들도! 모일 때마다 『앨런은 거물이 될 거다.』라며 칭찬하잖아."

"흐음, 그래?"

쌀쌀맞게 대답했지만——— 무척 기뻤다. 오빠가 칭찬받으면 몹시, 몹시 기쁘다.

평정을 가장했지만, 입가가 느슨히 풀어졌는지 소꿉친구들이 날 놀렸다.

"우와아……. 코코. 카렌은 진짜! 옛날이랑 변함이 없지."

"카렌~ 귀여워 ♪"

"왜, 왜 이래. 흥이다. 둘 다 과자 안 먹을 거지?

"아하하, 미안하다니까!" "엘린 아주머니가 만든 과자 너무 좋더라~."

"그래야지."

"""———풋!"""

우리는 무심코 웃음을 뿜었다. 학교는 달라도 만나면 언제든 옛날로 돌아갈 수 있다.

"아, 있지, 조금 진지한 거 물어보려는데. 요즘 구시가지랑 신시가지는 어때?"

과거, 신시가지에선 여우족 소녀 아틀라가 인간족 귀족 마차에 치여 세상을 떠난 슬픈 사건이 있었다. 이후로 신시가지의 사람들은 구시가지보다 인간족에게 차별적이고 냉랭했다.

그래서 오빠에 대한 대우도 심했다.

아버지와 어머니는 분명 모르겠지만…… 오빠의 이름은 족장 후보의 명부에도 올라가 있지 않다. ……수인이라면 죄인을 제외하곤 누구나 편의상 올라가 있는 명부에 말이다.

즉, 족장들은── 오빠를 수인족의 일원으로 인정하지 않았다.

왕도에서 리디야 씨에게 그 얘기를 들었을 때…… 나는 울었다. 너무 지독하다.

오빠가 얼마나 굉장한 일을 이루어왔는지 모를 리가 없을 텐데.

카야와 코코는 생각에 잠기면서도 말을 자아냈다.

"으~음…… 사람에 따라 다를 것 같은데? 우리 세대는 극단적으로 대립 같은 건 안 해."

"어린애들은~ 더 그렇지 않을까~? 거목 앞 대광장에 모여서 놀러 가는 모습도 보여."

"그렇다면야 다행인데."

조금씩 인간족을 기피하는 흐름이 잦아들면, 분명…….

그런 생각을 하고 있는데 또다시 소꿉친구 두 사람이 히죽거렸다.

"카렌은 있잖아~ 빤히 보인다니까. 이렇게 물어본 거 앨런 씨 때문이지?"

"카렌은~ 앨런 씨를 참 좋아하는구나~."

"당연하지. 세상에서 한 명밖에 없는—— 우리 오빠인걸."

나는 오빠의 절대적 아군이다.

"그래도 있잖아~."

카야가 턱을 괴며 날 바라보았다. 시선에는 순수한 의문이 담겨 있었다.

"카렌은 옛날에도 앨런 씨한테 존댓말을 썼든가? 어릴 적부터 줄곧 앨런 씨 뒤를 쫓아다닌 건 맞는 것 같은데…… 그때는 아마…….."

"카렌이 『오빠! 너무 좋아해요 ♪ 』 하는 식으로 말하게 된 게 아마~."

"아, 아무리 그래도 너무 멋대로 기억하는 거 아냐?!"

나는 소꿉친구의 기억에 반론을 제기했다. 하지만 두 사람의 눈동자에서 호기심은 사라지지 않았다. 이러면 오래간다는 걸 잘 안다. 나는 각오를 다지고 테이블에 턱을 괴었다.

"재미있는 얘기도 아니거든."

"오케―이." "기대된다~."

심호흡을 하고 나는 옛날이야기를 시작했다.

"내가 오빠한테 존댓말을 사용하기 시작한 건——."

*

"……늦어요. 너무 늦다구요."

저는 왕도에 단 하나 있는 수인족 학교, 그 정문 앞에서 우두커니 기다리고 있었습니다. 구시가지에선 좀처럼 볼 수 없는 3층 목조 건물 교사 뒤로는 오늘도 푸르게 우거진 거목이 솟아 있습니다.

모든 수업이 끝나 교사에서 나오는 학생들이 연이어 귀로에 오르는 와중, 지나가는 친구들이 "카렌, 내일 봐~." "같이 가자~." "다음에 술래잡기하면 안 질 거야!" 하고 인사를 건넵니다.

저는 그런 그들에게 "내일 봐요." "오늘은 안 돼." "나도 안 질 거야." 하고 대답하며 교사 쪽을 흘깃흘깃 살피고 있었습니다.

──하지만, 동급생들이 모두 지나가고서도 기다리던 사람은 오지 않았습니다.

볼을 부루퉁 부풀리고 세 갈래로 땋은 뒷머리를 만지작거렸습니다.

"여동생을 여름날 이렇게 기다리게 하다니, 오빠는 진짜 나빴어…… 못됐어요."

아차, 또 오빠에게 반말을 쓸 뻔했습니다.

작년, 학교에 다니기 시작한 무렵부터 어린애 취급당하지 않도록 오빠에게 존댓말을 쓰고 있거든요. 아무렴, 전 이제 여덟 살이 되니까요!

오늘이야말로 빨리 돌아가서 집에서 오빠랑 잔뜩 놀아 주려고 했건만…… 예정이 어긋나고 말았습니다. 어쩔 수 없으니 교실로 부르러…….

"앨런! 이 자식이!"

교사 쪽에서 커다란 소리가 들려왔습니다. 저는 곧장 가방을 챙겨 달리기 시작했습니다.

"너 인마…… 일부러 부딪쳤지!!"

"맞아, 그랬지!" "토넬리한테 사과해!" "지저분한 책만 읽는 주제에."

안 좋은 예감이 적중했습니다. 주변을 둘러보고 열린 창문을 통해 복도로 뛰어들어가 달립니다.

──찾았다!

진베이를 입은 늑대족, 염소족, 족제비족, 생쥐족 남자아이들이 키가 작은 남자아이를 둘러싸고 있었습니다. 수인족 남자아이들은 소매에 작은 새싹 잎이 3개. 저보다 한 살 위인 3학년입니다.

저는 분노에 떨리는 몸으로 내달리며 크게 소리 질렀습니다.

"우리 오빠한테 뭐 하는 거야!!!!!"

『!』

놀라는 남자아이들을 무시하고 파직 파직, 자줏빛 번갯불을 흩날리며 사이에 끼어들었습니다.

"이, 이건, 아, 아니야, 카렌. 아, 저기, 오, 오늘도 머리 모양이 귀엽네."

"토넬리, 당신한테 귀엽단 소리 들어도 하나도 안 기뻐, 으읍."

"카렌, 목소리가 너무 커."

뒤에서 뻗어 나온 손이 제 입을 틀어막았습니다. 저는 그 손의 주인을 돌아보고 불만의 시선을 던졌습니다.

연한 갈색 머리카락. 가냘픈 체격에 저와 비슷한 키. 무엇보다
—— 동물 귀와 꼬리가 없는 인간족입니다.

하지만 날 향한 눈은 누구보다도 다정하고 따뜻해서…… 화
가 수그러들고 맙니다.

세상에 단 하나뿐인 나의…… 아니 저의 오빠, 앨런입니다.

오른손에는 오래된 두꺼운 책을 안고 왼손에는 어머니가 직
접 만드신 제 것과 같은 가방을 들고 있는 오빠는 학교에선 눈에
띄는 마법사 차림을 하고 있었습니다. 소매의 문양은 녹색 잎이
한 장. 오빠는 4학년에 열 살이거든요.

오빠가 토넬리에게 물었습니다.

"이제 됐어? 돌아가서 책 읽고 싶은데."

"윽! 자, 자식이…… 바보 취급하냐!!"

"안 했어. 토넬리는 마법 실력이 굉장하잖아. 얼마 전에도 최
상급생 7학년을 포함해도 상위권이었지. 더 연습하면 좋을 텐
데. 그러면……."

"시끄러! 난 굉장하니까 연습 같은 거 할 필요 없다고!!"

"당연하지!" "토넬리가 얼마나 굉장한데!" "그 책 이리 내놔!"

생쥐족 남자아이—— 쿠메가 오빠의 책을 빼앗으려고 손을
뻗었습니다.

저는 오빠의 손을 뿌리치자마자 쿠메에게 발을 걸었습니다.
"아얏!" 하고 쉽게 넘어진 틈을 타 저는 오빠의 손을 끌고 포위
망을 탈출했습니다.

번개 마법을 주르륵 전개해 토넬리 일행을 위협합니다.

"계속할 거야? 더 할 거면 난 용서 안, 으읍!"

또다시 오빠가 입을 틀어막았습니다.

"자, 이제 끝이야. 토넬리도, 괜찮지?"

"쳇! 어이구, 한심하긴. 동생이 지켜주기나 하고."

『맞아 맞아. 한심해. 동물 귀도 꼬리도 없잖아.』

"으으읍!!!!"

다시 화가 치밀어올라 덤벼들려 했지만 오빠가 놓아주질 않았습니다.

오빠는 확실히 동물 귀와 꼬리가 없습니다. 마력도 강하지 않고 싸움도 약합니다.

그치만, 그치만, 이 학교에서 누구보다도 노력하고 있다구요!

토넬리가 악담을 입에 담습니다.

"앨런, 너 같은 건 아무리 노력해 봤자라고!"

오빠가 살짝 웃었습니다. 이렇게 심한 소릴 듣는데 화가 안 나요?

"응, 그럴지도 몰라. 내게 토넬리 같은 마력은 없으니까⋯⋯. 그래도 나는『걷기』로 스스로 정했어. 그걸 굽힐 생각은 없어."

그러지 않으면 아버지와 어머니가 걱정하실 테니까 하고 작게 중얼거립니다.

토넬리는 자길 놀리는 줄 알았겠죠. 볼을 붉히며 성을 내고 있습니다. 이러다 큰일 나겠어요. 이렇게 된 거 손을 깨물어서라도── 그때, 낮은 목소리가 물었습니다.

"야, 거기 꼬맹이들, 뭐 하냐⋯⋯?"

토넬리 패거리의 움직임이 멎고 절 붙잡던 오빠의 손도 떨어졌습니다.

"스이, 아무 일도 아냐."

"앨런한테 물어본 거 아냐. 거기 꼬맹이들한테 물어본 거지."

찾아온 것은 키가 무척 크고 몸집이 커다라며 눈이 날카로워 무섭게 생긴 여우족 6학년.

요즘 오빠와 자주 함께 있는 스이 씨입니다. 신시가지에 있는 커다란 가게가 집이라고 들었습니다. 토넬리 패거리의 얼굴이 파랗게 질립니다.

"쳇! 비, 비겁한 자식아! 인간족은 당장 여기서 나가!!"

『오, 옳소 옳소.』

소리를 지르며 도망칩니다. 스이 씨는 골목대장으로 유명하거든요.

"스이, 겁줄 것까진 없었는데. 카렌도 괜찮았어. 도와줘서 고마워."

오빠가 머리에 손을 얹고 쓰다듬어 주었습니다. 저는 그것만으로도 행복한 기분이 들었습니다. 스이 씨는 어이없어합니다.

"앨런, 야 인마. 삼촌—— 스승님도 조심하라고 그랬지? 『너무 우습게 보이지 말라』고."

"그런가? 그래도 토넬리는 마법 실력이 대단하긴 하거든, 어쩔 수 없어."

"뭐? 네가 더 대단하거든? 그런 어려운 책이나 읽으면서."

스이 씨가 가리키는 손가락 끝에는 오빠가 품에 안은 두꺼운

책이 있었습니다. 반에선 공부도 잘하는 편이지만, 지금 제게
는 어려워서 제목도 읽을 수 없습니다. 고대 문자인가?

"『마왕 전쟁사』야. 얼마 전에 거목 도서관에서 빌려왔거든.
있잖아, 스이, 적색 신호탄의 의미는 말이지."

"관심 없다."

"그래? 아쉽다. 그래도—— 언젠가 꼭 읽어 봐."

"……내키면. 그 꼬맹이들, 매번 계속 목숨 아까운 줄 모른다
니까. 너한테 시비를 걸다니."

스이 씨가 이상한 소리를 하길래 제가 물었습니다.

"저기…… 무슨 뜻이에요??"

6학년이 제게 맞춰 허리를 숙였습니다. 가까이서 보니 눈은
다정합니다.

"그게 있잖냐. 앨런은 말이지, 자기 악담은 무슨 소릴 들어도
그냥 난처한 표정을 지을 뿐이지만, 너나 가족에 대한 소릴 들
으면, 그야말로 무시무시한 마법을……."

"스이." "" ! ""

오빠에게 이름이 불려 상급생과 제 몸이 딱딱하게 굳었습니
다.

6학년생의 꼬리가 부르르 떨며 쪼그라들었고 손을 붕붕 내저
으며 변명을 하기 시작했습니다.

"아, 아무 말도 안 했거든!"

"응. 앞으로도 하지 마. 자, 카렌, 집에 가자."

"앗, 응."

반사적으로 오빠와 손을 잡았습니다. 가슴이 따끈따끈 따스해집니다.

"그러면 스이. 다음에 또 체술이랑 마법 연습 같이 해줄게."

"! 그, 그래!"

……신경 쓰이는 말이 들려왔지만, 지금은 아무래도 좋습니다.

왜냐하면 오빠와 손을 잡고 있으니까요!

*

"웅? 알겠어—— 아시겠어요? 오빠!"

집에 돌아온 뒤 저는 방에서 의자에 앉아 줄곧 오빠에게 설교를 늘어놓았습니다. 다리를 파닥거리며 뒤를 돌아봅니다.

"아직도 다 못 묶었어요~?"

"이제, 다 했어. 카렌도 2학년이니까 나한테 묶어달라고 하지 말고 스스로."

"싫어요. 여동생 머리를 묶어주는 건 오빠의 의무라구요!"

저는 어릴 적부터 오빠에게 머리를 묶어달라고 부탁했습니다. 기본적으론 아침만이지만, 오늘처럼 안 좋은 일이 있었던 날에는 학교에서 돌아온 뒤에도 바꿔 달라고 부탁해요.

거울 속 저는 머리를 양 갈래로 나누어 각각에 커다란 보라색 리본을 달고 있었습니다.

자기 입으로 말하긴 좀 그렇다고 생각하고 있는데—— 오빠가 칭찬해 주었습니다.

"응. 카렌은 무슨 머리 모양을 해도 귀엽네."

"에헤헤♪ 고마워요."

저는 기쁨이 솟아올라 의자에서 내려와 침대에 앉았습니다.

저희 남매는 둘이서 방 하나를 쓰고 있습니다. 침대도 둘이 하나를 쓰면서 줄곧 같이 잡니다. 남매는 같이 자야 하는 법이라고 생각하거든요!

제 머리를 다 묶은 오빠는 어려운 책을 펼쳐 읽기 시작했습니다.

……재미없어요. 저는 오빠에게 손가락을 들이대며 설교를 재개했습니다.

"오빠, 토넬리네한테 조금은 반격해 주세요! 설마 동급생들도 그래요……?"

"동급생이나 상급생은 안 그래. 괜찮아. 그리고 반격할 이유가 없는걸."

책을 닫고 오빠가 절 바라봅니다. 반론했습니다.

"매번 오빠한테 나쁜 소릴 하고 심술을 부리는데도요? 정당방위? 라구요!"

"어려운 말을 아는구나. 그래도 토넬리네는 내 소중한 것에 손을 댄 게 아니거든. 그럴 시간이 있으면 마법 연습을 하고 싶고 책도 읽고 싶어."

평소대로입니다. 오랜만에 그런 불쾌한 일을 당했는데도…….

그리고 마법 연습과 책이 다인가요…… 저랑 노는 건 왜 말 안

해주는데요!

저는 고개를 돌리고 험담을 입에 담았습니다.

"흥이에요. 마법 연습을 한다지만 오빠가 연습하는 모습은 본 적이 없는걸요. 모처럼 마법 실력이 늘도록 소원을 담아 리본을 묶어드렸는데."

책상 옆의 완드에는 보라색 리본이 묶여있습니다. 제 애착 리본이에요. 오빠는 난처한 표정을 짓습니다.

"하고 있는데? 아침이랑 밤에 해. 카렌은 자느라 본 적이 없을지도 모르겠네?"

……수상해요. 하지만 이건 중대한 사태입니다.

저번만 해도 어머니와 아버지께 방을 따로 쓰게 해달라라고 말한 것도 봤단 말이에요. 심했어요. 너무해요. 나빴어요!

오빠의 음모 앞에서 저는 몸을 떨었고…… 그것을 어, 격멸? 할 방책? 을 떠올리고자 머리를 굴렸습니다.

"오빠, 내일 광요일에 약속 같은 거 있어요?"

"? 없지. 이 책을 다 읽으면 도서관에 새 책을 빌리러 가는 정도려나?"

"그럼 내일은 저랑 대결해요! 오빠가 연습하고 있다면 이길 수 있겠죠?"

"카렌을 이길 자신은 없는걸."

"?!"

예상 밖의 말이 날아왔습니다. 이, 이상해요. 동급생 남자애들은 "누, 누가 진다 그래!" 하고 금세 걸려드는데.

이, 이대로 가다간 내일 오빠랑 못 놀게 되고 말겠어요.

그런 건, 그런 건—— 싫단 말야. ⋯⋯으으~⋯⋯.

"그래도 카렌이랑 놀고 싶으니까, 그러자."

"! 신난다! 장소는 내일 안내할게! 후훗~♪"

콧노래를 부르며 침대로 굴러가 베개를 안고서 거목님에게 기도를 올렸습니다.

——부디, 내일은 날씨가 맑기를!

*

저희가 사는 왕국 동도에는 거목의 동쪽 서쪽으로 수인 마을이 두 곳 있습니다.

한 곳은 서쪽에 있는 구시가지. 저희는 이곳에 살고 있습니다.

다른 한 곳은 동쪽에 있는 신시가지. 왜 두 곳으로 나뉘었는가 하면⋯⋯ 먼 옛날, 전쟁만 하던 시절, 동도는 고작 마법 한 방에 모두 불타버렸기 때문입니다.

하지만 서쪽에 있던 구시가지는 거목이 지켜줘서 화마에서 살아남았대요. 신시가지는 그 전쟁이 끝나고 세워진 것이라고—— 학교에서 배웠습니다.

하지만 저는 전쟁을 몰라 잘 상상이 가질 않습니다. 그도 그렇게 동도는 무척 넓거든요. 그런 동도를 마법 한 방에라니⋯⋯ 손가락이 이마를 꾸욱 누릅니다.

"! ⋯⋯오빠, 뭐야—— 뭐 하는 거예요!"

"카렌이 거목을 보면서 멍~하니 있길래. 날씨가 좋아서 그런 가?"

옆에서 저와 색이 다른 진베이를 입은 오빠가 키득키득 웃습니다.

저는 볼을 부루퉁 부풀리고 머리를 만지려다가——바로 손을 집어넣었습니다.

맞아요. 오늘은 운동을 해야 해서 머리를 정리해달라고 했었죠.

오빠가 묻습니다.

"그래서 어디로 가는 거니? 너무 위험한 곳은 안 돼. 어머니가 걱정하시니까."

"오빠도 가 본 적 있는 곳이에요. 가요."

손을 이끌고 수로를 따라 난 뒷골목을 걷기 시작했습니다. 거목을 향해 가는 것이 가장 빠른 길이지만, 오늘은 멀리 돌아갈 거예요. ……그러는 게 오빠와 더 오래 손을 잡을 수 있거든요.

어깨가 들썩거립니다. 뒷골목이라 그런지 사람은 거의 만나지 않았습니다. 손이 이끌립니다.

"카렌, 거목으로 갈 거면 이쪽 길로 꺾어야지."

"거목으론 안 가요. 우리가 갈 곳은——."

저는 거목—— 그 너머로 보이는 숲을 손가락으로 가리켰습니다.

"『거목의 숲』이에요!"

동도는 무척 자연이 많은 도시입니다. 왕국 내에선 『숲의 도시』라고 불린다고 배웠습니다.

　하지만 거목의 북쪽으로 펼쳐진 무척 넓은 숲은 사실 그 정도까지 유명하진 않습니다.

　숲은 수인족 아이들에게 있어서 학교에 들어가면 데리고 가 주는 놀이터거든요.

　저희는 수로를 따라 다리와 그보다도 훨씬 튼튼해 보이는 대광장, 대교 밑을 빠져나가 거목 앞에 있는 광장을 올려다보며 거침없이 나아갔습니다. 순조롭습니다, 순조로워요. 하지만——.

　"어헛, 거기 꼬맹이들. 어딜 걷는 게냐!"

　"!"

　수로 쪽에서 소리가 났습니다. 저는 깜짝 놀라 오빠 등 뒤로 숨었습니다.

　그곳에는 백발이 섞인 검은 머리카락에 하얀 꼬리를 가진 수달 할아버지가 있었습니다. 낡은 곤돌라를 타고서 우리를 날카롭게 노려봅니다. 오빠의 진베이를 꼬옥 쥐었습니다.

　……무, 무서워. 그렇게 떨고 있는데, 머리에 따뜻한 손이 얹혔습니다.

　"더그 씨, 겁주지 마세요. 동생이 무서워하잖아요."

　"크하하. 당연하지. 일부러 겁준 거다. 꼬맹이들의 통과 의례란 거지. 웬일로 이런 곳에 다 있냐, 앨런. 오늘은 거목 도서관엔 안 가냐?"

　오빠랑, 아는 사이야……? 저는 등 뒤에서 다시 한번 고개를 내밀었습니다.

조금 전까지와 달리 다정히 반기는 듯한 얼굴이 보입니다. 저는 옷자락을 붙잡으면서도 용기를 내어 인사했습니다.

"느, 늑대족카, 카렌입니다. 거목 학교 2, 2학년, 이에요……."

"그래, 안다. 나탄과 엘린네 꼬맹이 아니냐."

"! 어, 어떻게 알았지……?"

저는 혼란스러워 오빠를 바라보았습니다. 평소 같은 미소가 보입니다.

"더그 씨는 구시가지에 사는 사람들 모두의 얼굴을 외우고 있거든. 굉장하지? 전에는 수달족 부족장이셨어."

"크하하. 인마, 앨런, 그만해라. 타고 갈 거냐? 거목의 숲이지?"

"감사합니다. 하지만 오늘은 여동생과 데이트 중이라 느긋하게 걸어서 갈게요."

"너무 안쪽으로 가진 마라? 뭐, 거기엔 결계가 있으니 그럴 수도 없겠지만. 또 우리 집에 놀러 와라. 오래된 문헌이 나왔거든."

"감사합니다. 꼭 갈게요."

"오냐!"

수달 할아버지는 기분 좋다는 듯이 곤돌라를 몰아 저희에게서 떠나갔습니다. ……어어, 으음. 새로운 정보를 머리가 따라가지 못합니다. 그러자 오빠가 머리를 토닥토닥 두드려 주었습니다.

"더그 씨는 있지, 거목 도서관에서 만났어. ……처음엔 나도 무서웠지. 지금 카렌처럼 됐거든. 바들바들 떨면서 무서워~

그랬어."

"그, 그런 적, 어, 없거든! 빠, 빨리 가자!!"

오빠의 손을 잡고 걷기 시작했습니다.

──금세 용기를 되찾았습니다.

왜냐하면 오빠와 함께 있으면 모든 것이 전부 즐겁고 기쁘거든요!

*

수로가 중간에 끊기며 거목의 숲으로 들어섰습니다.

숲이라 해도 잡초들은 모두 베어놓았고 쓰러질 만한 나무도 없습니다.

저는 우선 번개 속성 중급 마법 『뇌신탐파(雷神探波)』를 발동시켰습니다. 주변에 번개로 된 파도가 퍼져나가며 일부 지점에서 사라졌습니다. 결계예요. 위험이 없도록 어른들이 설치해놓은 것이라 이 안으론 마수(魔獸)도 들어오지 않고 위험한 경사면 같은 것도 없습니다.

오늘은 놀고 있는 사람이 아무도 없나 봅니다. 저는 오빠를 다시 돌아보았습니다.

"이제 다 왔어, 아니, 도착했어요. 여기가 오빠랑 제가."

"카렌! 대단한걸!! 지금 그거 중급 마법이지?? 대단해!"

오빠가 제 머리를 마구 쓰다듬고 껴안으며 잔뜩 칭찬해 주었습니다.

그 얼굴을 보기만 해도 기뻐서 그만 얼굴이 헤벌쭉 늘어지고 제멋대로 꼬리가 움직였습니다.

"그, 그런 것보다 여기서 저랑 승부—— 아니, 술래잡기를 해요. 제가 도망칠 테니 붙잡아주세요! 오빠가 지면……."

심호흡. 시선을 맞추고 요구합니다.

"다음부터, 암요일에도 저랑 놀아 주세요! 오빠에겐 여동생과 놀아 줄 의무가 있다구요!"

"술래잡기라~. 카렌이 지면?"

"후훗~. 절대 안 지거든요!"

저는 신체 강화 마법을 발동시키고 오빠의 팔을 빠져나가 전력을 다해 달리기 시작했습니다.

"왜냐하면, 전 엄~청나게 빠르니까요!"

"앗, 요 녀석!"

"선수 필승, 이에요!"

저는 혀를 살짝 내밀곤 숲속을 달렸습니다.

——오빠에겐 말 안 했지만, 전 이 숲에서 최상급생인 7학년에게도 잡혀본 적이 없습니다. 번개 마법으로 빨라질 수 있고 탐지 마법도 쓸 수 있으니까요.

지금도 오빠의 위치는 제대로 알고 있어요.

어라? ……전혀 움직임이 없네요. 벌써 포기한 걸까요?

"하여간! 여동생을 쫓아오지 않다니 오빠도 나빴어!"

"그냥 카렌이 빨라서 그래. 자아, 잡았다."

"?!"

갑자기 뒤에서 품에 안겼습니다. 어느새?! ……그래도, 에헤헤.

헉! 이, 이러면 안 되죠!! 손을 뿌리치고 노려봅니다.

"오, 오빠가 여기 왜 있어?!"

"어? 쫓아왔으니까 있지. 이러면 카렌이 진 거 맞지?"

"아, 안 졌어! 스, 승부는 지금부터야!!"

다시 숲속을 달리고 또 달립니다. ……나무 그늘에 숨어 탐지 마법으로 확인합니다.

역시 움직임이 없어요. 하지만 아까는 붙잡혔으니 방심은 금물입니다. 집중해서 귀를 기울이다 보면…… 들렸어요! 전 바로 달려 나갔습니다.

"앗, 들켰다."

돌아보자, 오빠는 나무 바로 옆까지 와 있었습니다.

……으으으. 아무래도 마법? 을 써서 다가온 모양입니다.

뭘 썼는지도 모르겠고 마력도 못 느꼈어요. 하지만——.

"문제, 없거든! 계속 달리면 못 잡을걸!"

저는 평소엔 좀처럼 내지 않는 최고 속도로 숲속을 달렸습니다.

점점 가속합니다. 바람이 무척 기분 좋아요!

지금 전 절대로 못 잡을——.

"꺅!"

갑자기 발밑이 무너졌습니다. 몸이 내동댕이쳐지며 경사면을 굴러갑니다.

시간이 무척이나 느리게 느껴져 머리가 너무 혼란스럽습니다.

평지밖에 없었을 텐데…… 내가, 혹시 결계 틈새로 빠져버렸나?

──나무에 걸려 간신히 멈췄습니다.

온몸이…… 너무 아프고 진흙투성이예요.

"으으으…… 아, 아파……."

나무에 손을 짚고 일어서려 했지만──.

"히읙!"

오른쪽 다리가 욱신욱신 아파서 일어서지 못하고 주저앉았습니다.

"앗……."

치유 마법은 아직 배우지 못했단 사실을 떠올렸습니다.

눈동자에 눈물이 글썽거리다 흘러넘치기 시작합니다. 주위는…… 무척 어둡습니다.

"흑…… 훌쩍…… 오, 오빠아아아…… 아, 아파…… 아파아…… 도와줘…… 오빠아아…… 오, 빠, 아아아아아!!!!!"

하지만 아무리 울어봤자 도와주러 올 리가 없습니다. 그도 그럴 게 이곳은 결계 밖이니까요.

그리고 결계는 무척이나 튼튼합니다.

지금까지 이런 식으로 결계 밖으로 나가버린 아이가 있다곤 들어본 적이 없습니다.

경사면도…… 저는 위를 올려다보았습니다.

"흑…… 흑……."

무척 가파릅니다. 결계 안의 마력도 전혀 감지가 안 됩니다. 마수가 다가오면 큰일이라 몇 겹에 걸쳐 결계를 쳐놨기 때문입니다.

마력이 적은 오빠가 절 찾아내는 건, 하물며 결계를 부수는 건…….

"카렌!!!!!!!!!!"

"!"
경사면 위에는 우리 오빠가 서 있었습니다.
──이때 일을 저는, 저는, 지금도.

*

"그래서, 어, 어떻게 됐어? 아, 아니 그보다, 그 결계가 풀리는 게 가능해?! 죽어라 튼튼하잖아…… 들어본 적도 없는데?!"
"카, 카렌~…… 아팠겠다……."
카야와 코코가 테이블 위로 몸을 내밀고 다음 이야기를 재촉했다.
"어떻게고 자시고, 그걸로 끝이야. 오빠가 날 발견해서 집으로 데리고 와서 해피 엔딩. ……결계는 정말 일부가 살짝 풀려 있었대. 원인은 불명이고."
""뭐어?!!""

──그때 오빠는 멋있었다.

땀범벅이 되어 나뭇잎과 나뭇가지를 잔뜩 머리에 붙이고 있었지만, 정말로, 정말로, 정말로 멋있었다. 지금도 가끔 꿈에서 보고서 매번 기숙사 베개를 꼬옥 껴안고 만다.

오빠와 그때 처음으로 마력이 연결됐단 사실은 비밀이다. 그 뒤로는 나도 오빠와 매주 암요일에 마법 연습을 하게 된 것도 딱히── 거기까지 생각했을 때, 복도에서 즐거운 듯이 설명이 이어졌다.

"그다음은 카렌을 업고 집으로 돌아왔어. 기만 마법을 쓴 것과 마력을 역탐지했단 사실을 털어놨더니 엄청나게 삐졌었지."

방문으로 고개를 내민 오빠에게 나는 과거 최고 속도로 이동해 입을 틀어막고 온 힘을 다해 따졌다.

"오, 오빠?! 어휴 진짜!!"

그 얘기는 둘만의 추억인데!

오빠가 팔을 가볍게 두드리길래 마지못해 손을 뗐다.

"안녕, 카야, 코코. 많이 컸구나."

소꿉친구 두 사람은 자세를 바로잡고 꼼지락거렸다.

""애, 앨런 씨…… 아, 안녕하세요……""

"거기 두 사람! 갑자기 조신하게 굴지 마! 오빠도 오빠예요! 자꾸 그렇게."

톡 하고 내 머리에 오빠가 손을 얹었다. 살짝 거칠게 휘젓는 손길에 화난 것과 불만이 아무래도 좋아져 귀와 꼬리가 제멋대로 움직였다.

"우와아……." "카렌~ 기뻐 보여 ♪"

나는 수치심에 몸을 떨며 화를 내려 했지만,

"오빠? 왜 그러세요??"

"잠깐 기다리고 있으렴."

그렇게 말하고 오빠는 안뜰로 나갔다. 머리 위를 올려다본 우리도 황급히 쫓아가 하늘을 올려다보았다.

──야생 그리폰이 날고 있었다. 카야와 코코도 시선을 집중했다.

"아~ 날고 있네~. ……앨런 씨, 어떻게 알았어요?"

"나는~ 전혀 몰랐어…… 어, 어라? 뭐, 뭔가~ 떨어지는데~?"

그리폰 등에서 작은 물체가 떨어져 나와 내려오고 있었다.

자세히 살펴보니 필사적으로 날갯짓하며 천천히 낙하 중이다. 오빠가 읊조렸다.

"병원에 온 것도 놀랐었는데……."

오빠가 오른손을 쥐더니 바람 마법과 부유 마법을 동시에 발동시켰다. 그러자 불안정하던 작은 물체의 낙하가 안정되었다. 점점 확실하게 보이기 시작한다.

아름다운 청록색 털 뭉치에 작은 날개── 며칠 전에 만난 제이드 그리폰의 새끼!

둥실거리며 그 아이가 오빠 곁으로 날아와 품 안에 안기더니 "♪" 하고 기쁘다는 듯이 장난을 쳤다. 소꿉친구들은 입을 떡 벌리고 날 바라보았다.

"말도 안 돼?! ……야생 제이드 그리폰은 사람을 안 따르는 거 아니었어?"

"카렌~ ……마력도 굉장해서~ 사람은 상대도 안 한다고 배웠는데?"

"사람을 잘 따르는 그리폰도 있는 거 아냐? 얘처럼."

팔 안에서 어린 그리폰이 목을 골골거린다. 그 아이의 머리를 쓰다듬으며 오빠가 흐뭇이 웃었다.

갑자기 두 사람이 볼을 붉혔다. ……끄응. 카야와 코코가 물었다.

"저, 저기, 앨런 씨. 그 애, 어떻게 할 거예요?"

"제, 제이드 그리폰은~ 마을 안엔 안 내려올 것 같은데요."

"부모에게 돌려줘야지. 위에서 걱정하고 있는 것 같으니. 빨리 보내줘야겠다."

상공에서는 그리폰이 빙글빙글 선회 중이었다. 하지만 돌려준다 한들 어떻게 하려는 걸까?

그러자 현관에서 커다란 목소리가 울려 퍼졌다.

"앨런~ 카렌~ 다녀왔다~ ♪"

어머니가 외출했다가 돌아온 모양이다.

"어서 와요. 어머니, 안뜰에 있어요~. 아, 그렇지! 너희, 이다음 할 일 있니?"

오빠는 대답하며 우리에게 물었다.

"? 딱히 아무것도." "없어." "요~."

"그래, 그러면…… 앗, 요 녀석!"

새끼 그리폰이 둥실둥실 어깨에서 머리 위로 기어 올라갔다.

……어떡하지, 귀여워. 영상 보주가 갖고 싶다. 지금 당장 갖고 싶다.

하지만 우리 집에 그런 비싼 물건이 있을 리가── 싶었지만, 옆에서 슥 보주가 튀어나왔다.

"와아~ 앨런, 너무 좋다~ ♪ 카야, 코코, 어서 오렴~ ♪"

엄마가 눈을 반짝이며 복도에서 촬영 중이었다. 안나 씨가 맡겨놓고 갔나?!

새끼 그리폰은 기쁜 듯이 날개를 파닥였다. 오빠가 중얼거렸다.

"난처한 아이야. 어머니, 이 애, 미아예요. 애들이랑 같이 보내주고 올게요."

"어머나? 그거 큰일이네! 저녁 먹기 전까지 돌아와야 한다? 나탄도 그쯤엔 돌아올 것 같거든. 그이도 참, 골동품 마도구를 발견하면 오래 걸린다니까……."

"저, 저기~…… 애, 앨런 씨." "보, 보내주다니~ 구체적으론 어떻게요?"

일부러 손까지 들며 질문한 소꿉친구들에게 오빠는 새끼 그리폰을 고쳐 안으며 방긋 웃고 대답했다.

"마을 안으론 어미가 안 내려오니까 교외로 나가자. 더그 씨 곤돌라를 타고."

"! 더그 씨면." "이, 이전 수달족 부족장인 그분요~?"

"응. 그분은 동도에서 제일가는 곤돌라 사공이거든. 웃옷 갖고 올게."

그렇게 말하고 오빠는 자기 방으로 돌아갔다. 곧바로 카야와 코코가 다시 날 돌아보더니, 한마디 했다.

""앨런 씨, 굉장하다!!!""

나는 오빠가 칭찬받아 기쁨이 솟아올랐다. 어머니도 보주를 들고 방긋방긋 웃는다.

오빠가 웃옷을 걸치고 돌아왔다.

"자, 갈까. 조금만 서두르자. 저녁 시간 전까진 돌아올 수 있게."

——이후, 우리는 선착장까지 식물 마법과 인식 방해 마법을 구사해 민가 지붕을 타고 고속으로 이동했다.

지붕 위를 이동할 때는 코코는 오빠가, 카야는 내가 안고 갔다.

……코코, 좀 치사한데.

그다음은 곤돌라를 타고 더그 씨의 진심이 담긴 노 젓기를 체험했다.

새끼 그리폰은 좋아했지만, 이번에는 카야가 오빠에게, 코코가 내게 달라붙게 됐다.

……카야도 좀 치사해.

이렇게 교외로 나온 뒤, 우리는 드디어 새끼 그리폰을 어미 그리폰에게 돌려줄 수 있었다.

"이렇게 가까이 그리폰이 내려오다니…… 예뻐라……." 하고 두 사람은 무척 감동했다.

부모와 자식이 나란히 지상에서 몸을 크게 떨어 감사를 표하는 몸짓을 보인 뒤, 고맙다는 뜻인지 우리의 머리 위를 몇 번 돌며 비행한 다음 어미 그리폰은 새끼 그리폰을 등에 태우고 날아갔다. 어미 그리폰을 배웅한 뒤 돌아오는 곤돌라 안에서 소꿉친구들은 내게 이렇게 속삭였다.

""(……앨런 씨는 역시, 엄청, 엄청 멋있다!)""

그럼. 오빠는—— 세상에서 제일가는 우리 오빠인걸.

제2장

"티나와 엘리가 늦네. 앨런 님 편지엔 교수님과 함께 온다고 적혀 있었으니, 걱정은 없을 것 같지만…… 무슨 사건에 휘말리거나 한 건 아니겠지?"

이곳은 왕국 북도의 중앙역 역사.

커다란 유리 창문으로 여름 햇살이 들어와 오후의 역사 안을 밝게 비추고 있다.

한 주가 시작되는 엿요일이라 그런지 수많은 사람이 오가고 있었다.

지금, 나는 여동생인 티나 하워드와 티나의 전속 메이드이자 소꿉친구인 엘리 워커가 타고 있을 기차가 도착하길 기다리고 있었다.

도착 예정 시각은 이미 지났건만…… 뒤에서 냉정한 지적이 날아온다.

"스텔라 아가씨, 그저 기차가 지연됐을 뿐이지 싶습니다."

돌아보자, 키가 크고 옅은 금발에 집사복을 차려입은, 고지식해 보이는 청년이 단안경을 고쳐 쓰고 있었다.

"그렇겠지. 고마워, 롤랑."

"아닙니다."

곧바로, 또 담담하게 내게 대답한 이 청년의 이름은 롤랑 워커.

오랜 기간에 걸쳐 하워드 공작가를 옆에서 도와준 워커 일족, 그 분가의 젊은이 중에서도 가장 우수하다고 평가받는 인물이다. 나이는 아마 스물두 살이었지.

아버님과 집사장인 그레이엄 워커는 날 생각해서 이 여름휴가 중의 내 전속 집사로 임명했을 것이다. ……솔직히, 아주 조금 불편하다.

아무렴, 필요한 것밖에 얘기를 해주지 않기 때문이다. 옛날에 아직 견습 집사였을 시절엔 만나면 조금 더 말수가 많았던 것 같은데.

그래도 전속 집사라~. 만약 내가 집사를 자유롭게 골라도 된다면…… 그래, 예를 들면 앨런 님 같은…… 아, 아예 앨런 님이 집사라면 어떨까?

『스텔라 아가씨, 역사 안을 걸어보실까요? ──넘어지지 않도록 손을 주시죠.』

『네, 네에…….』

집사복을 차려입은 앨런 님이 손을 내밀고 부끄러워하면서도 행복한 듯이 그 다정하고 따뜻한 손을 잡는 자신의 모습이 뇌리에 선명히 떠오른다. ……에헤헤.

거기까지 생각했을 때, 나는 정신을 차리고 달아오른 양 볼에 손을 대며 고개를 붕붕 저었다.

나, 나도 참, 무, 무슨 생각이래. 이, 이러면 안 되지. 이러면 안 돼.

 애, 앨런 님이 내 집사라니…… 그런, 그런 건…….

 그, 근데 린스터 저택에서 비슷한 옷을 입으신 적이 있다고 티나와 엘리가 말했던 것 같은데……. 그, 그 말은 즉, 계기만 있다면 내가 부탁해도 집사복을 입고 머, 멋진 모습을 보여주시지 않을까?

 그치만 그치만, 앨런 님이 오해하시길 바라지 않아서 편지로 롤랑에 대한 내용을 보냈더니 "분명 미남미녀겠군요." 같은, 그런 심술궂은 말을 적어서 보내셨단 말아…….

 으으~…… 조금은 질투해 주셔도 되는데.

 그런 생각을 하며 번민에 빠져있는데, 롤랑이 날 의아하게 바라보는 것을 깨달았다.

 "스텔라 님? 왜 그러시죠?"

 "아……. 그게, 저기…… 아, 아무것도 아니야. 시, 신경 안 써도 돼."

 황급히 아무것도 아닌 척하며 미소를 보여주었다.

 "……."

 집사는 아무 말 없이 그대로 자세를 고쳤다.

 나, 나도 참, 롤랑이 있는 것도 까먹고 내 세상에 푹 빠지다니! 망상을 그만 입에 담아버린 건 아니겠지? 양 볼에 손을 올리고 눈을 감았다. ……조심해야지.

 그때였다. 머리 위 표시판이 빛을 발하며 기차의 도착을 알렸다.

승객이 연이어 역사로 밀려든다.

인종은 가지각색. 하지만 수인만은 수가 무척이나 적었다. 그들의 사회적 지위가 부당하게 낮다는 것을 알 수 있었다. 우리집이 더 고용이라도 해서 앞으로 모범을 보여줘야겠구나.

개찰구 밖에서 한동안 기다리자——.

"언니~!"

"스텔라 아가씨! ……어라? 로, 롤랑 오라버니??"

모자를 쓰고 여름옷을 입은 여동생 티나와 엘리가 팔을 크게 흔들며 다가왔다. 그 뒤로는 왼쪽 어깨에 검은 고양이 모습의 앙꼬 씨를 올리고 밀짚모자에 반소매 셔츠, 긴 바지라는 완벽한 휴가 모드인 교수님의 모습도 보였다. 나도 크게 손을 흔들었다.

우리 앞에 도착한 여동생과 소꿉친구가 만면의 미소를 지어 보였다.

"다녀왔습니다." "다, 다녀왔습니다!"

"어서 오렴. 동도는 즐거웠나 보구나."

""네!""

기운찬 여동생들의 대답을 듣기만 해도 어쩐지 기쁨이 솟는다.

나는 교수님을 돌아보고 고개를 숙였다.

"동도에서 여기까지 인솔해 주셔서 감사합니다."

"뭘, 그냥 기차를 같이 탔을 뿐이지. 뒤에 있는 건…… 롤랑 도령인가? 제법 많이 자랐구나. 아버지는 잘 계시고?"

""""도령?""""

우리는 무심코 입을 맞추고 말았다.

냉정하고 침착하며 집안에서 제일가는 완벽주의자, 얼음으로 된 피가 흐르고 있다, 등등…… 그런 식으로 불리는 롤랑 워커를 『도령』이라 부르는 건 왕국 내를 찾아봐도 교수님 정도일 것이다.

집사는 단안경을 고쳐 쓰곤 나를 힐끗 보고 대답했다.

"잘 계십니다. ……교수님, 외람되오나 도령이라 부르는 건 자제해 주십시오."

"롤랑 도령은 롤랑 도령 아닌가? 전에 만났을 땐 신경도 안 쓰더니…… 응? 아아, 그런 거였군. 그렇다면 고쳐 부르도록 하지. 적어도 스텔라 양 앞에선."

교수님은 갑자기 방침을 바꾸곤 롤랑에게 무척 심술궂은 미소를 보내며, 동시에 무슨 일인지 날 향해 윙크해 보였다.

"윽! …… 가, 감사…… 합니다."

청년은 벌레를 씹은 듯한 표정으로 떨떠름하게 감사를 전한 뒤, 고개를 숙이며 "……이 내가…… 이런 실수를……." 하고 신음을 흘렸다. 영문을 모르겠다.

티나와 엘리도 나와 마찬가지로 고개를 갸웃거리고 있었지만 —— 갑자기 얼굴을 마주 보곤 서로 두 손을 마주 잡았다.

"……아! 엘리." "네, 네엣! 그, 그런 거군요!"

둘이 제자리에서 폴짝폴짝 뛰며 고개를 끄덕인다.

……혹시, 나만 모르는 거야??

생각에 잠겨 있자, 롤랑은 티나와 엘리에게 고개를 숙였다.

"티나 아가씨, 엘리 아가씨, 어서 오십시오. 공작 전하께서 스텔라 아가씨가 북도에 머무르시는 동안 집사를 맡겨주셨습니다. 잘 부탁드리겠습니다."

여동생이 두 주먹을 불끈 쥐며 집사의 인사에 대답했다.

"롤랑이 언니 직속으로?! 그렇구나…… 열심히 해! 나 응원할게!"

"성심성의를 다해 섬기도록 하겠습니다."

아주 살짝 동요한 모습인 롤랑에게 엘리도 양손을 마주치며 미소 지었다.

"저, 저도, 응원할게요♪ 그리고, 그, 그게, 저기…… 전 아가씨라고 안 불러도 돼요."

"무슨 말씀인지 잘 모르겠군요. 엘리 아가씨는 본가를 이으실 분입니다."

"아으, 아으."

이젠 그냥 평소처럼 냉정한 롤랑의 모습이었다. 방금 동요한 것처럼 보인 건 착각이었을까? 생각을 전환해 여동생들에게 여행의 추억을 물었다.

"대충은 앨런 님이 편지로 알려주셨는데 또 무슨 일이 있었니?"

"아무 일도 없었어요, 아무 일도. 자, 언니, 저택으로 가요. 어서요."

"저, 저기. 스텔라 아가씨, 그게 있죠…… 도, 동도 역에서 티나 아가씨가…….”

“엘리?”

“아으으으.”

내 물음에 시침을 뚝 떼던 티나가 엘리의 말을 막았다. ……수상한걸.

나는 빤~히 여동생의 얼굴을 바라보았다.

그러자, 티나가 시선을 확 피했다. 앞머리가 기쁜 듯이 흔들린다.

얘가 뭔가를 숨기고 있구나. 아마도—— 앨런 님에 대한 것!

“엘리, 무슨 일이 있었는지 알려줄 거지?”

“네, 네엣. 그, 그래도, 저기…… 저, 전 티나 아가씨 전속 메이드라서…….”

“정말로 그래도 되겠어? 엘리.”

조용히 소녀의 이름을 부르고 시선을 맞춘다.

그러자 소꿉친구는 쭈뼛거리던 눈동자를 진정시키더니 볼을 살짝 부풀렸다.

“……티나 아가씨가, 동도 역에서 앨런 선생님의 지팡이에 파란색 리본을 묶었어요!”

“엘리?!”

“그, 그런 곳에서, 아, 앞서가는 건 아니라고 생각해요! 또, 또, 위험하다구요!”

“아, 앞서간 거 아니거든! 위, 위험한 건, 저기……마, 맞긴 하지만.”

여동생과 소꿉친구가 언쟁을 벌이기 시작한다.

나는 티나가 앨런 님의 지팡이에 리본을 묶는 장면을 상상하고는…… 치사해.

나도, 나도 내 리본을 앨런 님의 지팡이에 묶고 싶은데.

하지만 나는 이 애들의 언니다.

그리고 앨런 님이라면 분명 이렇게 하시겠지. 여동생들의 머리를 각각 검지로 살짝 밀었다.

"요 녀석들, 둘 다 싸우면 안 되지! 티나, 앞서가는 건 반칙이야. 엘리, 우린 그만큼 왕도에서 어리광부리기로 하자. 알았지?"

"으…… 그, 그치만……." "네, 네엣."

내 말을 듣고 시무룩한 표정을 짓는 여동생의 부드러운 머리카락을 쓰다듬었다.

"그런 얼굴 하지 말고. 또 무슨 일이 있었니?"

"저기…… 아, 맞다, 언니께 드릴 게 있었어요."

여동생은 이번엔 조금 분해하며 내게 봉투를 내밀었다.

그것 자체는 그리폰편으로 사용되는 일반적인 봉투와 같았다. 단, 뒷면에는 마법식이 적혀있었다.

받아 들며 심장 고동이 커지는 걸 자각했다. 답을 알면서도 일부러 물었다.

"이게 뭐니?"

"언니, 알면서 물어봤죠? ……선생님이 보낸 거예요."

"그, 그래. 고, 고마워."

저도 모르게 더듬더듬 말하고 말았다.

나는 두근거리며 열어서 안을 보려다가―― 그만뒀다.

"티, 티나? 에, 엘리? 왜, 왜 그러니??"

"우리는 ♪" "신경 안 쓰셔도 돼요!"

여동생들은 자못 당연하다는 듯한 얼굴로 뒤에서 들여다보았다.

나의 전속 집사가 주의를 준다.

"티나 아가씨, 엘리 아가씨, 스텔라 아가씨를 곤란하게 하시면……."

"롤랑, 됐어, 괜찮아."

고지식하게 티나와 엘리에게 주의를 준 집사를 제지하고 여동생들에게 말을 걸었다.

"괜찮아. 다 같이 보자."

"언니, 너무 좋아요 ♪" "저, 저도 너무 죠아여. 아으으……."

기운찬 여동생들의 모습에 흐뭇함을 느끼며 봉투로 의식을 되돌렸다.

그 자리에서 몇 번 정도 심호흡을 하고―― 됐다!

요란하게 뛰는 심장을 억누르며 천천히 봉투를 열었다.

그곳에 희미하게 남은 그분의 마력이 무척 사랑스럽다.

――봉투의 내용물은 편지와 새로운 노트.

마음 깊은 곳에서 환희가 솟아오른다. 기쁘고 기뻐서 어쩔 수가 없다.

노트가 상하지 않도록 살포시 품에 안았다.

그것만으로도 가슴이 벅차올라 어쩔 도리가 없이―― 행복해진다.

나는 어찌 이리 단순한 여자일까. 무심코 미소가 새어 나왔다.

"우후후 ♪"

며칠 전 보낸 편지에 '과제로 받은 노트를 벌써 다 풀었습니다.', 그렇게 적은 것이 두 권째를 달라고 보채는 것처럼 여겨지진 않았을까? 하고 무척이나 고민했지만, 적길 잘했어!

아…… 그, 그래도, 그래도 그래도, 부담을 드린 건 아니었을까?

이 일 때문에 앨런 님께 미움을 사기라도 한다면, 난…… 그때 갑자기 오른쪽 어깨에 무게가 실렸다.

"? 앙꼬 씨, 왜 그러세요?"

교수님의 사역마인 검은 고양이가── 울었다. 그러자──.

"어?"

노트가 멋대로 떠오르더니 내 눈앞에서 한 페이지가 펼쳐졌다.

티나와 엘리가 눈을 동그랗게 뜨고 롤랑이 경계한다.

"! 언니?" "이, 이건." "스텔라 아가씨."

"괜찮아."

노트의 첫 페이지에 끼워져 있던 것은── 푸른색과 비취색으로 밝게 빛나는 작은 깃털.

나는 살며시 손으로 짚었다.

티나와 엘리가 입가를 가리고 교수님이 감탄을 흘렸다.

"! 그 깃털은." "제이드 그리폰의?" "호오…… 희귀한걸."

"예뻐라."

무심코 그런 소릴 흘린 나는 망가지지 않도록 깃털을 조심스레 쥐고 노트로 시선을 떨궜다.

그곳에 있는 것은—— 몹시 좋아하는 그분의 다정한 글씨.

『토라진 학생회장님께 드리는 행운의 부적입니다. 왕도에서 또 카페에 가요.』

어휴. 엘런 님도 참.

운 같은 건…… 당신과의 만남에 전부 써버렸건만.

반짝반짝 창백한 마력이 멋대로 새어 나와 역사 안을 춤춘다.

"언니, 행복해 보여…… 좋겠다……."

"아으, 아으, 아으…… 부러워요……."

"……"

티나와 엘리가 중얼거리며 손가락을 빨았고 롤랑도 두세 번 단안경 위치를 고친 것 같았지만, 전혀 신경 쓰이지 않았다.

왜냐하면—— 앨런 님이, 날 이렇게나 신경 써주셨으니까.

교수님이 드높게 웃었다.

"하하하, 스텔라 양, 잘됐군. 그 깃털은 무척 귀중한 물건이야. 소중히 하도록. 롤랑 도령, 슬슬 가도록 하지. 월터와 그레이엄은 자리를 비웠다고 들었지만, 늦게 갔다간 셰리에게 설교를 듣고 말 거야. 난 여기에 피로를 풀러 온 거지, 피로를 추가하러 온 게 아닐세. ……왕도로 돌아가면, 더 머리가 아파지는 일들이 가득하니 말이야."

"──엘리. 엘리도 참, 일어나!"

"네, 네엣! 티, 티나 아가씨, 가, 가슴이 커지는 비결 같은 건 없어요── 흐에?"

눈을 뜨자, 그곳에는 왼손에 마법으로 불을 밝힌 잠옷 차림의 티나 아가씨가 서 계셨습니다. 꿈속인데도 귀여워요. 저는 반가운 마음에 껴안고 말았습니다.

"에헤헤~ ♪ 티나 아가씨이~."

"앗, 얘, 얘가. 에, 엘리, 일어나, 일어나래두! 어휴!!"

"꺅!"

이마에 몹시 차가운 것이 닿아 머리가 점점 맑아집니다. …… 얼음?

눈과 눈이 마주쳤습니다.

"티, 티나 아가씨, 아, 안녕히 주무셨어요?"

"아직 밤이거든. 일어나라구~~~."

저는 손이 이끌려 침대를 내려왔습니다.

어어~…… 오늘은 북도 역에서 하워드 저택까지 롤랑 오라버니의 차를 타고 돌아와서, 도착한 순간 셰리 할머니가 껴안아 주셨고 메이드 여러분도 껴안아 주신 다음, 호화로운 저녁을 먹고서 목욕을 하고 티나 아가씨 방에서 수다를 떨다가 함께 잠자리에 들었을 텐데요.

저는 조명 마법을 써서 시계를 밝혀 시간을 확인했습니다.

"티, 티나 아가씨, 이, 이런 밤중에 어딜 가시려고요? 시, 심야인데요??"

"너무 이른 시간에 가면 누군가 지키고 있을지도 모르잖아. 자, 가자—— 내 방으로!"

"방이요? ……네, 네엣!"

저는 몇 번이고 고개를 끄덕였습니다.

생각해 보니 그랬습니다. 오늘은 바빠서 한 번도 방으로—— 앨런 선생님의 수업을 받던 온실이 있는 티나 아가씨의 방으로 가질 못했어요.

한 번 더 시간을 확인했습니다. 아직——『오늘』은 끝나지 않았어요!

티나 아가씨와 손을 잡았습니다.

"좋았어, 엘리, 출발이야!"

"네, 네엣!"

인식 방해 마법과 소음 방지 마법을 쓰며 신중하게 저택 안을 나아갑니다.

사람들이 대부분 자고 있을 시간이지만, 메이드 분들은 교대로 순찰을 돌고 있고 할머니는 무슨 일이 있으면 바로 일어날 수 있습니다.

저의 할아버지—— 하워드가의 집사장을 맡고 있는 그레이엄 워커는 일 때문에 저택을 비웠지만, 그 대신인지 수많은 탐지 마법이 설치되어 있었습니다.

이전의 저라면 방을 나선 순간 들키고 말았겠죠.

전부 앨런 선생님 덕이에요!

저는 탐지 마법을 하나하나 피해 가며 몰~래, 티나 아가씨의 손을 이끌고 저택의 긴 복도를 나아갔습니다.

티나 아가씨가 귀여운 앞머리를 쫑긋쫑긋 흔드는 모습이 무척 사랑스럽습니다.

"(엘리, 대단해! 나 혼자였으면 금세 붙잡혔을지도 몰라. 역시 내 전속 메이드야!)"

"(에헤헤~ ♪ 전, 언니거든요!)"

"(반론하고 싶지만 오늘 밤만은 어쩔 수 없지. 동생이 되어줄 게!)"

"(하, 항상, 어, 언니, 라구요. 애, 앨런 선생님도, 그렇게 말하셨어요!)"

"(선생님이? ……그 얘기, 자세히 털어놓지 못해?)"

"(어, 얼굴이 무서워요오오오.)"

둘이서 소곤소곤 대화를 나누며 저택을 나아가── 드디어 온실이 있는 방에 도착했습니다.

문을 열고 안으로 들어갑니다. 마법 조명을 우리 곁에 띄우고 고작해야 몇 달 전, 우리가 매일 같이 연습하던 책상과 의자 근처로 나아갔습니다.

먼지 같은 건 전혀 느껴지지 않았습니다. 깔끔하게 청소되어 있어요.

티나 아가씨가 자기 의자에 앉았습니다. 저도 제 의자에 앉았습니다.

　그리운 감각에 저도 모르게 흐뭇한 미소를 짓고 있자, 책상에 손가락을 미끄러뜨리며 공녀 전하께서 툭 하니 읊조리셨습니다.

　"있지, 엘리. 믿어져? 내가 작년 여름엔 아직 여기서 책을 읽거나 식물과 농작물을 보살피고 연구만 하며 지냈다는 게?"

　티나 아가씨의 목소리가 적막한 밤의 장막 속으로 빨려 들어갑니다.

　"마법을…… 못 써서."

　"……네."

　그 무렵, 티나 아가씨는 무척, 무척 노력하셨는데도 결과를 제대로 내지 못해 항상 괴로워 보이셨습니다.

　"그랬던 게 지금 난…… 왕립 학교 수석 학생에 수많은 마법을 쓰면서 하워드의 극치 마법인 『빙설랑(氷雪狼)』도 다룰 수 있게 됐어. ……리네, 라는, 치, 친구도 생겼고. 작년의 내가 들었으면 뭐라고 할까? 꾸며낸 이야기? 꿈? 아니면…… 『마법』?"

　"티나 아가씨."

　"지금도 이따금 꿈이 아닐까? 하고 생각해. 아침에 일어나면 모두, 모두 꿈이었고 선생님과 만나지도 못했던 게 아닐까 하고."

　떨리는 눈동자로 불안한 듯이 바라보는 티나 아가씨께 저는 ――.

　"――괜찮아요."

　자리에서 일어나 다정히 손을 잡아 드렸습니다. 그분이라면 이렇게 하실 거라고 생각했으니까요.

"꿈도, 지어낸 얘기도 아니에요. 앨런 선생님도 그렇게 말할 거예요. 하지만, 그 마음은, 이해가 가요. 저도…… 그렇게 생각하니까."

"엘리도?"

"네."

고개를 끄덕이고 그대로 마음을 전합니다.

"앨런 선생님과 만나기 전의 전 언제나 불안했어요. 워커 가문의 후계자란 말을 들어도 실감이 안 났고……. 이런 실수투성이인 제가 티나 아가씨의 전속 메이드를 맡아도 되는 걸까 하고 진심으로 고민했어요. 하지만, 지금 저는―― 그 시절의 저보다, 훨씬 성장했다고 생각해요. 조, 조금이지만요."

"그렇지 않아! 난 엘리가 좋단 말야! 넌 내 자랑스러운 전속 메이드라구!"

티나 아가씨가 절 칭찬해 주셨습니다.

"감사합니다. 그래도 이따금, 저도 아침에 일어나면 불안해져요……. 지금까지 있었던 일이 전부 꿈이고 앨런 선생님도 계시지 않고 저는 여전히 구제 불능이 아닐까……하고요."

그러자 티나 아가씨는 풋 하고 웃음을 터트리시더니 "우리, 똑같은 생각을 하고 있었구나." 하고 말씀하셔서 무심코 저도 웃고 말았습니다.

"……있지, 엘리."

그런 조그마한 중얼거림과 함께 티나 아가씨는 떨며 제 손을 쥐셨습니다.

"나, 얼마 전에 동도에서 있었던 사건을 떠올리면 무서워. 내가 그때, 제대로 내 안에 있는 아이를 제어할 수 있었다면 선생님이 그렇게 다치실 일은 없었을 거야……. 선생님은 속으로 실망하신 게 아닐까? 만약에, 만약에 있지. 혹시라도 싫어하시게 됐다면, 나…… 나는."

슬픔과 불안을 토해내는 아가씨의 작은 손을 저는 꼬옥 쥐었습니다.

"그렇지 않아요! 앨런 선생님이 티나 아가씨를 싫어하시다뇨! 절대로 있을 수 없어요!"

티나 아가씨의 앞머리가 시들시들해집니다.

"있지. 나, 사실은 동도에 남고 싶었어. 선생님이 다치신 건 나 때문이니까 조금이라도 곁에서 도움을 드리고 싶었어……."

"티나 아가씨……. 저, 저도 같은 마음이에요……. 앨런 선생님께 도움이 되어드리고 싶어요. 그러니까 우리는, 더, 더, 더어어 열심히 노력해야만 해요!"

"응. 그렇지. 맞아. 열심히 해야 해! 고마워, 엘리. 어쩐지 마음이 약해졌었어. 어쩌면 몇 달 동안 선생님과 계속 같이 있다가 떨어진 거라 많이 불안해졌던 걸지도 모르겠다."

"저, 저도…… 아직 헤어지고 이틀밖에 안 지났는데 벌써 앨런 선생님의 목소리를 듣고 싶고 머리를 쓰다듬어 주셨으면 조케떠효……아으……."

서로를 바라보며 웃고 있는데 부드러운 목소리가 울려 퍼졌습니다.

"티나, 엘리, 못 뵌 시간은 내가 훨씬 더 길거든?"

"""!"""

시선을 입구로 향했습니다.

그곳에는 어느새 잠옷 차림에 케이프를 두른 스텔라 아가씨가 서 계셨습니다. 표정이 무척 온화합니다. 손에는 노트를 들고 계십니다. 누, 눈치 못 챘어요.

스텔라 아가씨는 방에 들어오시더니 비어있는 다른 의자 하나에 앉으셨습니다.

……앨런 선생님의 의자입니다.

스텔라 아가씨는 가슴 앞으로 오른손을 꼬옥 쥐셨습니다. 주변에 여덟 조각의 창백한 눈꽃이 춤을 춥니다.

무언가의 결계? 일까요?

"나도 여기서 앨런 님의 수업을 듣고 싶었어. 티나, 엘리, 이렇게 밤늦게 침실을 나와서 돌아다니면 셰리한테 혼난다?"

"아으으…… 스, 스텔라 아가씨도잖아요……."

"나는 앨런 님의 새로운 마법식을 시험하고 있었을 뿐이야. 복도에서 불침번을 서고 있는 롤랑도 문제없이 따돌렸거든. 밤에는 제대로 자라고 몇 번이나 말했건만……."

"선생님의 새로운 마법?" "로, 롤랑 오라버니가 눈치 못 채셨어요?!"

워커 가문 안에서도 할아버지께 직접 지도를 받고 있는데…….

놀라는 우리에게 스텔라 아가씨는 새로 받은 노트를 책상 위에 올려놓고 펼쳐 보이십니다.

들여다보니 그곳에 적혀있는 것은 은밀성을 높인 빛과 얼음 속성의 탐지 방해 마법이었습니다. 무척 아름답고 정교하며 치밀한 마법식입니다.

　앨런 선생님의 글씨로 '시제 마법이고 과제가 아니에요.'라고 적혀 있습니다.

　"우와아아아." "괴, 굉장해여. 아으⋯⋯."

　"둘 다 알고 있겠지만⋯⋯ 그분은 그래 봬도 무척 엄하셔. 내가 못 한다고 한 번은 생각할 걸 전제하고 과제를 골라 이 노트에 몇 개나 적어주셨거든. 너무하시다니까."

　말과는 반대로 스텔라 아가씨는 만면의 웃음을 짓고 계십니다.

　티나 아가씨와 무척 닮은 앞머리도, 몹시 기뻐 보입니다.

　"언니." "스텔라 아가씨, 기뻐 보여여."

　"그러니?"

　"그래요! ⋯⋯언니, 선생님께 지금보다 더 다가가면, 휘어어 얼씬 심술궂은 일을 당할지도 모르거든요? 그 전에 거리를 두는 게 낫지 않겠어요?"

　"음~⋯⋯ 듣고 보니, 그럴지도 모르겠네."

　스텔라 아가씨가 고민하십니다. 티나 아가씨가 제게 눈치를 주셨습니다.

　(『도와줘! 엘리!!!』)

　아으으으⋯⋯. 그만 머리를 감싸 안고 말았습니다.

　저, 저는 티나 아가씨 전속 메이드예요.

　그래도, 그래도⋯⋯ 스텔라 아가씨도 많이 좋아하는데⋯⋯

어, 어떻게 해야 하죠오.

제 옆에서 키득거리며 웃는 소리가 들렸습니다.

"어휴! 언니, 곤란한 척한 거죠! 여, 연기, 연기였죠?!"

티나 아가씨가 토라지셨습니다.

스텔라 아가씨는 장난꾸러기 같은 표정을 지으십니다.

"후후. 앨런 님이 계셨으면 분명 둘 다 놀리셨을걸? 그래도 그런 너희가 앨런 님은 귀여워서 어쩔 줄 모르실 거야. 티나, 확실히 그분은 무척 심술궂을지도 모르지만…… 난 내게 『마법』을 걸어주신 마법사께 앞으로도 가르침을 받고 싶다고 생각해."

티나 아가씨가 앉아서 버둥거리십니다. 앞머리가 하늘로 쭉! 뻗었습니다.

"흥이다! ……언니, 선생님과 조금 닮기 시작했어요."

"그래? ……그렇다면, 기쁘겠다."

""!""

무척 아름답고 진심으로 행복하다는 표정.

아으, 아으…… 진 듯한 기분이에요…….

티나 아가씨도 기가 꺾이셨지만, 포기하지 않았습니다.

"그래도 그래도, 저도, 저도 선생님이랑은…… 둘보다 앞서 갔으니까……."

그렇게 말하고 티나 아가씨가 아련히 볼을 붉히십니다.

앞머리가 좌우로 흔들립니다. ……이건 혐의가 짙은데요?

동도에서 있었던 제럴드 왕자 사건은 들었지만…… 전장이 된 오래된 귀족의 저택 안에서 무슨 일이 있었는지는 사실 자세하게 듣지 못했습니다.

　전투를 마친 뒤, 제가 리디야 선생님과 티나 아가씨에게 들은
것은.

　· 티나 아가씨 안에 있는 대마법 『빙학』 씨가 동료인 『염린』
　　씨를 구하기 위해 아가씨의 몸을 움직여 구하러 간 것.
　· 앨런 선생님과 리디야 선생님, 티나 아가씨가 제럴드 왕자
　　를 무찌를 때 『염린』 씨를 리디야 선생님 안에 봉인한 것.

　이것뿐입니다.

　이 정보를 우리에게 얘기하는 것조차 교수님, 학교장님은 난
색을 보이셨습니다.

　그것을 앨런 선생님이.

　『일이 다 끝난 다음 참견할 거면 본인들께서 어떻게든 하셨어
야 하는 거 아닙니까?』

　하고 딱 잘라 말하셨죠. ……머, 멋있었어요!

　그래도 그래도, 지금 궁금한 것은 그런 게 아니라 말이죠──
하고 생각하던 그때, 티나 아가씨가 자신의 입술을 보란 듯이 만
지셨습니다. 그리곤 "……에헤헤♪" 하고 중얼거리셨습니다.

　──실내에 바람이 소용돌이치기 시작합니다.

　"엘리, 마음은 알겠지만, 마력을 참으렴. ……긴급 사태였을
거야. 분명."

　스텔라 아가씨께 주의를 받고 말았습니다.

"네, 네에."

……조금 마력이 새어 나오고 말았어요. 황급히 억누릅니다.

마, 맞아요. 어쩔 수 없이 그…… 키스를…… 해버리신 걸 거예요.

그래서 마력이 연결된 걸 거고…… 전, 아직 앨런 선생님과 연결한 적이 없는데요…….

볼이 멋대로 부풀어 오릅니다. 티나 아가씨가 가슴을 활짝 펴셨습니다.

"후훗 ♪ 저랑 선생님은 굳센 인연으로 맺어져 있거든요! 같이 마법도 썼구!"

"그러게. 그럴 거야. 하지만…… 나도, 뒤지지 않거든?"

스텔라 아가씨가 가슴께 주머니에서 작은 청록색 깃털을 사랑스럽다는 듯이 꺼내셨습니다.

반짝반짝, 창백한 마력이 춤추듯이 튀어 오르며 반짝입니다.

"큭! 어, 언니가 선생님께 새로운 극치 마법과 비전, 두 권째 노트, 제이드 그리폰의 깃털을 받으신 건 사실이긴 하지만…… 저, 전 안 질 거예요!"

티나 아가씨가 양손을 불끈 쥐며 스텔라 아가씨에게 대항합니다.

……저는, 새로운 마법도 노트도 그리폰 깃털도 못 받았는데요!

제 노트에 적혀있던 것은 은밀성을 높이는 방법과 부유 마법으로 사람과 생물을 움직이는 방법, 기존 공격 마법을 앨런 선생님이 어레인지한 것……뿐입니다.

볼이 더욱 부풀어 오릅니다. 두 분께 불평했습니다.

"티나 아가씨도 스텔라 아가씨도 치, 치사해요! 저, 저도, 저도…… 앨런 선생님과 마력을 연결해 보고 싶고 새, 새로운 마법도 배우고 싶단 말이에요!!"

""……""

두 하워드 공녀 전하는 어안이 벙벙해지셨다가 잠시 뒤, 웃기 시작하셨습니다.

그리고 절 안아주셨습니다.

"엘리, 귀여워라♪" "미안해, 엘리. 용서해 줄래?"

이, 이런 건 반칙이에요! 전 두 분을 무척, 무척, 무척 좋아하기에, 똑같이 안아드렸습니다.

"용서 못 해요! 두 분은 벌로."

""벌로?""

"왕도로 돌아가면 앨런 선생님이 하숙하시는 집에 가, 같이 묵어주세효! ……아ㅇㅇㅇㅇ."

혀를 씹고 말았습니다. 왜, 왜 하필 이럴 때 씹는 걸까요.

아가씨들께서는 찬성해 주셨습니다.

"당연하지! ……어쩔 수 없으니까 리, 리네도 데려가자."

"이왕 하는 거 다 같이 쳐들어가면 되지 않을까? 카렌한테 들었는데 객실도 몇 개 정도 있다나 봐."

셋이 함께 마주 보고 웃었습니다. ……이런 날이 오다니, 꿈만 같아요.

티나 아가씨는 엄청난 마법을 쓰실 수 있게 되셨습니다.

스텔라 아가씨도 무척 부드러운 미소를 짓고 계십니다.

이것도 전부, 전부…… 앨런 선생님 덕이에요!

전 행복해요. 너무너무 너무 행복해요!!

──서로를 마주 보았습니다.

우선 티나 아가씨가 입을 여셨습니다.

"언니, 엘리, 다시 말하지만, 난……진심이니까."

진지한 표정. 굳센 의지가 느껴집니다.

저는 떠듬떠듬하면서도 마음을 말로 표현했습니다.

"저, 저는, 저기, 저기…… 티, 티나 아가씨 전속 메이드지
만…… 그래도, 그래도, 애, 앨런 선생님이 곁에 두어주신다
면…… 아으으……."

거기까지가 한계였습니다. 두 손으로 얼굴을 덮었습니다.

부, 부끄러워요! 이, 이런 소린 애, 앨런 선생님께는 절대로 못
한다구요!

마지막으로 스텔라 아가씨께서 읊조리셨습니다.

"티나도 엘리도 강해졌구나. 그분께 고마워해야겠어."

"언니, 그건 대답이 아니잖아요. 서, 선생님을 어떻게 생각하
세요?"

"나? 그, 그건……. 겨, 결국엔 앨런 님이, 정하실 일이라고 생각
해……."

도중부터 목소리가 작아지며 우리에게 부끄럽다는 듯이 말하
시곤 깃털을 바라보십니다.

볼을 아련히 붉히면서도 눈동자 깊은 곳에는 결의가 담겨 있습니다.

"하지만, 그걸 위한 노력은 게을리하지 않을 생각이야. 왜냐하면…… 날 선택해 주시길 바라니까. 더 열심히 해야지! 지금의 우리론…… 앨런 님 옆엔 도저히 나란히 설 수 없어. 그분 옆에는 리디야 씨가 계시니까."

"알아요. 그래도." "아, 안 질 거예요!"

저도 모르게 소리가 커졌습니다.

두 분이 절 바라보곤 웃음을 터트리셨습니다. 아으으으.

티나 아가씨께서 선언하십니다.

"누가 상대든 전 안 질 거예요! 하지만…… 『적』은 너무나도 강해요. 아니, 그보다 그런 건 반칙이라구요! 치사쟁이예요!!"

"리, 리디야 선생님은…… 저기…… 『굉장하다』란 말 자체의 의미를 달리 써야 할 것 같다고, 생각해요……. 그리고 앨런 선생님과 아무 말도 안 해도, 서로 통하는 것 같아요……."

"앨런 님은 자신도 모르게 리디야 씨와의 추억을 말할 때가 있긴 하지……."

셋이서 한숨을 쉬었습니다. 천장을 바라보자, 온실 유리 너머로 무수히 많은 별이 보입니다.

하지만 별똥별은 소원을 빌기 전에 사라지고 말았습니다.

티나 아가씨와 스텔라 아가씨의 표정이 고민으로 물들었습니다.

"그래도, 더 큰 건."

"앨런 님의 공적 지위 문제지. 그런 건 전부 무시하고 라라노어 공화국으로라도 망명해버리면 문제가 해결되겠지만."

"언니! 발상이 리디야 씨랑 똑같잖아요!!"

스텔라 아가씨가 고개를 살짝 갸우뚱거리십니다.

"어라?"

"어라? 는 무슨 어라예요! 언니가 리디야 씨처럼 되면 울 거예요!!"

"그래도 그런 생각이 드는 것도 이해가 가지? 지금 이대로라면…… 애, 앨런 님과, 저, 저기…… 사귀거나…… 할 수 있는 건, 상인 가문 출신인 펠리시아뿐이니까……."

"가, 갑자기, 부, 부끄러워하지 마세요! 저까지 부끄러워지잖…… 아, 저, 깨달았어요. 그렇구나~ 그러면 되는 거였어 ♪"

""?""

갑자기 티나 아가씨가 의자에서 내려와 폴짝폴짝 뛰어다니십니다. 무척 귀엽지만…… 영문을 모르겠네요.

"티나?" "저기, 저기, 무, 무슨 뜻인가요?"

"후후~웃 ♪ 간단한 얘기예요! 선생님의 사회적 지위를 우리가 올려버리면 그만이라구요!! 웨인라이트 왕가가 실력주의를 표방하는 이상, 선생님만큼 그에 적합한 분은 없을 테니까요!!"

"아으, 아으…… 그, 그치만…… 애, 앨런 선생님은, 그, 그런 건 거절하실 것 같은데요……."

"윽, 드, 듣고 보니 그럴지도…… 안 되려나……."

"──아니, 안 좋은 생각은 아니야. 단."

스텔라 아가씨가 조용히 읊조리셨습니다. 생각이 복잡해 보이는 표정을 하고 계십니다.

"언니?" "스텔라 아가씨??"

"우리뿐만 아니라 리디야 씨의 협력이 꼭 필요할 거야."

"그, 그건…… 아뇨, 확실히 그렇네요. 언니, 지금은."

"그래, 어쩔 수 없어. 우선해야 할 게 있으니까."

"아으으으…… 티나 아가씨이, 스텔라 아가씨이……."

두 분께서 저만 빼놓고 이해해 버리셨습니다.

머리 회전이 너무 빨라서 전혀 따라가질 못하겠어요.

……따돌림당했어요.

티나 아가씨가 웃음을 뿜어냈습니다.

"푸홋! 에, 엘리, 어, 얼굴이 왜 그래……."

"아으으으! 티, 티나 아가씨이이이!!"

스텔라 아가씨가 설명해 주셨습니다.

"엘리, 삐지지 말구. ——앨런 님은 굉장한 분이셔. 하지만 정당한 평가를 받고 계신다곤 도저히 말 못 하지. 그런 건 난 싫어. 리디야 씨도 그렇게 생각할 게 분명해."

"! 그, 그치만, 그치만 애, 앨런 선생님께 미움을 사는 건……."

"그때를 위해서 리디야 씨도 동료로 삼는 거야. 적으로 삼으면 무섭지. 하지만 아군으로 삼으면…… 적어도 이 목표에 관해선 반대는 하지 않을 거야. 절대로."

"동료는 많은 편이 좋으니까요! 언니, 카렌 씨, 펠리시아 씨, 리네, 저, 그리고 리디야 씨…… 선생님의 대학교 후배분들과도 접촉할 수 있으면 좋을 것 같아요. 교수님께 여쭤봐요!"

스텔라 아가씨가 고개를 끄덕이십니다.

"한 명은 알아. 올그렌 공작가의 길 올그렌 공자야."

"흐에?! 하지만…… 이러면 왕국 4대 공작가 중 셋은 확보한 거나 다름없네요!"

"아으, 아으, 아으……."

티나 아가씨가 의욕을 불태웁니다.

하지만, 제 이름이 없어요! 너무해요!! 앨런 선생님께 일러줄 거예요.

오늘 밤 중 최고로 뿌루퉁~ 하고 크게 볼을 부풀렸습니다.

저는 삐진 게 아니에요. 화가 난 거라구요!!!!

스텔라 아가씨가 제 머리 위에 손을 얹어주셨습니다.

"물론, 엘리도 낄 거지?"

"! 네, 네엣! 저, 저, 힘낼게요!!"

"고마워. 든든하다."

"에헤헤~♪"

스텔라 언니가 머리를 쓰다듬어 주는 거, 너무 좋아요.

티나 아가씨가 가슴을 활짝 폈습니다.

"왕도로 돌아가면 모두를 소집해요! 장소는…… 하늘색 지붕이 있는 카페에서!!"

"네, 네엣!" "카렌이랑 펠리시아한테도 말해둘게."

두근두근, 가슴이 설레기 시작합니다. 왕도에서 모두와 같이 비밀 작전 회의를 열 거예요!

그러자 꼬르륵하고 제 배가 울었습니다. 아으, 아으.

티나 아가씨가 물어보십니다.

"엘리, 배고파? 저녁을 그렇게나 먹었는데. 이래서야 어른스러운 숙녀는 멀었……."

꼬르르륵~ 하고 공녀 전하의 배가 울었습니다.

티나 아가씨는 순식간에 새빨개지시더니 양 무릎을 품에 꼬옥 끌어안으셨습니다.

그런 우리를 보고 스텔라 아가씨는 입가를 손으로 가리며 기품 있게 웃으셨습니다.

"사이 좋구나. 슬슬, 해산……은 못 하겠는걸."

"네?" "흐, 흐에?"

입구의 문이 열립니다.

그곳에는 왼손에 하얀 천으로 덮인 쟁반을 든 저의 할머니, 하워드 공작가 메이드장 셰리 워커가 있었습니다. 순찰 중이었는지 메이드복 차림입니다.

……화가 났습니다. 명백하게 화가 났어요.

저는 자리에서 일어나 두 공녀 전하 앞에 섰습니다.

"티, 티나 아가씨, 스, 스텔라 아가씨, 도, 도망치세요! 여, 여긴 제가 막을게놋! 아으…… 혀, 혀 씹었어요……."

"에, 엘리." "……."

"──스텔라 아가씨, 티나 아가씨, 이렇게 늦은 시간에 뭘 하시는 거죠? 엘리. 넌 말려야 하는 입장이잖니."

할머니가 다가옵니다. 무, 무서워요. 너, 너무 무서워요!

저와 티나 아가씨는 서로 얼싸안고 필사적으로 변명했습니다.

"그, 그게 아냐, 셰리. 이, 이건 있지." "아으, 아으. 하, 할머니. 저기, 그게."

"변명은 필요 없습니다!"

""꺄윽!""

스텔라 아가씨가 평소처럼 할머니에게 말을 걸었습니다.

"셰리, 내가 두 사람을 부른 거야. 혼낼 거면 나한테만 해줘."

"! 언니?!" "스, 스텔라 언니?"

"──하워드 공작가를 계승하실 분으로서 자신보다 어린 이를 감싸는 그 마음가짐은 훌륭하군요. 하지만!"

할머니가 쟁반을 책상에 내려놓았습니다.

……어라?

"조금은 절 믿어주셨으면 하네요. 앞으로는 사전에 상담해 주시기 바랍니다. ──오늘 밤은 여자들끼리 과자라도 먹으며 밤을 새우도록 하시죠. 왕도, 동도에서 무슨 일이 있었는지 들려주세요. 엘리, 준비를 도와주렴."

"네, 네엣!"

저는 무심코 폴짝 뛰어올랐습니다. 다 같이 밤을 새우는 거예요!

놀라서 벙쪄 계시던 티나 아가씨의 앞머리가 좌우로 살랑살랑 흔들립니다.

"셰리 ♪"

스텔라 아가씨도 부드럽게 미소를 지으셨습니다.

"후후. 분명 즐거울 거예요."

할머니가 들고 오신 쟁반의 하얀 천이 벗겨지자, 허브차가 담긴 도자기 포트와 잔. 그리고 구움 과자가 올라간 작은 그릇이 나왔습니다.

——이후로는 넷이서 밤의 다회를 열게 되었습니다.

할머니와 할아버지가 만나 결혼하기까지의 이야기에는 무척 가슴이 두근거렸습니다. 할아버지는 할머니 옷을 골라주시기도 했대요.

그런 얘기를 하다가 내일 북도로 새 옷을 사러 가는 약속도 잡았습니다!

……우리 셋이 애, 앨런 선생님께, 왕도에서 보여드리기 위한 옷을, 말이에요.

부, 부끄럽지만…… 그래도, 그래도 귀여운 옷을 찾아서 잔뜩 잔뜩 칭찬받고 싶습니다.

내일은 월터 님과 할아버지도 북도의 북쪽에 있는 갈로아 지방에서 돌아온다고 합니다.

우리가 북도로 가기 전에 만날 수 있었으면 좋겠어요.

*

왕국 북방의 중추인 북도의 구조는 왕도와 한없이 닮았으며 크게 동서남북 네 구획으로 나뉘어 있다. 건물 대다수에 많은 돌이 사용되었으며 지붕에도 각도가 들어간 것이 특징이다.

차창 너머로 거리의 풍경을 바라보며 "도시 설계 자체도 왕도 것을 차용한 거란다, 스텔라." 하고 지금은 돌아가신 조부, 트래비스 하워드에게서 어릴 적에 들었던 내용을 떠올렸다.

뒷자리에서는 티나가 신이 났다.

"앗, 저기 봐 봐, 엘리! 방금 그 가게, 엄청 사람 많았지! 무슨 가게일까?? 저 가로수. 저건 열매가 나면 먹을 수 있는 종류야. 그대로 먹어도 맛있고 잼으로 만들어도 맛있어! 음~……차는 얼마 안 다니네!"

"티, 티나 아가씨, 아, 앞이, 앞이 안 보여요오~."

여동생이 몸을 내밀어 엘리 쪽 차창을 열심히 관찰하고 있었다.

티나는 연한 푸른색 계통, 엘리는 연한 녹색 계통의 원피스를 입었다. 머리에는 똑같이 생긴 리본 달린 작은 밀짚모자를 썼다.

나는 머리에 하얀 천 모자를 쓰고 메이드들이 골라준 하늘색을 기조로 한 원피스를 입었다.

기운찬 여동생들의 모습에 가슴이 따스해지는 것을 느끼며 사고를 되돌렸다.

왕도와 북도 중 명확하게 다른 점은 당연하게도 왕궁이 없다는 것이다.

공작가의 사무 기관이 설치되어 있긴 하지만, 당대 당주의 의향도 영향을 미쳐 화려한 장식은 되도록 피했고 실용성을 중시한 튼튼한 건물이라 그런지 눈에 띄지도 않았다.

또 하나 다른 것은 왕립 학교에 솟은 거대한 거목이 없다는 것.

분명 앨런 님이라면 이유를 아시겠지만, 나는 여전히 학식이 얕았다.

……가르침을 받을 것이 하나 늘어난 것에는 가슴이 뛸 정도로 기쁘다.

마지막으로 왕도에서 경험하고 이쪽으로 돌아와 실감한 것이——.

"그리 높은 건물이 없구나. 좋게 말하면 질서정연해. 지붕 색도 구획마다 달라서 위에서 보면 예쁠지도 모르겠는걸? 역사 건물이 좋으려나?"

"스텔라 아가씨, 역사 건물을 오르는 건 법률 위반입니다."

옆에서 차를 운전하며 내 전속 집사인 롤랑 워커가 지적했다. 혼잣말이 들리고 만 모양이다.

"괜찮아. 그런 짓 안 해, 롤랑. 오늘은 따라와도 괜찮았어? 갑자기 정해졌잖아. 일이 있었던 게……."

"모두 마치고 왔습니다."

정면을 바라보며 롤랑은 평소 같은 어조로 대답했다.

차를 내어 준 것은 고맙긴 한데…… 그때 티나와 엘리가 뒷자리에서 고개를 내밀었다.

"언니, 롤랑은 오늘 중요한 임무가 있다구요! 그렇지? 엘리."

"네, 네엣! 롤랑 오라버니, 힘내세요!"

"이 롤랑 워커, 제가 가진 모든 역량을 쏟아부어 임하도록 하겠습니다."

——그렇다, 우리는 어젯밤 약속한 대로 새 옷을 사러 북도로

찾아왔다.

처음에는 북도까지 누군가에게 배웅을 부탁한 뒤 셋이서 고를 생각이었다.

그랬는데 아침 식사 때 티나와 엘리가 갑자기.

『언니, 롤랑도 따라와달라고 하죠! 남자의 의견도 중요해요! 짐도 들어달라고 하고 싶고요. 그치? 엘리도 그렇게 생각하지??』

『! 네, 네엣! 로, 롤랑 오라버니께, 귀, 귀중한 의견을 듣고 싶어요.』

하고 말을 꺼낸 것이다.

나는 당황했다. 롤랑은 내 전속 집사이긴 하지만, 다른 업무도 맡고 있다. 너무 갑작스러운 건 아닐지…….

그런 내 걱정은 뒷전에 두고 대기 중이던 청년은 단안경을 고쳐 쓰곤 담백한 어조로 평소처럼 한 마디 입에 담았다.

『알겠습니다.』

……무척이나 일에 열정적인 사람이라 그랬겠지.

어제도 제법 늦은 시간까지 순찰을 돌고 있었던 모양이니, 너무 열심히 일하다 쓰러지기 전에 쉬게 해야겠다.

티나와 엘리는 즐겁다는 듯이 수다를 계속했다.

"엘리, 오늘 아침에 아버지와 그레이엄은 조금 불쌍해 보였지. 갈로아에서 그리폰까지 써서 돌아오셨는데 금방 셰리가 '일하실 시간입니다.' 라며 데리고 갔잖아."

"저기, 저기, 교, 교수님도요……. 주, 주인 어르신과 하, 할아버지께 잡혀가서……."

――아버지, 월터 하워드 공작과 하워드가 집사장인 그레이엄 워커는 북방의 유스틴 제국이 국경 근처에서 행한 대규모 연습에 대응하기 위해 과거에 전쟁에서 이겨 얻은 갈로아 지방에 며칠간 출장 중이었다.

간신히 티나와 엘리가 돌아오는 날까지는 일을 마치고 저택으로 돌아오려 하셨지만…… 제국 남방군은 연습을 갑자기 연장하겠다고 통보.

결과, 어제 집으로 돌아오겠다는 소원은 이루지 못했다. 오늘도 불가능했던 것을 서류 업무를 그리폰에 매달고선 억지로 저택으로 돌아온 것이다.

그리곤 아주 잠시, 티나, 엘리와 반갑게 얘기를 나누고 그 직후 셰리와 부 메이드장에게 구속당했다.

집무실로 끌려가던 중…… 교수님은 배를 잡고 웃어대셨고 두 분은 교수님의 양팔을 말없이 붙잡았다.

『?! 이, 이거 놔! 워, 월터! 그레이엄! 나, 난 여기에 피로를 풀러 온 거다!! 나도 해결해야 할 문제가 있고 하, 하워드가의 일을 도우러 온 게…… 도, 동도 사건은 사과하지 않았나?! 시, 싫어! 며칠은 쉴 거야!! 아, 앙꼬! 도와』

검은 고양이 모습을 한 사역마는 무자비하게 주인을 버리고 그대로 메이드들에게 향했다.

교수님의 단말마가 울려 퍼지며 현관문이 소리를 내며 닫혔다.

앨런 님은 편지에선 얼버무리셨지만, 아마도 동도에서 교수님과 학교장님에게 무언가를——.

"스텔라 아가씨, 보이기 시작했습니다."

롤랑의 우직한 목소리를 듣고 정신을 차렸다. 오늘 목적지가 시야에 들어오기 시작했다.

나는 돌아보곤 뒷좌석의 여동생들에게 미소 지었다.

"티나, 엘리, 준비하렴. 곧 도착할 거야."

*

북부 남부에 있는 옷 가게 『에텔 트라우트』.

위로는 7층, 지하로는 2층까지 있는 거대한 석조 건물은 북도에서도 손꼽히는 규모다.

옷을 중점으로 취급하며 그에 어울리는 보석 장식품, 신발, 화장품…… 온갖 물건을 갖춘 것으로 유명하다.

창업은 마왕 전쟁보다도 이르며 200년은 훌쩍 넘었다.

이름의 유래는 과거 가게의 창업자를 도왔다는 한 마법사의 이름 중 일부를 받아와서 지었다는 모양이다.

그런 노포 옷 가게 가장 안쪽 방. 넓디넓은 귀인 전용 특별실에서 나는 어찌할 바를 모르고 있었다.

눈앞의 커다란 대리석 테이블에 점점 옷과 장식품이 쌓여갔다.

……난 이럴 생각이 아니었는데.

티나가 계속해서 추가로 옷을 들고 왔다.

이번 것은 연노란색과 주황색 드레스에 꽃 모양 리본이 달린 천 모자다.

"언니, 이것도 어울릴 것 같아요! 여기요!"

"티, 티나, 저, 저기 있잖아…….."

엘리도 찾아와 건네준다.

두께감이 얇고 가슴이 크게 파인 비취색 드레스다.

"스텔라 아가씨, 이것도 입어보세요~ ♪"

"?! 에, 엘리, 나, 나한테 이런 건…….."

""자, 입어주실래요?""

"……네."

티나와 엘리가 떠민 옷을 건네받고 시착실로 향했다.

거의 열 몇 벌 정도는 갈아입은 것 같은데 끝날 기미가 보이지 않는다.

게다가…… 시착실 커튼을 들춰 밖을 살펴보았다.

여동생들이 연이어 옷을 고르는 모습을 지켜보는 수많은 점원들. 모두 여성이다.

방 안에 있는 남성은 구석에서 석상처럼 차렷 자세로 서 있는 롤랑 워커뿐.

사전에 셰리에게서도 연락이 갔는지 가게에 들어가자마자 특별실로 안내받았기 때문이다. 더 편하게 고를 수 있을 줄 알았는데…….

티나와 엘리는 특별실로 안내받자마자, 장난기 가득한 얼굴로 내게 이렇게 말했다.

『자, 우선—— 언니부터죠♪ 걱정 말아요☆ 저랑 엘리가 어울리는 걸 고를 테니까! 어차피 사복을 혼자서 고른 적도 없을 것 같구? 저희는 그러고 나서 고를게요!』

『스, 스텔라 언니, 저, 저, 열심히 할게요!』

제대로 정곡을 찔려 나는 발언권을 얻지 못했다.

티나가 말하는 대로 나는 내가 스스로 골라 옷을 사 본 경험이 거의 없었다.

몇 없는 가진 옷들은 카렌과 펠리시아가 골라주거나, 같은 옷을 샀을 뿐이다.

건네받은 옷을 바라보며 한숨을 쉬었다.

이럴 때, 앨런 님이 계셔주셨다면…….

『스텔라는 예뻐서 어떤 옷을 입어도 어울리네요. 다음은 이걸 입어보세요.』

으으으~ ……시, 심술궂은 소릴 하시는 모습밖에 안 떠올라.

하지만 앨런 님이 골라주신 옷이라면 모두 기쁘게 입을 것 같다.

그분이 어떤 옷을 좋아하시는지 너무너무 알고 싶고…….

아마, 전에 카렌이 "오빠도 참, 린스터 저택에 갔더니 나랑 리디야 씨한테 메이드복을 입혔다니까?! 한술 더 떠서 리디야 씨한텐 동물 귀까지……. 오빠가 변태가 되기 전에 여동생인 내가 말려야겠어!!"라고 했던 것 같은데…….

앨런 님은 수인족들 사이에서 나고 자라서 동물 귀를 좋아하시는 걸까?

그, 그런 옷도 찾아보면, 있을……지도?

……………….

여동생들이 밖에서 재촉한다.

"언니~?" "아, 아직이에요?"

"잠깐만, 지금 갈아입을게."

현실이 뒤쫓아왔다.

거울에 비치는 자신을 격려했다. 스텔라, 괜찮아. 너라면 할 수 있어.

나는 여동생들이 골라준 옷으로 갈아입기 시작했다.

──커다란 거울에 자신을 비췄다.

어울리는 게, 맞나?

시착실을 나와 옷을 고르고 있는 티나와 엘리에게 말을 걸었다.

"티나, 엘리, 입어봤는데……."

여동생들이 돌아보더니 눈을 반짝이며 다가왔다.

티나는 만족스럽다는 듯이 고개를 끄덕였고 엘리는 두 손을 마주 잡으며 미소 지었다.

"응, 응. 언니, 이런 색 조합도 좋네요!"

"와아아. 스텔라 아가씨, 엄청 귀여운 것 같아요 ♪"

"그, 그러니……? 애, 앨런 님은, 마음에 들어 하실까……?"

""그럼요 ♪"" "……앨런 님?"

곧바로 티나, 엘리가 칭찬해 주었다. 집사는 단안경을 만지작 거리고 있다.

주위에 있는 여성 점원들도 무척 호의적인 시선을 보내온다.

내가 우선 입어본 것은 티나가 건네준 연노란색과 주황색이 어우러진 드레스였다.

왠지 모르게 쑥스러워져 천 모자챙을 깊이 눌러썼다.

티나와 엘리가 롤랑을 다그쳤다.

"자! 롤랑은 어떻게 생각해??" "로, 롤랑 오라버니, 감상을 부탁드려요!"

"……무척, 그…… 잘 어울리신다고, 생각, 합니다."

구석에서 우두커니 서 있던 청년 집사는 힐끗 날 본 뒤 곧 시선을 떼고 감상을 입에 담았다.

입은 옷 전부에 대고 "잘 어울리십니다." 하고 말한들, 조금 당황스럽다.

찬찬히 살펴봐도 난처하긴 하지만…… 참고할 만한 감상은 듣고 싶었다.

엘리가 귀엽게 조른다.

"스, 스텔라 아가씨, 다음은, 제, 제가 고른 옷을 입어주세요!"

"알았어. 그 전에, 롤랑."

"……예."

집사의 이름을 부르자, 곧장 대답이 돌아왔다. 나는 정중히 부탁했다.

"감상을 '잘 어울리십니다.' 라고만 하는 건 좀……. 가능하면 구체적으로 말해줬으면 좋겠어. 남성은 너 한 명뿐이니까."

"……스텔라 아가씨는, 그 옷을……."

"?"

웬일로 단답이 아니라 무언가를 말하려던 롤랑은 도중에 주저했다. 눈동자에 비치는 건, 동요?

나는 살짝 의아해하며 다음 말을 기다렸지만, 키가 큰 집사는 침묵했다.

"? 롤랑, 혹시 어디 아프—— 앗, 나도 참, 미안해! 의자에 앉아도 돼."

"아뇨. 건강에 문제는 없습니다. 감사합니다."

집사는 대답하고 똑바로 서서 움직이지 않았다. 괜찮은 게……맞나?

티나와 엘리는 이마를 손으로 짚으며 천장을 올려다보고 있다.

……잘 모르겠지만, 롤랑이니까 이렇게 말하면 다음 옷부터는 구체적인 감상을 말해주겠지.

이왕 사는 거 앨런 님이 가장 칭찬해 주실 만한 옷을 고르자!

＊

『에텔 트라우트』를 나와 차에 오르자 티나와 엘리가 뒷자리에서 즐거운 듯이 내게 말을 걸어왔다.

"하아…… 만족했어요. 언니는 뭘 입혀도 예쁘고 귀여워서 제 옷을 고르는 것보다 입히는 게 정말 정말 즐거웠어요! 다음에 왕도에서도 해요!!"

"즈, 즐거웠어요. 스텔라 아가씨, 감사합니다 ♪"

"어휴, 하여간. 다음은 너희 차례다?"

""네~에♪""

결국 내가 심사숙고해 가게에서 산 것은——— 무척 연하고 밝은 톤의 노란색 원피스와 하얀색 상의에 원피스와 같은 색인 천 모자였다.

전부 앨런 님과 처음으로 데, 데이트할 때 입었던 옷의 신작이다.

왕도에 돌아가면 이 옷을 입고 하, 한 번 더———. 그렇게 상상하기만 해도 그만 행복해진다.

……티나와 엘리에겐 비밀로 점원에게 찾아달라고 한 잠옷도 쓸 수 있었으면 좋겠다.

또 여동생들은 처음에 한 선언대로 나보다도 월등히 짧은 시간에 옷을 골랐다.

티나는 저래 보여도 행동력이 있고 엘리는 그런 여동생에게 끌려다니며 자주 옷을 산 적이 있는 모양이다. 이, 이게 경험의 차이구나. ……나도 본받아야지.

차 뒤에서 짐을 싣던 롤랑이 운전석으로 들어왔다.

"기다리셨습니다."

"괜찮아. 롤랑, 미안해, 같이 오게 해서."

"……아니요. 다음번까진 여성께 해드릴 말을 배워두도록 하겠습니다."

조금 가라앉은 모습으로 기분 탓인지 미간에 주름이 깊어진 집사는 단안경을 고쳐 쓰고 차의 시동을 걸었다. 여성들만 있는 방에서 줄곧 혼자 있었으니 피곤해지는 것도 당연할 것이다.

내가 도중에 『구체적인 감상』 같은 소릴 하는 바람에 성실한 이 사람에게 고민거리를 안겨준 걸지도 모른다.

이후로도 결국은 "……잘, 어울리십니다."란 말밖에 하지 않았다. 좀 쉽게 해야 할 것 같은걸.

나는 뒤를 돌아보았다.

"티나, 엘리, 잠깐 다른 데 들러도 될까?"

*

그 카페의 외견은 왕도에서 우리가 갔던 하늘색 지붕의 카페와 어딘지 모르게 닮아 있었다.

다른 곳이 어딘지 생각하고 있는데—— 여동생들이 손을 멈추고 날 바라보았다.

"엉니?" "햐가어여."

"얘들아…… 다 먹고 얘기하렴."

""에~에.""

눈앞에서 티나와 엘리가 사이좋게 대답을 하고 얼음과자와의 싸움을 재개했다.

두 사람의 눈앞에 있는 것은 유리그릇에 드높이 쌓인 갈린 얼음으로 만든 산. 그 위에는 과즙과 설탕 같은 달콤한 시럽을 올렸다. 이것은 왕도에는 없는 메뉴다.

메이드들로부터 "시간이 되시면 새로 생긴 이 카페에 꼭 가 보세요!" 하고 강하게 추천을 받았기에 와 본 것인데, 확실히 무척 번창하고 있었다.

그리고 나는 얼음과자를 주문하지 않았다. 양이 너무 많아서 다 못 먹을 것 같다.

옆자리에서 홍차가 담긴 잔이 소서째 내밀어졌다.

"스텔라 아가씨, 드시죠."

"고마워, 롤랑. 너도 마시렴."

"예."

홍차를 완벽한 솜씨로 우려낸 집사에게 감사를 전하고 한 모금 머금었다. 향기로워 무척 맛있다.

가게 안을 둘러보았다. 실내 장식도 왕도의 하늘색 지붕 카페와 닮았고 분위기도 차분하다.

티나와 엘리가 얼음과자와 싸우는 모습을 바라보며 생각했다.

……앨런 님과 함께 왔으면 주문했을까?

『스텔라, 모처럼 왔으니 먹어볼까요?』

『저, 전 됐어요. 혼자선 분명 다 못 먹어서…….』

『그러면—— 둘이서 같이 먹기로 하죠.』

홍차를 다시 한 모금. 응, 그분이라면 그렇게 말해주실지도 몰라.

그리고.

『스텔라, 입을 벌려 보세요.』

『애, 앨런 님…… 저기…… 그, 그 스푼은…….』

『이러다 녹겠어요. 자, 어서 드셔주세요. 안 그러면—— 나쁜 집사가 돼서 스텔라 아가씨께 나쁜 짓을 저지를지도 모른답니다.』

『으으…… 애, 앨런 님은, 시, 심술쟁이야…… 냐암…….』

분명, 분명 그래 주시겠지──. 그때, 티나와 엘리가 손을 멈추고 날 바라보았다.

"언니." "스, 스텔라 아가씨."

"왜, 왜 그러니?"

"지금 선생님." "생각하셨어요?" "……."

"! 그, 그런 거 아니야……."

""에이─.""

빤히 바라보는 여동생들의 시선이 꽂힌다. 달그락하고 옆자리에선 잔을 내려놓는 소리가 들린다.

나는 잔을 들고 가게 안으로 시선을 피했다.

아무래도 학생들은 얼음과자를, 일반 손님은 홍차와 커피를 주문하는 모양이다.

계산대 안에 있는 젊은 여성 점원과 시선이 교차한 순간──
점원이 일하던 손을 멈추고 다가왔다.

어, 어라? 호, 혹시 주문인 줄 알았나?

이런 곳에 익숙지 못한 나는 그만 당황해 여동생들에게 도움을 요청했다.

"티, 티나, 에, 엘리, 저, 저기 있지?"

구원을 요청하기 전에 살가워 보이는 여성 점원이 찾아왔다.

"기다리셨죠~☆"

"! 앗, 저기, 그게…… 티, 티나, 에, 엘리, 부, 부탁해."

여동생과 소꿉친구는 내 애원을 들어도 이것 보란 듯한 태도다. 롤랑은 침묵을 유지하고 있다.

"에휴, 언니는 어쩔 수 없다니까요~.""무, 무섭지 않아요."

점원이 의아한 듯이 물어왔다.

"손님?"

티나와 엘리가 붙임성 좋게 대답했다.

"앗, 죄송합니다. 착각했나 봐요. 얼음과자, 엄청 맛있었어요!"

"도, 동도에서 먹었던 얼음과자와 비슷했어요!"

여성 점원분이 놀란다.

"동도의 얼음과자를 아세요?"

"얼마 전에 막 대접받았거든요.""거, 거목 열매를 얼려서요."

"?! 그, 그건…… 괴, 굉장하네요……. 그 열매 엄청 비싼데……. 저기, 혹시나, 말인데요……. 아가씨분들은 하워드 공작가의……?"

점원분이 작은 목소리로 물어왔다. 두 사람이 날 본다. 살짝 고개를 끄덕였다.

여성 점원분은 등을 곧추세우고 꼿꼿이 서더니 볼에 홍조를 붉혔다.

"마마마마, 만나 뵙게 돼서, 여여여여, 영광입니다! 와, 왕도에 가셨다고 들어서…… 저, 저희 여동생도 왕도 카페에서 일하고 있거든요. 편지로 '왕도는 굉장해! 공녀 전하를 데리고 오는 멋있는 평민 소년도 있다니까!!!!' 하더라고요."

"""아~."""

우리는 동시에 납득했다. 뇌리에 떠오른 것은 하늘색 지붕 카페에서 일하는 쾌활한 여성 점원의 모습이다.

확실히 듣고 보니 닮았다.

——그러고 보니 그 점원분께 우산을 빌려 앨런 님과…

"그리고 '비 오는 날에 길고 아름다운 연푸른색 머리카락을 지닌 공녀 전하랑 소년한테 가게 우산을 빌려줬어! 현실에서 정말로 남녀 둘이 우산 하나를 쓰기도 하는구나!! 이야~ 나도 참, 엄청 좋은 일 했다니까! 언니, 칭찬해 줘, 칭찬.' 그렇게도 쓰여 있었는데…… 길고 아름다운 연푸른색 머리카락에, 공녀 전하…… 아, 호, 혹시…… 보, 본인, 이신가요?"

나는 그저 미소 지었다.

"그런 이야기는 가족끼리만 하는 게 좋겠어요."

"그, 그렇죠, 아하, 아하하…… 저, 저는, 일을 해야 해서, 도, 돌아가겠습니다~."

내 시선을 받고 여성 점원분이 계산대로 도망쳤다.

그, 그날 일은 나, 나와 앨런 님만의 비밀이었는데…… 그래도 지금은, 그게 중요한 게 아니다. 나는 책상에 양 팔꿈치를 짚고 조사관이 된 여동생들을 다시 돌아보았다.

"……그런 거 아니야."

티나 하워드 조사관이 냉혹하게 말했다.

"스텔라 하워드 왕립 학교 학생회장에겐 발언이 허가되어 있지 않습니다. 대답은 『네』, 『아니오』로만 부탁합니다. 하, 한때

학교 안에서도 소문이 났었는데 저, 정말이었다니! 저것 좀 보세요! 롤랑이 넋이 나갔잖아요! 치명상 중의 치명상이라구요!! 저택에 돌아가면 선생님께 보내는 편지에도 적어 놓겠어요!"

여동생이 옆의 집사를 가리킨다.

"……."

단안경에 손을 댄 채로 딱딱하게 굳은 롤랑 워커가 양 눈을 감고 있었다.

생기 없는 얼굴, 깊고 어두운 고뇌의 주름이 새겨진 미간.

"……예상 밖이야." 라는 작은 목소리.

나 때문?? 인가???

엘리 워커 부조사관이 공허한 눈동자로 나를 보았다.

"애, 앨런 선생님과 우, 우산 하나를, 가, 같이…… 티나 아가씨, 시작하시죠. 롤랑 오라버니, 원수는 갚아드릴게요!"

이 자리에 아군은 없는 모양이다.

──이후, 두 사람에게 질문 공세를 받았고 동시에 이것저것 캐냈다. 역시 나이가 어린 티나와 엘리, 리네 씨에겐 무른 것 같다.

또한, 그러는 사이 결국 끝에 가서도 롤랑은 회복하지 못했다.

분명 『하워드 공녀 전하로서 바람직하지 못한 행동입니다!』, 그렇게 느끼고 말았기 때문이겠지.

위로해 줄 생각으로 들른 건데 미안한 짓을 하고 말았다. 나중에 변명해 두자.

*

분명 본가에서도 공부를 하고 있을 스텔라에게

이제야 겨우 답장을 써.

'펠리시아는 바쁠 테니 답장은 필요 없어.'라니…… 왜~ 다들 하나같이 그렇게 쓰는 건데?!

스텔라에 카렌에 앨런 씨까지! 너무해!!

내, 내가 편지를 쓰기 귀찮아하는 게 사실일지는 몰라도…….

왕도는 대부분 별일 없었어. 덥더라~.

하늘색 지붕 카페에 몇 번 상회의 메이드분들과 갔더니 여직원분과 엠마 씨가 완전히 친해져서 지금은 매일 같이 다니고 있어.

상회 일도 순조로워. 너무 순조로워서 무서울 정도야.

솔직히 말하면 있지…… 아주 조금 이상한 기분이 들어.

난 있지, 스텔라랑 카렌은 못 당해내겠다고 생각했지만, 마법 공부는 즐거웠거든.

그래서 왕립 학교를 나오면 대학교에 갈 줄 알았어. 너희와 함께.

그랬는데 지금 난 앨런 상회에서 정신없는 나날을 보내고 있어.

믿기지 않는 수의 식재료와 술을 다루고 믿기지 않는 액수의 금화를 거래하고 있지.

……이게 현실이 맞나? 싶어.

있지, 스텔라. 이렇게 말하면 이상하겠지만…… 앨런 씨는 말야, 가끔 정말로 『마법사』가 아닐까 하는 생각 안 드니?

그분과 만나고 나서 여러 일이 한꺼번에 좋은 방향으로 흘러가니까…….

카렌에게 이런 말을 적어 보내면 분명 웃을 테니 적지 않겠지만 말야.

'오빠는 오빠야. ……펠리시아, 일을 너무 한 나머지 드디어 머리가…….' 라고 말할 것 같아. 카렌 말투는 가끔 앨런 씨랑 비슷하게 들리는 것 같지 않아?

이상한 소리 해서 미안해.

스텔라라면 이해해 줄까 싶어서.

그러면 일하러 돌아갈게.

돌아오는 건 다음 주지? 왕도에서 다 같이 돌아오길 기다리고 있을게.

북쪽, 남쪽에 이어 동쪽 물건들까지 다루게 될 듯한 예감이 드는 펠리시아가.

추신

카렌, 너무 들뜬 것 같지 않아?

친구로서 동도에서 있었던 일을 왕도의 하늘색 지붕 카페에서 꼭! 캐물어 내야겠다고 결심했어.

그리고 앨런 씨도 너무 어리광을 잘 받아줘! 과보호야!! 어린애 취급하는 게 분명해!

저번만 해도 「카렌 용으로」라며 무지막지한 물건을 보내달라고 했다니까?!

……뭐가 됐든 「남매니까」란 말로 끝날 거라 생각하지 말란 말이지.

이 건에 대해서 스텔라 하워드 왕립 학교 학생회장님의 견해는 어떠신지?

*

"후후…… 그러게, 캐물어야겠다."

나는 내 방 의자에 앉아 등불 아래에서 왕도에 있는 친구가 보낸 편지를 끝까지 읽었다. 무심코 웃음이 나오고 만다. 확실히 카렌은 「남매니까」란 말로 모든 걸 밀어붙이려는 경향이 있다.

동시에 '……**오빠는 날.**' 운운하는 말도 적어 보낸 걸 보면 그 아이는 그 아이대로 고생 중이겠지.

그래도 '**나도 대학교에 갈 거야. 스텔라랑 같이.**' 라고 적어서 보내준 건 기뻤다.

──시간은 빨라서 티나 일행이 돌아온 지 엿새가 지났다. 오늘은 광요일.

티나 일행이 동도에 있는 사이 도착한 카렌의 편지에 적혀있던 동도 송혼제 날이다.

분명 나의 절친은 앨런 님과 함께 신이 나서 부랴부랴 외출했겠지. ……치사해.

……날씨가 안 좋아서 그런지 이쪽에는 아직 앨런 님의 편지도 도착하지 않았건만.

편지를 눈앞의 원형 테이블 위에 내던지곤 침대로 뛰어들었다. 커튼 너머 밖으론 칠흑색 어둠이 보인다. 티나와 엘리는 벌써 잠들었을 것이다.

베개를 품에 안고서 다리를 파닥거린다.

"치사해, 치사해, 치사해."

나도 앨런 님이랑 단둘이서 외출하고 싶은데!

카렌은 편지에 '**수인족의 중요한 의식이야. 내가 오빠랑 가는 것에 다른 뜻은 없어. 남매니까.**' 라고 적어 놓았는데, 그, 그건, 데, 데이트 아냐……?

"으으~!"

무심코 목소리가 나오고 말아 다시 다리를 파닥거렸다.

나도 단둘이서 데, 데이트했던 거야 맞긴 하지만, 그때는 갑작스러웠잖아. 정식으로 약속을 잡았던 것도 아닌데. 베개에 얼굴을 묻었다.

……내가 이런 애였던가.

친한 친구에게 마법 말고 다른 일로도 질투하게 되다니. 작년 편지에도 적혀있었건만.

"전부, 전부 앨런 님 때문이야."

나는 이 자리에 없는 마법사님의 험담을 했다.

고개를 들고 그만 중얼거리고 말았다.

"……뵙고 싶다."

왼손을 뻗어 사이드 테이블에 놓인 수첩을 갖고 와 펼쳤다.

팔랑팔랑 페이지를 넘기다가 책갈피로 꽂아 둔 깃털을 바라보고—— 다시 베개에 얼굴을 묻었다.

왕도로 돌아가는 기차는 다음 주 풍요일.

실제 도착은 뇌요일 오전, 게다가 저녁이다. 그날 중으로 만나는 것은 불가능하리라.

귀성한 리디야 씨와 리네 씨, 나와 같은 기차에 탈 티나와 엘리도 뇌요일에 도착한다. 앨런 님과 카렌은 풍요일 밤.

카렌이니 분명 '**여동생이 오빠가 하숙하는 곳에 묵는 건 의무.**' 같은 소릴 하며…….

"으으~~!"

파닥파닥. 파닥파닥. 파닥파닥.

나는 아직…… 묵어본 적도 없는데…… 헉!

나, 나, 나도 참, 무, 무슨 생각이람.

고개를 들어 머리를 붕붕 흔든다.

북도에서 산 사복과 잠옷을 보, 보여드리고 싶은 건 사실이지만…… 그, 그래도, 그런 건, 그런 건, 아, 안 돼. 바람직하지 못한 행동이야.

하워드 공녀 전하로서 어, 어찌 그런 파, 파렴치한——.

"!"

창밖에서 커다란 천둥소리가 들려왔다.

나는 침대에서 내려와 창문으로 다가갔다. 커튼을 열고 밖을 바라봤다.

낮에는 쾌청했는데 지금은 시커멓고 두꺼운 구름이 하늘을 뒤덮었고—— 다시, 번개가 쳤다.

순간, 멀리 창룡 산맥이 보였다. 봉우리에는 올해도 눈이 쌓였다.

티나는 '가을 수확은 풍작이 될 것 같네요…… 다행이다.' 라며 안도했다. 그 아이는 똑똑하고 착한 아이다. 그런 티나를 기쁜 듯이 바라보던 엘리도.

그제야 마음이 차분해졌다. 이제 곧 만날 수 있잖아. 괜찮아, 괜찮아.

조금만 더 과제를 풀자고 생각하던 때—— 작은 노크 소리가 들려왔다. 이런 시간에?

다시 한번 울리는 노크 소리. 나는 문으로 다가갔다.

"누구야?"

"언니." "아으으…… 스, 스텔라 언니……."

티나와 엘리다. 문을 열자.

"언니이!" "스, 스텔라 언니!"

그대로 내게 뛰어들었다.

티나는 앞머리가 시들었고 엘리는 눈물을 글썽였다. 둘 다 떨고 있었다.

나는 잠옷 차림인 여동생들을 안으며 물었다.

"무, 무슨 일이니, 이런 시간에."

세 번째 천둥소리. 두 사람이 더더욱 내게 달라붙는다.

여동생들의 머리를 쓰다듬었다.

"아직도 번개가 싫어?"

"에, 엘리가 그런 거예요. 저, 저는, 따, 딱히." "아으, 아으……무서워여……."

"얘들도 참, 어쩔 수가 없다니까. 그래. 오늘 밤은 내 방에서 자도 돼."

"! 지, 진짜?" "그, 그래도 돼요?"

"왜 거짓말을 하겠니."

""신난다!""

"앗, 요 녀석들! 뛰지 말고."

두 사람은 그대로 침대에 뛰어들어 담요 속으로 파고들었다.

어릴 적, 벼락이 치는 날이면 내 방으로 도망쳐 온 적도 있었던 그리운 기억을 떠올렸다. 그레이엄은 과보호하는 성격이라 한 달음에 찾아왔었다.

담요에서 티나가 얼굴을 내밀었다. 엘리는 꼼지락거리고 있다.

"언니는 아직 안 자요?"

"조금만 더 앨런 님이 주신 노트를 읽으려고 생각하던 차야."

"에이~. 같이 자요! 네?! 엘리 생각도 똑같지?"

"푸하. 네, 네엣! 스, 스텔라 언니…… 저기, 가, 같이 자면 안 돼요?"

"얘들도 참."

나는 책상에 놓아둔 노트를 들고 침대로 갔다.

티나와 엘리가 조른다.

"어, 언니는 가운데서 자주세요." "스, 스텔라 언니, 부, 부탁해요."

"알았어."

나는 두 사람 사이로 파고들어 갔다.

그러자 마침 그때…… 여태까지 중 가장 크게 번쩍였다. 그리고 울리는 천둥소리.

""~~~!!""

티나가 오른팔에, 엘리가 왼팔에 달라붙는다.

"괜찮아. 괜찮아. 티나, 벼락도 작물에는 중요하지?"

"그, 그거랑, 이, 이건, 벼, 별개, 예요…… 으으으……."

"어휴. 오늘 밤엔 그칠 때까지 이대로 있어도 돼. 엘리, 불을 작게 줄여줄래?"

"네, 네엣."

엘리가 손을 뻗어 침대 근처 등불의 마력을 줄여 조그맣게 만들었다.

방 안의 어둠이 더욱 짙어졌다. ……희미하게 근거도 없는 불안이 소용돌이친다.

나는 이제 벼락을 무서워할 만큼 어리지 않다. 하지만―― 이 술렁거림은 뭘까?

그런 내 마음은 꿈에도 모른 채, 그제야 진정이 됐는지 티나가 말을 걸어왔다.

"언니, 다들 가을에 작물을 수확하면 왕도로도 보내주겠대요. 도착하면 먹어……어라?"

"티나?" "티나 아가씨??"

우리의 물음엔 답하지 않고 여동생은 고개를 갸웃거리며 윗몸만 일으켰다.

그리고 담요 안에서 자기 오른팔을 끄집어내 손등을 들어 올렸다.

——희미하게 커다란 날개를 펼친 푸른 새의 문장이 떠올라 있었다.

이것이 교수님이 말했던 의사를 지닌 대마법 『빙학』의 문장!

폭주할 우려는 없다고 했는데 대체 왜…… 가슴의 술렁거림이 커진다.

티나가 왼손으로 손등을 만졌다.

"티나?" "괘, 괜찮아요?"

나와 엘리도 윗몸을 일으켰다.

흘러넘치던 빛이 조금씩 작아지다가…… 이윽고 사라졌다.

여동생이 침착한 모습으로 읊조렸다.

"……괜찮아요. 분명 무언가를 전해주려고 그랬을 거예요. 자세한 건 알 수 없지만요……. 언니, 내일, 또 선생님께 편지를 쓸까 해요."

"아니. 왕도에 돌아간 다음에 여쭙자. 『빙학』에 대한 걸 우리 암호식을 써서 편지로 주고받는 건 위험해. 이럴 때 동도에 전화가 뚫려있지 않은 게 뼈아픈걸."

"듣고 보니…… 그렇네요. 으으! 제가 『빙학』과 대화를 할 수 있으면 해결됐을 텐데!"

티나가 다시 누워 버둥거린다. 나와 엘리도 누웠다.

"문장에 대한 건 내일 아침에 교수님께 상담해 보자. ……시간이 있다면 말이지만."

"무리일걸요!" "아으, 아으…… 교수님, 복도에서 울고 계셨어요."

아버님과 그레이엄, 그리고 교수님은 티나와 엘리가 돌아오고부터 집무실에 틀어박혀 계신다.

유스틴 제국이 여전히 계속 중인 대규모 연습 대응에 쫓기고 계신 것이겠지.

적어도 십수 년 사이, 제국이 이렇게까지 하워드를 자극한 적은 없었다.

그랬는데── 다시 번쩍인다.

"어, 언니…… 또, 또, 또 번개가…….""아으으…… 어, 언니……."

티나와 엘리가 내 양팔에 달라붙었다.

──이어서 커다란 천둥소리가 들려왔다. 폭풍이 본격적으로 몰아치려는 모양이었다.

제3장

"리디야 아가씨, 리네 아가씨, 안녕히 다녀오셨습니까!"

""""""리디야 아가씨, 리네 아가씨, 안녕히 다녀오셨습니까!""""""

왕국 남도. 린스터가 저택.

현관문을 연 저와 언니, 그리고 안나를 기다리고 있던 것은 저택에서 일하는 메이드들과 사용인들의 마중이었습니다.

중앙 계단 앞까지 깔린 붉은 융단 옆으로 질서정연하게 늘어서 고개를 숙입니다. 줄 끝에 있는 소녀들은 견습 메이드겠지요. 볼을 상기시킨 채 긴장하고 있습니다.

이 행사?는 언니가 왕도에서 돌아올 때마다 열렸고 이번에는 저도 경험하게 된 셈인데…… 이렇게 실제로 받아보니 조금 낯간지럽네요.

옆에 선 언니가 줄 맨 앞에 있는 메이드들을 이끌던 아름다운 검은 단발머리와 안경이 잘 어울리는 갈색 피부의 메이드——약 1년 전 린스터가 메이드대 차석이 된 로미에게 말을 걸었습니다.

"로미, 매번 말하는 것 같은데 이런 거 안 해도 돼."

"리디야 아가씨, 아가씨들을 맞이하는 것이 저희의 기쁨인걸요!"

"그래. 그렇다면야 어쩔 수 없지. 다들, 고마워. 휴가 동안 잘 부탁해."

『! 예, 옛!!』

언니가 감사의 말을 입에 담았습니다.

모여있던 모두가 감동합니다. 고참들 중에는 눈물을 글썽이는 사람마저 있었습니다.

분명 옛날의 언니였다면 말없이 아무런 반응도 내비치지 않고 방으로 가버리셨겠죠.

오라버니의 영향은 막대해요!

팔짱을 끼며 고개를 끄덕이고 있자, 안나와 로미가 사복 차림인 여성을 데리고 찾아왔습니다.

긴 갈색 치마에 부드러운 우윳빛 긴팔 셔츠 차림. 밤갈색 머리카락을 귀가 가려질 만한 길이로 정리한 젊고 조그마한 체구의 여성이 아기를 안고 있었습니다. 저는 무심코 이름을 불렀습니다.

"마야!"

"리네 아가씨! 이렇게나 자라시다니……. 리디야 아가씨, 다시 뵙게 돼서…… 마야는, 마야는……!"

제 앞에서 입가를 가리고 울고 있는 이 여성의 이름은 마야 마토.

린스터가 메이드대 전 3석으로 3석 취임 전 저와 언니가 어릴 적엔 전속 메이드를 오랫동안 맡았던 사람입니다.

3석 취임 이후론 계속 저희 할아버지이신 선대 린스터 공작과 할머니를 도왔고, 후국 연합과의 세 번에 이르는 남방 전쟁을 치른 결과, 저희 가문이 병합한 옛 두 후국 에트나, 자나의 통치 안정에 로미와 함께 진력해 준 여성입니다.

그곳에서 만난 남편분과 결혼했고 메이드를 은퇴했다고 들었는데…… 설마 만날 수 있을 줄은 몰랐어요!

언니가 마야에게 부드럽게 말을 겁니다.

"울보인 건 여전한가 보네? 잘 지내는 것 같아 안심했어."

"……그럼요, 그럼요."

더더욱 눈물을 흘리는 마야를 보니 그리움이 솟습니다. 옛날에도 자주 별것 아닌 일로 감격해 울었더랬죠. 저는 어머니가 된 전 메이드에게 물었습니다.

"마야, 아기 이름은 뭐야?"

"훌쩍…… 이 애 이름은 리네야라고 합니다. 여자아이예요."

"리네야—— 이름이 참 좋은걸!"

"감사합니다. 리디야 아가씨, 괜찮으시다면…… 이 애를 안아주시겠어요?"

마야의 제안에 웬일로 언니가 주저하는 모습을 보입니다.

그러면서도 시선은 리네야에게 못 박혀 있습니다. 푹 자고 있네요.

"내가? ……그래도 떨어뜨리기라도 했다간."

"리디야 아가씨, 괜찮습니다! 저, 안나와──." "로미가 있으니까요."

"……그래. 그러면, 안아 볼게."

조심조심 언니가 리네야를 안아 듭니다. 칭얼거리지도 않고 얌전한 리네야의 볼을 가느다란 손가락으로 찌르곤 "넌 리네야라고 하는구나? 난 리디야라고 해. 마야의 친구란다." 하고 온화하고 행복해 보이는 미소를 향하며 말을 겁니다.

그 모습을 보던 메이드들은 전류가 흐르기라도 한 듯 몸을 떨더니 기도를 올리듯이 양손을 마주 잡고 무릎을 꿇었습니다. "리디야 아가씨와 갓난아기…… 머, 멋져……." "아, 아름다워……." "몇 년 뒤엔 리디야 아가씨도 분명!" 단적으로 표현하면 혼돈이군요.

그 모습은 견습 메이드 아이들도 마찬가지였습니다. 반짝거리며 빛나는 갈색 머리카락을 양 갈래로 묶은 아이는 심지어 "월신(月神)님, 이런 아름다운 장면을 만나게 해주셔서 감사합니다!"라며 누군가에게 감사하며 기도를 올리고 있습니다. 월신님?

당사자인 마야는.

"리디야 아가씨, 이렇게나 아름답게 자라시다니…… 이리도 기쁠 수가 없습니다……."

감격한 나머지 엉엉 울고 있습니다. 언니가 리네야를 조심히 마야에게 되돌려줍니다.

"자, 그만 울고. 이제 엄마잖아? 애가 웃겠다."

"네…… 죄송…… 훌쩍…… 합니다."

"애 엄마가 참."

언니는 아름다운 순백색 손수건을 꺼내 마야의 눈물을 닦아주 었습니다.

그리고 무릎을 굽혀 리네야의 작은 머리를 쓰다듬으며 말해주 었습니다.

"혹시라도, 또 메이드로 일하고 싶어지면 언제든 돌아와. 린 스터는 마야 마토를 환영할 테니. 그래도 우선순위를 잘못 두면 안 된다? '어린아이에겐 한껏, 그 이상의 애정을 쏟아주길 바란 다.' 내가 존경하는 어머님의 말씀이야. 지금은 리네야를 최우선 으로 생각해. 그래도 복귀하게 되면── 메이드장이면 될까?"

"네?!" "리디야 아가씨★?" "차기 메이드장은 저, 로미의 역 할이옵니다."

눈물을 흘리며 감동하던 마야도 마지막 말에는 곤혹스러운 표 정을 지었습니다. 안나가 미소를 짓고 로미도 시침을 뚝 떼고 선언하자, 살짝 긴장이 달립니다.

그런 가운데 언니가 심술궂은 얼굴로 평가를 내렸습니다.

"그도 그럴 게 안나는 장난을 너무 좋아하고 로미는 에트나랑 자나에서 날뛰었다잖아? 지금은 메이드장으로 마야를 임명하 는 게 내 장래와 평온을 생각했을 때 좋을 것 같은데?"

"리, 리디야 아가씨…… 저, 저 같은 것에게 메이드장은……."

"제 장난은 사사로울 뿐입니다! 이것도 저것도 모두 깊디깊 은, 그래요! 수룡해 해구보다도 깊은 리디야 아가씨에 대한 애 정 때문! 이것이 전해지지 않았을 줄이야…… 안나는, 안나는,

흑흑흑…….”

　“리디야 아가씨! 날뛴 것은 어느 정도 사실이지만, 이유가 있어서 그런 것이지요. 그리고 장래라뇨? 헛! 서, 서, 설마 앨런 님과의 결혼…… 으읍.”

　“로미, 쓸데없이 떠들면 죽는다?”

　언니가 부메이드장의 입을 간단히 붙잡아 막아버립니다.

　그러자── 네 사람은 얼굴을 마주 보곤 키득거리며 즐거운 듯이 웃음을 터트렸습니다.

　어쩐지 어릴 적으로 돌아간 것 같아 조금 흐뭇해졌습니다.

　옛날의 언니는 마야와 안나 같은── 손에 꼽힐만한 사람에게만 마음을 열었는데……. 전부, 전부 오라버니 덕이에요! 그런 생각을 하고 있자, 안나가 조금 진지한 표정을 짓더니 언니의 손을 떼고 자세를 바로잡았습니다.

　“하나, 보고드릴 것이 있습니다. 오랜 기간 자리를 비워두었던 제3석이, 바로 얼마 전 채워졌습니다.”

　“얘기는 들었어. 그래도…… 그 애로 해도 정말로 괜찮겠어?”

　안나, 로미, 마야가 연이어 대답했습니다.

　“능력을 봤을 때는 아무런 문제도 없습니다. 종합적으론 메이드대 최상위라 판단 중입니다.”

　“다만, 조금 의욕이 지나친 면이 있어서…… 리디야 아가씨께서 한 번 타일러주십사.”

　“그, 본인의 욕심── 목적을 위해서라면 마지막까지 무리를 하는 면이 있어서…… 부탁드립니다.”

린스터가의 메이드, 그 정점에 있는 세 사람이 일부러 이런 부탁을 하다니…….

그 애는 에트나와 자나── 옛 두 후국에서 얼마나 억지를 쓰며 무리를 하고 있는 걸까요.

그 말을 들은 언니는 노골적으로 얼굴을 찌푸렸습니다.

"싫어. 그 애랑 만날 생각 없어."

"그렇게 말씀하지 마시고, 부탁드립니다."

"싫·어!"

언니가 강하게 반대합니다. 제3서인 아이와 사이가 안 좋은 건 아닙니다.

오히려 옛날부터 잘 아는 사이고, 과거의 언니를 상대로도 거리낌 없이 말을 걸어주던 무척 믿음직스러운 언니입니다. ……금세 우쭐거리는 터라 말은 안 하겠지만요.

언니가 이렇게까지 거절하는 건 이전 여름방학에 오라버니가 이곳에 왔을 때 이런저런 일이 있었기 때문인데── 그런 언니의 말에, 안나가 일부러 그러듯이 한숨을 쉬었습니다.

"하아…… 어쩔 수 없죠. 그러면 로미.""네, 준비한 대로 진행하죠."

들으란 듯이 대화하는 두 사람의 모습에 언니의 눈이 매서워집니다.

"안나, 로미, 뭘 꾸미는 거야?"

"그·건, 비밀이랍니다★""죄송합니다. 얘기해 드릴 수 없습니다."

"……그렇단 말이지?"

언니의 분노에 호응하듯이 주변에 불꽃 깃털이 날아오르기 시작하다가── 모두 사라졌습니다.

『?!』

언니를 포함해 경악하는 우리에게 계단 위에서 목소리가 쏟아집니다.

동시에 낯선 구두? 소리도. 동도에서 들었던 거 같은데…….

"리디야, 돌아오자마자 날뛰지 말렴. 저쪽에서 잔뜩 날뛰었다며?"

"리디야, 저택이 못 버틴다."

"어머니, 아버지." "아버지, 어머니! 우와아아아아아!"

계단을 우아하게 내려온 것은 제 어머니, 리사 린스터와 붉은 곱슬머리 신사인 제 아버지, 리암 린스터였습니다.

아버지는 평소처럼 예복 차림이었지만, 어머니는 붉은 기모노를 차려입으셨습니다! 신발도 동도 특유의 것입니다. 자연스럽게 감탄이 흘러나오고 맙니다. 분명 안나가 동도에서 마련해서 보낸 것이겠지요.

동도 중앙역에서 어머님과 얘기하던 건 이것이었군요!

어머니가 계단을 내려오자, 메이드대가 모두 일제히 등을 곧추세웁니다. 견습 메이드 아이들은 긴장하고 있습니다.

그녀들에게 어머님은 날렵히 왼손을 들어 올려 호령했습니다.

제 어머니지만, 어쩜 저렇게 위엄이 넘칠까요……. 너무 멋있어요!

"다들, 일하러 돌아가렴. 리디야, 리네, 어서 오너라. 애썼다며? 자세한 내용은 앨런이 알려줬다."

"……그 녀석이?"

번호가 붙은 메이드와 마야를 제외한 모두가 일하러 돌아가는 가운데, 언니가 어머니의 말에 반응했습니다. 대체 어느새 그런 연락을…… 아버지가 칭찬하십니다.

"그는 참 대단한 사내야. 보고서가 남부에 도착한 게 제럴드와 싸운 지 닷새 후다. 나흘째 밤에 기밀 지정 블랙 그리폰을 써서 이쪽으로 보낸 것이겠지."

"나흘째 밤? 그 녀석, 사흘째 밤에 동도 병원에서 깨어났는데요……."

아버지의 말을 언니가 반복하더니 천천히 돌아보고── 메이드장의 이름을 불렀습니다.

"안나?"

"앨런 님이 분부하셨던지라. 하워드 공작가에도 같은 물건을 보냈습니다."

"……그랬단 말이지?"

대기하던 메이드장의 고백에 언니가 낮은 목소리로 대답합니다.

……저도 언니 마음과 같아요.

전투 이후 쓰러진 오라버니가 의식이 돌아오자마자 린스터, 하워드 양 공작가에 보낼 보고서를 작성하셨다니!!

정신을 차린 뒤로 오라버니의 병실에는 끊임없이 사람이 들락

날락했습니다. 혼자 있을 시간은 극단적으로 적었을 텐데……
볼이 자연스레 부루퉁해집니다. 오라버니는 바보야.

　어머니도 한숨을 쉬셨습니다.

　"다음에 만나면 그 애를 혼내야겠어. 몸을 혹사하니 원……
엘린에게 뭐라고 사과해야 할지 고민하던 차야."

　"그는 이번 사건에서 글자 그대로 왕국을 구했다. 본래 그 공
적은 감추려야 감출 수가 없지. 허나…… 사건이 사건인 만큼,
공공연하게 드러낼 순 없어."

　아버지가 얼굴을 찌푸리십니다.

　──제럴드 웨인라이트 전 2왕자와 그를 따른『흑기사』윌리
엄 마셜과 전 왕국 기사들이 획책한 모반.

　게다가 장소는 올그렌 공작가의 비호를 받는 동도. 변명할 여
지 없는── 대사건.

　저는 전장에 나가지 않았기에 직접 검을 맞댄 것은 아니지만,
장비도 좋았다고 오라버니가 조심스레 얘기해주었습니다.

　명백하게…… 힘을 가진 존재가 뒷배를 봐주었다고 생각하는
것이 합리적이겠지요.

　게다가 지금 언니 안에는 대마법『염린』이 존재합니다.

　그리고…… 티나 안에도 동격의 존재인『빙학』이 있습니다.

　역사상, 대마법은 한 번 발동하기만 해도 도시 그 자체를 무너
뜨린다고 일컬어집니다.

　그런 위험한 마법이 언니와 티나의 몸 안에 있습니다. 어떻게
든 해야만 합니다.

아버지께서 말을 이었습니다.

"교수와 로드 경의 보고서에도 이번 사건은 '가능한 한 감추어야만 한다. 또 대마법에 당분간 위험은 없다.'라고 적혀있었지. 나도 그 의견엔 동의한다. 월터, 교수, 로드 경과 연락을 긴밀히 주고받으며 행동할 수밖에 없을 거야. 폐하와 두 공작에겐 나와 월터가 내밀히 얘기를 해두마. 이미 폐하께는 서간을 보냈다."

큰일이 되고 말았습니다. 언니가 불만스럽게 물어봅니다.

"정보를 감춘다는 건 그 녀석의 공적도 겉으론 드러나지 않겠 규요?"

"그래, 그렇게 될 거다. 지금까지 있었던 사건과 마찬가지지."

어머니가 아버지의 말을 잇습니다.

"앨런의 요청도 있었어. 일부를 드러낼 거면 네 공적으로 하라고. 다만, 공적을 치하하는 건 시간을 두라고도 하더구나. 모든 일이 해명되기 전까진, 앨런의 제안에 따를 수밖에 없어."

"……바보, 바보 바보. 바보 멍청이."

뾰로통 볼을 부풀린 언니가 중얼거렸습니다. 저도 답답합니다.

어머니는 그런 언니와 저를 바라보며 말했습니다.

"그렇다곤 해도——여기부터는 우리, 어른들이 할 일이야."

"그의 진언을 받아 만에 하나라도 일어날 사태를 고려해 올그 렌 공작가와 그에 준하는 가문들, 왕도 주변에서 연습하고 있는 부대의 군수 물자를 급히 조사했다. 하지만…… 비축량은 모두 고작해야 평상시 기준으로 약 3개월 분량이었어. 거창한 일을 벌일 양이라곤 도저히 말할 수 없지. 즉, 다음 『전장』은 왕궁 안. 정치의 영역이다."

"너희는 열심히 참 잘해줬어. 리디야와 리네는 이쪽에 있는 동안 푹 쉬렴."

오라버니는 올그렌 공작가 그 자체를 의심하고 있었단 건가요?!

하지만 군수 물자 비축량이 평상시 기준의 3개월 분량이라니……. 너무나도 적습니다.

린스터라면 연 단위. 하워드도 그럴 거예요. 제대로 된 군사 행동은 불가능합니다. 이번만은 기우로 끝나겠죠.

……그나저나 오라버니는 입원 중이면서 대체 뭘 하시는 건지. 저는 조금 어이가 없어졌습니다.

옆에 있는 언니도 기가 찬다, 기보다도 무척 불만스러워 보입니다.

그 모습을 보고 있던 어머니가 언니에게 주의를 주었습니다.

"리디야, 설마, 이번—— 대마법 사건으로 앨런에게 책임을 지게 하려고 생각한 건 아니지?"

"! ……그런 생각 안 했어요."

"정말로?"

"저, 정말로요."

"그래…… 앨런의 편지에는 '책임은 지겠습니다.' 라고 적혀 있었는데."

"어? 어?? 어어?!"

어머니가 입에 담은 한마디에 언니는 큰 혼란에 빠졌습니다.

당당한 평소 모습은 사라지고 그 나이 여자아이답게 우왕좌왕합니다.

어머니는 그런 모습을 즐겁게 바라보시곤, 말씀하셨습니다.

"그래도 리디야가 그럴 뜻이 없다면 필요 없겠네. 거절해도 상관없……."

"안 돼!!!!!!!"

언니는 소리를 지른 직후, 목 위로 새빨갛게 물들이더니——.

"으으으으으으~~!!!!"

꿍꿍거리며 얼굴을 양손으로 덮곤 그 자리에 웅크립니다. 한술 더 떠, 싫다는 양 고개를 젓습니다.

친언니지만 반응이 너무나도 풋풋하잖아요!

오라버니의 말 한마디에 이렇게 돼버리다니. 아마 제가 같은 처지라도 이렇게 귀엽게 반응할 순 없을걸요. ……어라? 제가 입을 열었습니다.

"근데 오라버니라면 티나에게도 같은 말을 적지 않으셨을까요?"

언니의 움직임이 딱 멈춥니다.

어머니는 쓴웃음을 지으며 오른손을 저었습니다.

"리네, 감이 너무 좋은 것도 생각을 좀 해봐야겠구나. 안나, 찍었어?"

"네 ♪ 그야말로 완벽하게! 찍었답니다☆"

"아하, 아하하⋯⋯."

어머니와 영상 보주를 손에 든 안나의 대화에 메마른 웃음밖에 나오지 않았습니다. 옆에 계신 아버지는 일관되게 자신은 상관없다는 태도를 유지하고 계십니다.

귀여움의 화신이 된 언니는 그제야 고개를 들고 일어섰습니다.

여전히 목덜미를 붉게 물들인 채, 토라집니다.

"어머니이⋯⋯."

"후후. 잘된 거 아니니. 안나도 급하게 보내서 미안해. 수고했어."

안나가 우아하게 어머니께 고개를 숙입니다.

"메이드로서 해야 할 일이니까요 ♪"

"로미, 견습 메이드 아이들 평가표 읽었어. 그대로 진행해. 리네에게도 좋은 경험이 될 거야. 리암, 괜찮죠?"

"예!" "물론이지."

내 경험? 하고 고개를 살짝 갸웃거리고 있자, 어머니는 과거의 제3석에게 다가갔습니다.

"그리고 마야, 어서 오렴. 이 애가 리네야구나. 귀여워라."

"사, 사모님⋯⋯ 과분한 말씀을⋯⋯. 그때는 허락을 내려주셔서 감사했습니다."

"괜찮아. 그래도—— 리디야와 리네의 이름에서 따도 됐을까? 걸핏하면 날뛰는 애로 자라지 말면 다행일 텐데."

"네?! 어, 어머니!!" "어, 어머니?! 언니가 아니라 저도요?!"

너무한 말에 무심코 항의했습니다. 저는 언니와 다르게 분별

없이 베거나 불태우지 않아요! 자매 둘이서 친어머니께 시선으로 항의합니다.

하지만…… 전혀 효과가 없습니다. 유, 유감이에요!

우리를 무시하고 어머니는 안나, 로미, 마야에게 말을 걸었습니다.

"안나, 그러고 보니 제3석 건은 마무리됐다지?"

"네, 사모님. 리디야 아가씨는 역시 거부하셨습니다."

"그래. 로미, 그 애가 빠져도 에트나와 자나는 문제없지?"

"예! 에트나에 관해선 마야가 맡던 시절에 이미 안정을 찾았고 치안과 경제 상황도 다른 린스터 공작령과 다름없는 수준에 달했습니다. 자나도 경제 상황에서 아직 차이를 보이지만, 치안 면에선 이미 달성을 완료했습니다."

"그럼 예정대로구나. 리암."

"이미 관련된 곳들에 얘기는 해 놨어. 인재는 의미 있게 쓰는 게 맞으니까."

어머니와 아버지가 서로에게 고개를 끄덕이고 우리에게 말했습니다.

"가을 초에는 그 애를—— 메이드 제3석 릴리를 왕도로 배속시킬 거야. 안나, 로미도. 앞으로 왕도는 지금보다 훨씬 더 많은 사람을 필요로 하게 될 거야. 다른 집안에 출발이 뒤처지지 않도록 다른 아이들의 선발도 서둘러줘."

""예!"" ""네?!""

린스터의 메이드장과 차석이 나란히 어머니께 기쁜 듯이 대답했고 우리 자매는 동요했습니다. 안나와 로미를 왕도에 배속시키는 것도 충격이지만, 무엇보다도…… 그 애를 왕도로요?!

가슴이 술렁입니다. 그치만, 그 애는…… 오라버니와 무척, 무척 사이가 좋단 말이에요…….

그 모습을 바라보던 마야가 의문을 표했습니다.

"……사모님, 그만둔 몸으로 질문을 드리는 건 무례할지도 모르겠습니다만."

"마야, 넌 오랜 세월 린스터에 헌신해 주었지. 그런 네 질문을 함부로 할 만큼 내가 거만하다곤 생각 안 해. 말해보렴."

"네! 저는 아쉽게도 앨런 님을 만나 뵐 기회가 없었습니다만…… 메이드장, 부메이드장, 나아가 릴리 님까지 왕도 배속으로 전환시키겠다 하시면―― 가문은 앨런 님께 미래를 맡기겠다고 판단했다, 그렇게 인식해도 문제없을까요?"

마야의 물음에 정적이 차오르며 분위기에 긴장감이 피어오르기 시작했습니다.

언니가 오라버니의 선물인 회중시계를 꺼내 겉을 손가락으로 어루만집니다. 볼이 어렴풋이 붉게 물들었습니다.

물론 마야가 말한 『가문』이란 언니를 가리키는 것이겠죠.

하지만……제 이름도 리네 『린스터』예요!!

긴 붉은 머리를 손으로 털며 전 『검희』 리사 린스터가 대답합니다.

"마야, 애당초 인식이 틀렸어."

어머니는 무릎을 굽히더니 새근새근 자고 있는 리네야의 작은 머리를 상냥하게 쓰다듬으며 저와 언니에게 눈길을 주었습니다. ——『너희는 알고 있지?』

그리고 어머니는 유유히 일어서더니 똑똑히 선언했습니다.

"린스터가 그 애를 고르는 게 아니야. 그 애가—— 앨런이 고르는 거지. 그 애는 『영웅』이 될 운명을 가진 아이. 옆에 계속 있을 수 있는 건 어지간한 아이는 불가능해. 멍하니 있다간…… 분명 다른 집 아이에게 빼앗기고 말겠지."

*

우리가 남도로 돌아온 지 벌써 나흘이 지났습니다. 오늘은 뇌요일입니다.

그동안은 그야말로 평온했습니다. 하지만 요 몇 달간, 거의 매일 티나와 엘리, 그리고 무척 좋아하는 오라버니와 함께 있었기 때문인지 조금 지루한 휴일을 보내고 있었습니다.

유일하게…… 어머니께서 "이건 리네 일이야." 하고 맡겨주신 아침 업무를 제외하면요.

"스읍…… 하아…… 좋았어!"

심호흡을 하고 천천히 언니 방의 문을 노크합니다.

——오늘 아침도 여전히 반응이 없습니다. 문을 열려 했지만 열리지도 않네요.

"잠가놨군요. ……아무리 누가 깨우는 게 싫다지만, 이 정도까지 마법으로 단단히 잠가놓을 것까지야……."

불평을 말하면서도 최선책을 생각해 봅니다. 마법으로 억지로 열까요?

──안 되겠어요. 이 마법, 자칫하면 『화염조』마저 아무렇지도 않게 막아낼 만큼 단단해요.

그러면 검으로 벨까요?

──더더욱 안 돼요. 검이 부러질 것 같아요. 고민하고 있자 웃음소리가 들려왔습니다.

"리네 아가씨, 안녕히 주무셨어요 ♪" "아, 안녕히 주무셨어요."

"안나. 시더."

복도를 걸어온 것은 린스터 공작가 메이드장인 안나와 이여름휴가 동안만, 『교육 목적』으로 제 전속이 된 견습 메이드 소녀── 반짝이며 빛나는 갈색 머리카락을 양 갈래로 묶은 시더 스테인튼이었습니다.

나이는 열네 살이라 들었습니다. 엘리와 동갑이에요. ……가슴 크기도 비슷해 보이네요.

제가 왕립 학교에 입학하는 것과 교대하듯이 남도 저택에서 일하기 시작했는지 만난 적은 없었지만, 사흘간 함께 있어 보며 『착한 아이. 하지만 조금 별난 아이』라고 평가를 내렸습니다.

안나는 평소 같지만, 시더는 딱딱하게 긴장했습니다. 슬슬 익숙해졌으면 좋겠는데요.

저는 메이드장에게 의견을 구했습니다.

"안나, 언니가 오늘 아침도 아직 자나 봐. 이대로 가다간 또 저녁때까지……. 천하의 『검희』가 너무 게으른 것 같지 않아? 아무리 오라버니가 안 계신다지만……."

"우후후 ♪ 안나에게 맡겨만 주세요!"

메이드장이 윙크를 하더니 제게 웃어 보였습니다. 솜씨를 구경하도록 할까요.

대기하고 있던 시더는 가슴의 십자가를 쥐더니, "……월신님, 월신님. 이, 이럴 때는 어떻게 해야 할까요?" 하고 수상쩍게 중얼거립니다. ……이 애랑도 좀 얘기를 해봐야겠어요.

안나가 조금 세게 노크합니다.

"리디야 아가씨. 아침 식사 시간이랍니다."

──반응이 없습니다. 어떻게 해야 할까요.

어제는 안나가 "이런 일이 있을 줄 알고 ♪" 하며 레시피를 물어놨던 언니가 좋아하는 오라버니 특제 팬케이크의 냄새로 점심을 지나서야 유인해 낼 수 있었습니다. 반은 잠에서 덜 깬 상태였지만요.

그저께는 마찬가지로 또 오라버니 특제 제철 채소 수프로. 역시나, 점심을 지나서였습니다.

그전에도 오라버니의 특제를 썼는데── 그때, 메이드장이 일부러 그러듯이 소리를 높였습니다.

"어머나? 어머 어머? 오늘 아침도 나오시지 않으려구요~? 그러면── 리네 아가씨. 이 앨런 님이 보내신 편지는~ 저희끼리 먼저 읽어버리도록 하죠 ♪"

방 안에서 소리가 났습니다. 그리고 안나는 아무것도 손에 들고 있지 않았습니다.

금세 열쇠가 열리고 달칵하는 소리를 내며 문이 열렸습니다.

""!""

저와 시더는 무심코 얼어붙고 말았습니다.

"……앨런한테, 편지? 왔어……? ……에헤헤♪"

명백하게 잠에서 덜 깬 언니가 얼굴을 내밀었습니다.

기분 탓인지 앳되고 또 몽롱~해 보입니다.

스스로 『앨런』이라 입에 담기만 해도 진심으로 기쁜 것처럼 얼굴이 미소로 가득하구요.

하, 하지만…… 이, 이건 너무 반칙이잖아요!

그도, 그도 그럴 게, 언니가……『검희』라 불리는 왕국 최강의 검사이며 마법사가.

동물 귀 후드 모자가 달린 연한 붉은색 잠옷을 입고 있다니요!

귀, 귀, 귀여워서, 압도적으로, 절망적으로 완벽하게 패배했어요!

이, 이런…… 이런 잠옷을 언니가 입다니, 이건 있을 수 없다고 생각하려는 순간…… 나름 똑똑한 제 머리가 대답을 도출해 냅니다.

"오라버니, 선물인가요?"

"응~ 맞아~ ♪ 그 녀석, 이 잠옷 좋아하거든~."

언니는 아무런 사심도 없이 진심으로 행복하다는 듯이 미소 짓습니다. 큭!

패배감에 무릎을 꿇을 것 같았지만, 간신히 버티고 섰습니다.

"월신님, 제게…… 여자로서 완벽한 패배를 안겨주시다니, 너무하세요……." 시더는 견디지 못했군요.

안나가 방긋 웃으며 언니에게 말을 걸었습니다.

"리디야 아가씨, 안녕히 주무셨어요 ♪ 자, 아침 식사 시간이랍니다~."

"……편지는?"

"아직 안 왔어요★ 오늘 중으론 도착하지 않을까요?"

"그러면── 오늘은 아침 식사 필요 없어~. 점심도 방으로 갖다줘~."

곧바로 풀어지려 합니다. 안나가 제게 윙크하며 눈짓을 줬습니다.

저는 이해하고 들으란 듯이 언니에게 말했습니다.

"언니, 저, 오라버니께 편지를 쓸까 해요.『**언니는 매일 매일 오후까지 잠만 자요. 그것도……잠옷도 안 갈아입고요.**』라고요!"

그러자 언니는 눈을 휘둥그레 뜨며 횡설수설 반론을 시작했습니다.

"리, 리네?! 시, 실제로, 저기…… 아주 조금, 게으르게 지내긴 했지만, 휴, 휴가잖아……. 그, 그 녀석도 없고……. 이, 이왕이면 그 녀석이 준 잠옷을 계속, 계속 입고 있고 싶다고 해야하나……. 아~! 진짜~! 가, 갈아입을게! 갈아입고 아침 먹으면 될 거 아냐!"

"알아주셔서 기뻐요."

"네에♪ 그러면, 갈아입으실까요☆"

안나가 언니를 밀며 방으로 들어갔고—— 문이 닫혔습니다.

이겼어요! ……허무한 승리예요. 이렇게나 허무한 승리가 또 있을까요?

언니의 대사로 유추하건대 요 며칠간 언니가 입은 잠옷은 모두 다 오라버니가 고른 물건이며, 게다가 선물인 셈이 됩니다. ……오라버니는 바보야. 이건 편애예요.

저는 여전히 바닥에 양손을 짚고서 "월신님은 심술쟁이예요……." 하고 불평하는 견습 메이드 소녀의 손을 잡았습니다.

"자, 시더. 일어나. 맛있는 거 잔뜩 먹고 힘내자! 우리는 이제부터, 이제부터 시작이니까!"

*

그날 정오가 지났을 무렵. 저는 안뜰에서 목제 의자에 앉아 북방에서 가장 빠른 레드 그리폰 편으로 도착한 편지를 읽고 있었습니다. 그 애들에게도 마침 제 편지가 도착할 무렵일까요?

아쉽게도 오라버니의 편지는 아직 도착하지 않았습니다. 그리폰 편은 배송 지연이 잘 일어나지 않지만, 생물인 데다 날씨가 안 좋아서 그런 걸지도 모르죠.

안뜰이라 해도 얼음과 물의 마석이 설치된 지붕 밑이라 더위는 느껴지지 않습니다. 그래도 피부를 드러내고 있으면 햇볕에 타니 오늘은 티나, 엘리네와 함께 왕도에서 산 얇은 하얀색 긴 팔 셔츠와 흰 스커트를 입었습니다. 선크림도 바르고요.

왕도와 동도의 햇살은 그리 다르지 않지만, 여긴 남도. 방심은 금물이죠!

티나와 엘리, 그리고 오라버니와 다시 만났을 때 『리네, 푸홋…… 새, 새까맣게 탔네요……』, 『저기, 귀, 귀여운데요?』, 『잘 탔네~』 하는 소리는.

…… 결단코, 결단코 용인할 수 없어요!

저는 다시 결의를 굳히며 편지를 눈으로 훑었습니다. 세련된 원형 테이블 위에는 동도 역에서 오라버니께 받은 노트가 놓여 있습니다. 아직 첫 번째 권이에요. 나중에 또 연습해야지!

──티나와 엘리도 귀성을 만끽하고 있는 모양입니다.

북도…… 어떤 곳일까요. 여름인데 '창룡 산맥 정상엔 올해도 눈이 쌓였어요!' 라니, 상상이 안 됩니다. 이쪽은 우선 눈이 내리는 일조차 없으니까요. 스텔라 님과 함께 셋이서 쇼핑도 갔다는데, 아주 조금 부럽다고 느끼고 말았습니다.

언니는 오라버니가 안 계시면 게을러진다는 걸 이번 기회로 알게 됐습니다.

요 몇 년은 계속 함께 계셨고 왕립 학교 입학 이전엔 다른 의미로 방에 틀어박혀 계셨으니…….

아쉽게 생각하고 있는데, 잔뜩 긴장한 소녀의 목소리가 귓가를 울렸습니다.

"리, 리, 리네 아가씨, 호호, 홍차를 가, 가, 갖고 왔습, 꺅!"

"어, 어휴!"

저는 곧바로 일어나 유리로 만든 홍차 포트와 다과가 담긴 작은 바구니를 은 쟁반에 담아 들고 온 견습 메이드 소녀가 넘어질 뻔한 것을 간신히 잡아냈습니다.

쟁반을 테이블에 올린 저는 시무룩해진 소녀에게 주의를 주었습니다.

"시더. 몇 번이나 말했지? 너무 긴장하지 마. 진정해."

"예, 옛! 죄, 죄송합니다……."

소녀가 몇 번이나 고개를 숙이는 와중, 저는 의자에 다시 앉아 잔을 손에 들고 말했습니다.

"자, 홍차를 따라줘. 이쪽에 있는 동안 넌 내 전속 메이드니까."

"리, 리네 아가씨…… 예, 옛!"

소녀는 울먹거리면서 고개를 끄덕이곤 유리 포트를 손에 들어 잔에 따라 나갔습니다. 그 손이 긴장으로 떨리고 있는 건 두말하면 잔소리입니다.

──좋은 향기가 피어오릅니다. 북방의 홍차도 좋네요.

수석님에게 말하면 '엣헴! 저도 관여한 거라구요.' 하고 자랑할 게 뻔하니 보내준 엘리에게만 말하겠지만요.

저는 편지를 접어 정성껏 봉투에 집어넣곤 오라버니의 노트를 손에 들었습니다.

무사히 겨우 다 따라낸 뒤 한숨을 놓으며 대기하려 하는 소녀에게 명령했습니다.

"어제도 말했지? 앉아. 차는 둘이 같이 마시는 게 맛있잖아?"

"! ……네, 네에…….."

벌벌 떨듯이 견습 메이드 소녀가 제 앞 의자에 앉습니다. 저는 그 모습을 보고 귀성 첫날 들었던 안나의 설명을 떠올렸습니다.

『시더는 좋은 자질을 지니고 있어요. ……다만, 애석하게도 너무 비굴한 점과 금세 신앙에 매달리려 하는 점이 안 되겠더군요. 리네 아가씨께서 도와주실 수 없으실까요!』

……너무 어려운 부탁입니다.

저는 소서 위에 잔을 올려놓고 홍차 포트를 들었습니다.

그걸 본 시더가 당황한 모습으로 일어서려 합니다.

"더, 더 드시려면 제, 제가 따라." "아니야."

잔에 차가운 홍차를 따르고 소녀 앞에 내밀었습니다.

손을 뻗어 바구니 안에서 구움 과자를 두 개 꺼내 하나를 시더에게 줍니다.

"어? 어라?? 어어어?!"

"너무 놀란다."

"그, 그래도 리, 리네 아가씨는, 린스터 공녀 전하이시고……."

"실제론 이런 느낌이야. 시더."

"네, 넷!"

"일어설 필요 없어. 앉아."

차렷 자세로 선 소녀를 나무라며 자리에 앉힙니다. 저는 시선을 맞추고 물었습니다.

"너도 린스터를 섬긴 지 벌써 몇 달 지났지? 아무리 그래도 너무 긴장하는 거 아니니? 왜 그렇게까지 긴장해? 무슨 이유가 있다면 얘기해 봐."

"다, 당연하다고, 생각해요……."

그렇게 말하고 시더는 입을 다물곤 고개를 숙이고 말았습니다. 저는 대답을 기다렸습니다.

조용한 시간이 흐릅니다. 잔을 한 손에 들고 노트를 펼쳐 오라버니가 주신 과제 중 하나인 『화염조』 두 마리 동시 현현용 제어식을 공간에 늘어놓기 시작했습니다. 오라버니가 직접 만드신 것이죠.

두 마리 동시 현현쯤 되니 난이도에서 현격한 차이가 납니다. 보조가 없으면 어려울지도 모르겠어요.

한동안 그러고 있자, 시더가 그제야 고개를 들었습니다.

"……리네 아가씨는 『린스터 공녀 전하』세요. 저, 저 같은, 펴, 평민에게 긴장하지 말라는 건…… 무, 무리가 있다고 생각합니다! 다, 다들, 그렇게 말해요…… 훌쩍……."

연상의 소녀가 울먹거리고 있습니다. 제가 생각하던 것 이상으로 긴장했던 모양입니다.

"자, 울지 말고. 다들? 견습 메이드 동기들??"

"네, 네에…… 훌쩍……."

"그래…… 알았어. 시더, 마법은 어느 정도 쓸 수 있지? 이리 와 봐."

"네? 네, 네에……."

견습 메이드 소녀가 제 뒤쪽으로 옵니다.

저는 오라버니가 고안해 낸 제어식 중 일부를 확대해 공간에 투영시켰습니다. 소녀가 숨을 삼킵니다.

"『화염조』의 제어식이야."

"?! 화, 화, 화…… 리, 리, 리네 아가씨, 쓰, 쓰실 줄 아세요?"

"응."

시더는 아연실색해 몸을 떨었습니다. 놀라길 바라는 부분은 그게 아닌데요.

저는 제어식을 손가락으로 훑었습니다.

"이 아름다운 제어식, 만든 건 너와 똑같은 일반 평민분이셔. ……아니. 사회적 지위만 따지면 너보다 아래일지도 몰라. 『성 씨』를 가지고 계시지 않으니까. 하지만 그분은 나뿐만 아니라 언니 이상 가는 마법사야. 언젠가 대륙 전체에 이름을 알릴 영 웅이 되실걸, 분명."

"?!!!!"

소녀는 입을 떡하니 벌리곤 제자리에 우뚝 섰습니다.

도저히 믿을 수 없다는 표정으로 "월신님……." 하고 버릇 같 은 그 말을 되뇝니다.

안나에게 조사를 부탁해 보니, 『월신』이란 후국 연합보다 동 쪽에 있는 한정된 지역에서 신봉하는 오래된 종교의 신이라고 합니다. 오라버니가 관심을 가질 법한 얘기네요.

마법식을 접고 시더에게 미소를 짓습니다. 오라버니가 언제 나 우리에게 해주듯이요.

"이 나라는 생각보다 훨씬 넓어. 내가 린스터라 해도 필사적

으로 노력하지 않으면 순식간에 뒤처질 정도로. 너도 정진하
렴. 같이 성장해 나가자."

"……네. 리네 아가씨, 감사합니다."

시더의 눈동자가 안정되었습니다. 눈동자에선 굳센 의지가
느껴집니다.

이 아이는 이제 괜찮겠지──. 그렇게 생각한 때였습니다. 저
택에서 거대한 마력 반응이 느껴졌습니다. 동시에 무언가 박살
나는 소리가 울려 퍼집니다.

조금 전까지 눈물을 흘리던 견습 메이드가 양손을 펼치고 전
지키는 자세를 취했습니다.

맞는 말이야, 소질이 있는걸!

"시더, 괜찮아. ……쟤도 참, 소란스럽다니까."

"네?"

갑자기 우리 앞에 있던 저택 창문이 깨지더니 검은 리본을 단
긴 붉은 머리를 뒤로 흩날리며 한 소녀가 안뜰로 뛰쳐나왔습니
다. 손에는 새하얀 물건을 안고 있습니다.

그대로 이쪽으로 질주합니다. 시더가 튀어나와 막으려 했으
나──.

"이야압~.""?!"

소녀 바로 앞에서 크게 도약해 회피하더니 공중에서 회전하며
착지합니다. 커다란 가슴이 눈에 띄는군요.

또 커진 것 같은데…… 아무리 열여덟 살이라지만, 심한 유감
을 표할 수밖에 없네요.

그리고 붉은 머리 소녀는 되지도 않는 휘파람을 불며 제 옆자리 의자에 앉았습니다.

연한 붉은색을 기조로 겹겹이 화살 모양 문양이 그려진 옷에 긴 스커트. 아래는 가죽 부츠를 신고 앞머리엔 작은 머리핀을 했습니다.

들고 온 하얀 물체—— 순백색 늑대 인형을 옆자리에 앉힙니다.

! 이, 이 아이는…… 어, 언니 방에서 오, 오라버니가 주신 북방 선물을 들고나온 거야?!

멋대로 잔에 홍차를 따르는 붉은 머리 소녀를 캐물었습니다.

"……릴리, 언제 에트나와 자나에서 돌아온 거야? 그리고 그 인형은……."

"잠깐만요~ 잠깐 기다려 주세요~. 목이 말라서~. 꿀꺽꿀꺽 꿀꺽——…… 푸하아아아~. 홍차가 맛있네요~. 리네 아가씨! 릴리, 지금 막 돌아왔습니다~."

"저기…… 리네 아가씨, 이분은…….."

시더가 커다란 눈망울을 껌뻑거리며 질문했습니다.

눈앞에서 말릴 새도 없이 과자를 입안 가득 우물거리는 이 붉은 소녀는, 에트나와 자나로 파견을 나갔다고 했으니 시더와는 만난 적이 없었겠죠. 저는 턱을 괴며 설명했습니다.

"릴리야. 자리 순서는 마야 대신 3석이 됐다나 봐. 이런 차림을 하고 있지만…… 메이드지. 일단이란 말이 붙지만."

"어휴~! 일단이라니 뭐예요~! 전 메이드라구요!! 3석 취임

축하 선물로 드디어, 드디어! 메이드장님과 부메이드장님께 이렇게 귀여운 메이드복을 받았단 말이에요~!! 이제 머리에 다는 하얀 프릴 머리띠만 있으면 된다구요~."

""메이드복?""

무심코 시더와 함께 물어보고 말았습니다. ……메이드복으로는 안 보이는데요. 기모노 같기도 하고?

그 두 사람이니 분명 입히고 싶은 옷을 입혔을 뿐…… 아뇨, 어쩌면 고참 메이드 모두가 꾸민 일일지도 모르겠는데요? 다들, 이 애를 무척 좋아하니까요.

정했습니다. 아무 말 않겠어요. 저는 다른 화제로 유도했습니다.

"……릴리. 아까 질문에 대답해."

"네~. 돌아온 건 방금 막이구요. 사모님과 주인 어르신께 보고를 드리고~. 어휴, 너무하더라구요! 요즘 아틀라스 후국과 베이젤 후국이 자꾸 괴롭혀서…… 거기다 국경에서 대규모 연습 같은 걸 하잖아요! 요 며칠은 장거리 마법 통신도 우르르 쓰질 않나~! 또 명백하게 후국이 쓰는 암호도 아니더라구요~!!"

"그래그래. 그래서? 결국 암호는 풀었어?"

"대답은 한 번만 하세요~. ……해독 중이에요. 오래된 동방계 암호가 아닐까 싶은데. 사익스 백작 측에서도 시간이 걸리나 봐요~. 동방계 암호 같은 건 다뤄 본 적이 없으니까요~."

사익스 백작가. 첩보, 모략을 주특기로 하며 '필요하다면 마왕도 속여 보이겠다.' 라고 호언장담하는 왕국 남방 가문 중에서도 이질적인 집안입니다. 리처드 오라버니의 약혼자인 사샤의 본가이기도 해요. 릴리가 홍차를 한 잔 더 따르며 말을 이었습니다.

"저택에 도착한 다음에는 리디야 아가씨께 인사를 드리러 갔는데 문을 열어주시질 않아서~. 어쩔 수 없이 아가씨가 히죽거리면서 메모지를 읽으시고 껴안으시는 사이에 숨어들어 가 이 애를 납치해 온 거예요~. 이러면 밖으로 나오실까~ 싶어서☆"

"……릴리, 너 진짜."

메이드를 자칭하는 붉은 머리 소녀가 양손을 마주 잡고 방긋방긋 웃습니다. 제 얼굴에선 경련이 일었습니다.

아까 저택에서 난 폭발음은 즉——. 그때 다시 한번 굉음이 일었습니다. 그리고 불어오는 열풍.

머리를 부여잡고 돌아보자.

"우, 우와아……."

저택의 일부가 깨끗하게 잘려져 있었습니다.

그 안쪽으로 보이는 것은 검을 쥐고 긴 붉은 머리를 나부끼며 분노에 찬 표정을 지으면서도 아름다운 언니—— 리디야 린스터의 모습.

아, 안 돼요! 지, 진짜로 화났잖아요!! 저는 곧장 지시를 내렸습니다.

"시더, 인형을 확보해!"

"네? 예, 옙!"

"! 리, 리네 아가씨?! 견습 메이드?! 저, 절 버리려는 거예요~?!"

시더가 늑대 인형을 안자 릴리가 심하게 당황합니다. 전방에서 살기에 찬 마력이 다가옵니다. 인형을 받아 언니에게 주려했지만…… 이 아이, 오라버니 선물이죠?

힐끗 다가오는 언니를 보고는──.

"?! 리네!!!!"

언니가 부르짖는 소리를 들으며 저는 인형을 꼬옥 껴안았습니다.

"무! 무슨 짓이야?!" "휘이~ ♪ 리네 아가씨 제법이시다~."

"으아아아아."

언니는 경악했고 릴리는 되지도 않는 휘파람을 불었으며 시더는 동요했습니다.

인형을 안으며 존경하고 사랑하는 언니에게 제안합니다.

"언니, 다 같이 차를 마시던 중이에요. 함께 어떠세요?"

"……어쩔 수 없지. 하지만 먼저 『앨런』을 돌려……."

침묵이 우리를 감쌌습니다.

어, 어어…… 지, 지금, 들어선 안 되는 정보가……. 릴리가 손을 마주 잡습니다.

"와아~. 리디야 아가씨, 인형에 『앨런』이란 이름을 붙였어요? 여전히~ 앨런 씨를…… 너무너무, 너~무 좋아하시는군요☆"

이, 이 자칭 메이드가, 모, 목숨이 아깝지도 않아요?!

고개를 숙이고 있던 언니가 천천히 얼굴을 들었습니다.

말도 안 되는 마력의 고동── 공간이 흔들리며 세 마리의 불 속성 극치 마법 『화염조』가 현현합니다.

언니가 가느다란 손가락으로 우리를 셉니다.

"하나······둘······ 들은 건 셋이지······?"

"어, 언니?! 서, 서, 서, 섣부른 행동은 자제해 주세요!!"

"워, 월신님, 제, 제가, 무, 무슨 잘못을 했나요?!"

시더가 착란에 빠져 오른팔에 달라붙습니다. ······가슴이, 역시, 저보다, 커요!

──이후, 수치스러운 나머지 폭주한 언니를 만리느라 고생 이었습니다. 솔직히, 그냥 죽는 줄 알았어요. 하지만 언니도 즐 거워 보였으니 됐다고 치죠. 릴리는 용서 못 하겠지만요.

······『앨런』은 다음에 몰래 빌려오려고 합니다.

*

남도에 도착한 지 벌써 8일째. 오늘은 한 주가 시작되는 염요일.

우리는 지금 남도에서 더더욱 남쪽에 있는 린스터가의 별장으로 마차를 달리고 있습니다.

앞서가는 마차에는 어머니와 아버지, 그리고 언니가. 이쪽 마차에는 저와 안나, 그리고 제 옆에 석상처럼 딱딱하게 굳은 시더가 탔으며 뒤쪽 마차에는 릴리를 포함한 메이드들이 탔습니다.

아버지가 영지 내 도로 정비를 철저히 한 덕택에 흔들림은 거의 느껴지지 않았습니다.

저는 아까부터 안나와 수다를 떨고 있었지만, 옆자리 소녀는 양 갈래로 나눈 아름다운 갈색 머리카락을 떨며 눈을 꼬옥 감고 십자가를 쥐고서 기도하는 자세로 계속 중얼거리고 있었습니다.

"월신님…… 이, 이건 너무 급전개 아닌가요? 리, 린스터 전 공작 전하의 저택에, 저, 저 같은 게…… 시, 심장이 못 버티겠어요…… 하지만, 리네 아가씨의, 교복 차림이 너무 귀여워요! 감사합니다!"

……이 애는 다른 의미로 심지가 굳네요. 린스터가의 메이드로 합당합니다.

그런 생각을 하면서도 저는 눈앞의 안나에게 주장했습니다.

"그래서 진짜! 티나는 내 방해만 한다니까!! 엘리는 착한데 우리가 안 보는 새 자꾸 오라버니께 어리광을 부리고. 카렌 씨는 오라버니한테 찰싹 달라붙어 있고. ……오라버니가 너무 어린애 취급하는 것처럼 보이기도 해서 불만스러운 것 같긴 하지만 말야. 스텔라 님은 요즘 엄청 예뻐지신 것 같아. 오라버니는 착하지만 너무 착한 것도 문제야! 그리고…… 편지도 안 오고! 그렇게 왕도 쪽 날씨가 안 좋아??"

"그리폰 편에 대한 거라면 표면상 이유는 그렇다고 들었습니다. 상세한 건 조사 중이지만…… 그쪽은 비밀주의가 상당해요. 조금 더 기다려 주세요. 그리고 리네 아가씨는 조금 더 솔직해지시는 것도 괜찮지 않을까요~?"

린스터가 메이드장은 내게 『다 알거든요?』 하는 듯이 미소를 짓습니다.

안 좋은 예감이 들어요…… 이럴 때 그녀가 무척이나 심술궂다는 건 경험을 통해 배웠거든요.

안나가 입을 열었습니다.

"티나 아가씨가 입고 계신 드레스와 같은 걸 알아보기도 하셨다죠?"

"!"

"엘리 아가씨가 평소 쓰는 리본을 주문하시기도 하시고요?"

"?!"

"앨런 님과 가고 싶은 가게를 알아보고 두 분과 사이좋게 상담도 하셨다던데?"

"?!?"

"아아! 아름다운 아가씨들의 우정! 제가 정말로 좋아하지 말입니다 ♪"

"으으으……."

비, 비밀로 하던 건데. 안나가 즐겁게 제게 말을 걸어옵니다.

"──리네 아가씨는 왕립 학교에 입학하시고 몇 달 사이에 표정이 부드러워지셨군요. 리디야 아가씨를 바꿔주신 것도 그렇지만, 두 분을 지켜보는 처지로선 앨런 님께 감사할 따름입니다."

"……오라버니는 『우리에게 뭔가를 했다』곤 생각 안 하실걸."

무척 다정하고 부드러운 미소를 떠올렸습니다. 그것만으로도 가슴이 따뜻해지는 것은 제가 오라버니를…… 이, 이러면 안 되죠. 고개를 젓고 엇나간 생각을 지워버립니다.

언니에게 도전할 결의를 굳게 먹은 건 사, 사실입니다.

하, 하지만 그렇다고 해도 그…… 그, 그런 건 아직, 이르다구요!

다행……은 아니지만, 오라버니는 공적인 신분이 없습니다. 당분간 어느 분과 그렇게 될 가능성은 작을 게 분명해요. 제겐 아직 시간이 있을 겁니다.

……안나, 그 히죽거리는 얼굴은 뭐죠?

제 옆에서 딱딱하게 굳어있던 시더가 쭈뼛쭈뼛 입을 열었습니다.

"저, 저어…….”

"뭐죠?" "시더, 질문할 때는 확실하게! 말해야죠★”

"예, 옛! 아야아…….”

안나에게 주의를 받고 자리에서 일어선 소녀가 천장에 머리를 부딪치고 눈물을 글썽이며 주저앉았습니다.

"그래서? 물어보고 싶은 게 뭔데?”

"예, 옛! 꺄윽! 으으으…… 훌쩍…….”

"어휴, 진짜.”

다시 일어서 머리를 부딪치고 눈물을 머금은 연상의 소녀의 머리에 손을 올렸습니다.

시더가 눈물을 닦으며 허둥거립니다.

"리, 리네 아가씨? 저, 저 같은 것의 머리에 손을 올리시면.”

"조용히 해.”

천천히 빛 속성 초급 마법 『광신치유(光神治癒)』를 발동합니다.

시더는 눈을 동그랗게 떴고 안나도 "어머나~." 하며 입을 가렸습니다.

저는 마법을 멈추고 손을 뗐습니다.

"어때? 안 아파?"

끄덕끄덕, 연상의 소녀가 몇 번을 주억거립니다. "가, 감사합니다."

아무래도 제대로 성공한 것 같네요.

『특기 속성과 가계에 얽매이지 말고 시도해 봅시다. 초급 치유 마법을 쓸 수 있기만 해도 전술의 폭이 훨씬 넓어지거든요.』

오라버니의 강의를 되새겼습니다. 몇 달 사이 저와 티나와 엘리는 가계가 대대로 특기로 삼아 온 마법 외에도 어느 정도를 쓸 수 있게 됐습니다. 앞으로도 열심히 해야겠어요!

제가 의욕을 불태우고 있자 안나가 손뼉을 쳤습니다.

"리네 아가씨, 훌륭해요! 훌륭하십니다☆"

"고마워. 시더. 아까 말하다 만 게 뭐야?"

"앗, 네! 그, 그게……."

연상의 소녀는 주저했지만, 결심한 모습으로 입을 열었습니다.

"애, 앨런 님이란 분이 대단하신 분이란 건 몇 번이나 들었는데요…… 왜 성씨가 없을까 궁금해서요. 그렇게 수많은 공적을 쌓아도 성씨조차 얻지 못하면 노력하는 사람이 사라지지 않을까 생각하는데요……."

저는 무심코 연상의 견습 메이드 소녀를 빤히 바라보고 말았습니다.

메이드장이 견습 메이드를 칭찬했습니다.

"그걸 깨닫다니 예민하군요. 용케 깨달았어요."

"네, 넷! 저기, 그래도, 그게…… 저도 생각하긴 했는데요, 서, 선배들도 얘기하셔서…… '앨런 님은 지금 이대로는 안 된다.'라고……."

"……호오."

안나의 눈이 요사스러운 빛을 발했습니다. 이래 보여도 우리 메이드장은 일에 관해선 무척 엄합니다. 린스터를 섬기는 메이드가 혈족과도 같은 오라버니에게 그런 소릴…….

우리의 모습을 보고 시더가 황급히 말을 보탭니다.

"허, 험담을 한 게 아니라 '앨런 님은 우리 같은 성씨 없는 수인과 이주 민족들에 있어서 희망 그 자체! 더 출세하셔야 하는데!!'라고요."

저는 안나와 얼굴을 마주 보고 웃었습니다.

어느새 오라버니께는 우리 말고도 수많은 응원하는 이들이 생겼나 봅니다.

안나가 마차 커튼을 열었습니다. 저는 견습 메이드 소녀에게 대답했습니다.

"시더, 오라버니가 출세하시지 못하는 건 사정이 있어서 그래. ……어려운 사정이 말야."

"하지만, 앞으로는 바뀌겠죠. 아뇨, 바뀔 수밖에 없을 거라 봅니다. 그리고 그건―― 리디야 아가씨는 물론, 리네 아가씨에게도 큰 영향을 미치겠지요 ♪"

안나가 제 말을 잇고는 윙크해 보였습니다.

……사실인 건 맞지만, 우리 집 메이드장은 금세 우리를 놀리려 들어서 큰일입니다.

저는 충분히 이해하지 못한 표정의 시더에게 "다음에 기회가 있으면 오라버니를 만나게 해줄게. 그러면 금방 이해될 거야."하고 말하고 안나를 다시 돌아보았습니다.

"동도에 안나가 와서 놀랐었어. ……오라버니 때문이지?"

"큰일이었지요. 처음에는 사모님께서도 가신다고 강건히 주장하시는 바람에……. 그처럼 흐트러지신 사모님의 모습은…… 리디야 아가씨와 앨런 님이 흑룡과 싸웠을 때 이래이지 싶습니다."

"그래……." "! 흐, 흑, 룡?!"

견습 메이드 소녀가 커다란 눈망울을 더더욱 휘둥그레 뜨고 경악해 얼어붙었습니다. 그 뒤를 이어 허둥댑니다.

"용…… 용이라면…… 워워워. 월신님의 사자인?! 아으으으, 상상력이 못 따라가겠어."

옛날의 제 반응을 보는 것 같네요. 월신교에선 용을 숭배한다 그거군요.

"시더, 진정해. 오라버니와 언니가 함께 싸운 역사도 다음에 알려줄게."

"네, 넷!"

──안나가 들고 온 어머님께 보내는 어머니의 편지는 무척

두꺼운 것이었습니다.

저도 왕립 학교 입학 전, 저택 안뜰에서 진심으로 기쁜 듯이 오라버니와 어머님의 편지를 읽고 계신 어머니의 모습을 봤었는데── 그때, 저는 깨달았습니다. 메이드장에게 묻습니다.

"어머니와 언니를 같은 마차에 태워도 되겠어? 언니, 오라버니 편지도 아직 안 왔고 어제는 회중시계도 갑자기 고장 나는 바람에 오늘 아침에 몇 번이고 오른손 손등을 만지면서 무척 기분이 안 좋아 보였는데……."

두 사람이 싸우기라도 했다간…… 오라버니 정도밖에 말릴 사람이 없습니다.

제 걱정은 제쳐놓고 안나가 깔깔대며 웃었습니다.

"걱정 안 하셔도 됩니다. 주인 어르신도 계시니까요."

"그런가? 어머니는 이럴 때 언니에게 잔소리를 하실 것 같은데……."

살짝 의아해하며 묻자 린스터가 메이드장은 짓궂은 표정을 지었습니다.

……확신범이군요. 어머니는 언니께 잔소리를 하고 계시다고.

뇌리에는 얼굴을 새빨갛게 물들인 채 검을 뽑아 들며 『화염조』를 자아내는 언니의 모습이 떠오릅니다. 오늘은 애검 말고 또 다른 검 한 자루를 허리에 달고 계셨습니다.

"……좀 심술궂은 거 아냐?"

"사모님도 부모의 마음으로 그러시는 것이지요. 리디야 아가씨는 솔직해지셔야 해요! 앨런 님과 만난 지 벌써 거의 4년이 지났고 그사이 셀 수 없을 만한 무훈과 공적을 쌓아 지금은 왕국뿐만 아니라, 온 대륙에 『검희』의 이름을 떨치고 계십니다. 하지만, 옆에서 버팀목이 되어주신 건 그분. 부족한 건 지금은 공적인 자리뿐이지요."

"아까도 말했지만 오라버니가 위치나 지위를 바라시진 않을 거야. 언니가 오라버니를 무척 좋아하는 건 알고야 있지만……."

아주 살짝 가슴이 따끔거립니다.

그 둘은 잘 어울려요. 사이에 누군가 끼어들 수 있으리라곤 생각 못 하겠습니다.

……하지만, 이대로 지고 싶지도 않아요. 안나가 다정하게 말을 걸어옵니다.

"괜찮습니다, 리네 아가씨 ♪ 미래는 누구도 알 수 없으니까요. 단, 리디야 아가씨가 이대로 겁쟁이처럼—— 어흠. 실례했습니다. 만숙하신 채로 계신다면 가까운 장래에 틀림없이 누군가 앨런 님을 채가겠지요. 제 견해로는……."

"겨, 견해로는?"

저는 숨을 삼키고 잡아먹을 듯이 다음 말을 재촉했습니다.

그러자, 안나는 팔짱을 끼고 무겁게 대답했습니다.

"스텔라 아가씨를 얕볼 수 없습니다. 그분은 한 번 정하면 끝까지 밀고 나가는 강한 끈기를 갖고 계시죠. 또 펠리시아 아가씨는 다른 방향에서 앨런 님과 거리를 좁혀나가고 계시기에. 그리고…… 가장 조심해야 하는 건 카렌 아가씨지요★"

"? 스텔라 님과 펠리시아 씨는 알겠는데…… 카렌 씨??"

오라버니와 스텔라 님이 마음이 통하는 것처럼 느껴지는 것은 사실입니다.

하지만 카렌 씨는…… 피는 이어지지 않았다지만, 오라버니의 여동생입니다.

무척 사이가 좋다는 생각은 들어도 그 이상도 그 이하도 아닌 것 같은데요?

제가 고개를 갸웃거리고 있자, 메이드장은 손가락을 움직였습니다.

"리네 아가씨도 아직 어설프시군요……."

"무, 무슨 뜻이야?

안나가 짓궂은 얼굴로 절 봅니다.

"이건 극비정보인데요. 앨런 님의 이성 취향을 조사해 본 결과——."

"! 오, 오라버니의, 취, 취, 취향?!"

그, 그런 걸, 조사했다니?!

꿀꺽 침을 삼키자—— 제 머릿속에 티나와 엘리의 얼굴이 떠올랐습니다.

"그것은 바로!"

저는 메이드장을 손으로 제지했습니다.

"안나, 말 안 해도 돼. 나만 듣는 건 불공평한걸. 그리고 설령 오라버니가 동물 귀에 머리가 길고 꼬리 달린 사람이 취향이라 해도—— 끝에 가서 이기면 그만이야!"

"어머나…… 어머나! 리네 아가씨, 훌륭하십니다 ♪"

"리, 리네 아가씨…… 머, 멋있으세요……."

안나가 놀라 절 칭찬합니다. 시더도 존경하는 시선을 보냅니다.

……언니에게 보낸 잠옷을 보는 한, 오라버니는 분명 동물 귀를 좋아하시는 것이겠죠.

"아, 동물 귀는 좋아하시는 게 맞답니다 ♪ ──그리고."

메이드장이 제 귓가에 속삭입니다.

"(사랑을 자각했을 때, 비로소 소녀는 변하는 법이지요.)"

"?!!!"

저는 오늘 가장 크게 동요했습니다. 자, 자신에게도…… 저기, 그게, 딱 들어맞는 말이었기, 때문입니다.

그, 그래도…… 오, 오라버니가, 그, 그런 식으로 카렌 씨를 볼 일은 분명…… 없을 거라 단언할 수 있을까요?

지금 현재, 오라버니와 카렌 씨만 동도에 남아있습니다.

뭐, 뭔가 계기 하나만 있다면 의식하는 것도…… 헉!

안나가 절 바라보며 히죽거렸습니다.

옆자리의 시더는 달아오른 볼에 양손을 대고 방긋방긋 웃고 있습니다.

"……안나, 시더."

"우후후 ♪ 절 포함해 린스터가 메이드대 일동은 리디야 아가씨와 리네 아가씨의 그러한 재미있는── 어흠. 눈부신 미소를 볼 수 있는 한, 그분을 지지할 겁니다! 시더, 이해했나요? 그렇다면 당신도 지금, 이 순간부터 영광스러운 『리디야 아가씨, 리네 아가씨를 알게 모르게 응원하는 모임』의 일원이에요!"

"네, 넷!"

시더가 황송하다는 듯이 경례했습니다. 하여간.

볼을 뾰로통 부풀린 채 방긋방긋 웃는 메이드장을 노려봤지만 효과도 없습니다.

"그 표정, 감사합니다! 시더, 이리 오세요. 영상 보주 사용법을 전수하도록 하죠."

"네, 넷! 와아아아…… 여, 영상 보주, 가까이서 본 건 처음이에요!"

안나는 제 분노를 흘려넘기더니 시더를 불러 촬영을 계속합니다. 어휴 진짜.

창밖을 바라봅니다.

어느새 논밭의 풍경이 끊기고 숲속으로 들어갔나 싶더니, 시야가 트이며 드넓은 꽃밭이 뛰어 들어왔습니다. 창을 활짝 열어 고개를 내밀어 봅니다.

──동산 위에 붉은 벽과 붉은 벽돌로 지어놓은 린스터가 별장이 보이기 시작했습니다.

할아버지, 할머니는 건강히 계실까요?

*

별장의 거대하고 두꺼운 강철로 만든 문을 지나 마차를 한동안 달리자, 그제야 건물 앞에 도착할 수 있었습니다. 할머니와 할아버지를 섬기는 자들이 질서 정연히 늘어섭니다. 더우니까 이럴 것 없는데.

마차에서 내리자, 곧 다정한 목소리가 귓가를 울렸습니다.

"오오, 리네야."

"할아버지!"

뒤에서 찾아온 백발 섞인 붉은 곱슬머리, 큰 키와 여윈 몸에 다정한 미소를 짓고 계신 할아버지께 안겼습니다. 작업 중이셨는지 농작업용 옷을 입고 머리엔 밀짚모자를 쓰셨습니다.

이 차림만 보면 이 분이 전 린스터 공작, 린 린스터라곤 눈치 못 챌 겁니다. 머리를 쓰다듬어 주시며 할아버지가 제게 질문을 하셨습니다.

"또 조금 키가 자란 것 같구나. 왕립 학교는 어떠니? 친구도 많이 사귀었다고 들었는데. 올해도 네가 무척 좋아하는 벌꿀을 잔뜩 딸 수 있을 게다. 같이 과자라도 만들까?"

또, 뒤에서 무척 온화한 목소리가 들려옵니다.

"어머나, 당신도 참. 그렇게 한꺼번에 물어보면 어떻게 대답을 해요? 리네, 어서 오려무나."

"할머니!"

"어머나~."

할아버지에게서 떨어져 이번엔 이쪽으로 걸어오는 린지 할머니에게 안겼습니다. 할아버지와 똑같이 농작업용 옷과 밀짚모자 차림입니다. 이 두 분은 무척이나 사이가 좋으시거든요.

길고 붉은 머리카락이 여전히 아름다우십니다. 키는 저와 비숫한 정도에 나이를 짐작할 수 없는 젊어 보이는 모습. ……저나 언니의 자매로 착각할 정도니까요. 그래도 무척 생글거리고 계셔서 안심했습니다.

"우후후. 리네는 어리광쟁이구나. 교복 잘 어울린다."

"네! 할아버지, 할머니, 그리고…… 오라버니 앞에서만이에요."

"오라버니? 아아! 앨런 말이구나. 이번엔 같이 안 왔니??"

"오라버니는 동도에 남으셨어요. 하지만 잔뜩 숙제를 받았어요!"

할머니에게서 떨어져 가방에서 오라버니가 직접 만든 과제 노트를 두 분께 보여드렸습니다.

노트 안에는 제가 조금 어려워하는 마법을 조용히 운용하는 방법이나 『화염조』 두 마리 동시 현현법과 같은 것들이 잔뜩 실려있어요! 할아버지와 할머니가 노트를 보시더니 감탄을 자아내십니다.

"오오, 이건 대단한걸." "굉장하구나. 리사, 그 애가 우리에게 와 줄까?"

"그럴 거라고 전 생각합니다. 다만, 이 애가 원체."

우리보다 먼저 마차에서 내린 선홍색 드레스 차림의 어머니는 언짢은 모습으로 언니를 바라보신 뒤 고개를 좌우로 젓곤 다시 두 분을 돌아보고 인사했습니다.

"다녀왔습니다, 어머님, 아버님."

뒤쪽으로는 파리해 보이는 아버지의 모습. 근위관복을 입고 계신 언니는 두 주먹을 꽈악 쥐고 어깨를 떨고 있습니다. 이, 이건…….

안나가 양산을 펼치고 있는 붉은 머리 소녀에게 지시를 내립니다.

"어이쿠, 저런…… 릴리."

"네에~. 여러분, 설치할게요~."

『예!』

호령과 함께 메이드들이 일제히 마차에서 의자와 테이블을 내리고 설치를 시작합니다. 릴리는 강력한 내화 결계를 몇 겹에 걸쳐 둘러치고 있습니다.

우리는 뒷전으로 두고 어머니가 오라버니에 대한 것을 할머니께 보고합니다.

"앨런은 훌륭한 청년으로 성장 중입니다. 언젠가 다른 공작가뿐만 아니라 왕가마저 가만히 두질 않겠죠. 이미 하워드가는 움직이기 시작했어요. 하지만 누굴 닮았는지 리디야가 너무 늦되어서. ……조금 걱정하던 차입니다."

이, 이 국면에 일부러 기름을 붓는다고?!

저는 비틀비틀 의자에 주저앉았습니다.

그러자 곧 눈앞에 하얀 도자기 잔이 나타났습니다.

시더가 긴장한 표정으로 차가운 홍차를 따라줍니다.

어머니의 말을 들으며 고개를 숙이고 몸을 떨고 있던 언니가 얼굴을 들고 외쳤습니다.

"괜·찮·거·든·요! 전, 그 녀석을 남한테 넘겨줄 생각은 추호도…… 으으으윽!!!!"

어머니와 할머니가 똑 닮은 미소를 짓고 계십니다.

함정…… 이건 언니의 본심을 듣기 위한 함정이었던 것입니다. 두 분은 만면의 미소를 짓고 계십니다.

"그렇다면야, 다행인데."

"우후후. 리디야는 앨런을 너무너무너무 좋아하는구나☆ 난 어서 증손주를 보고 싶은데~."

"……."

반면 언니는 고개를 푹 숙이고 미동조차 하지 않습니다.

하지만── 주변에 수많은 불꽃 날개가 휘날리기 시작하며 마력으로 지면이 진동합니다. "힉!" 하고 시더가 비명을 지르며 제 등에 매달렸습니다. 저택의 두꺼운 창문 유리에도 금이 가기 시작했습니다.

언니가 일부러 그러듯이 고개를 천천히 들어 올립니다. 아름다운 미소. 앗…… 위, 위험해!

"아, 안나!"

"네에 ♪ 큰 어르신, 주인 어르신, 이쪽으로 오세요☆"

"오오. 그러자꾸나." "……그래, 알았다."

할아버지와 아버지가 이쪽으로 피난을 오십니다.

밀짚모자를 벗어 양손에 든 할머니가 안나에게 질문하셨습니다.

"안나, 나는 이쪽이면 되니?"

"큰 사모님은 그쪽에 계시면 됩니다. 모자는 저희가 맡겠습니다."

"우후후, 고마워 ♪"

안나가 할머니께 밀짚모자를 건네받았습니다.

메이드들도 내화 결계 뒤로 대피합니다. "으아아!" 하고 시더가 놀라는 사이에도 돌 벽, 물 벽이 끊임없이 쌓여갑니다. 무척 밝은 언니의 목소리가 들려왔습니다.

"어머니. 아까부터…… 저와 녀석이 어울리지 않는다느니, 다른 여자애한테 뺏길 거라느니, 이번에 따라오지 않은 것은 질려서라느니…… 조금 말씀이 심한 거 아니신지?"

어머니의 쾌활한 지적이 날아옵니다.

"그러니? 앨런은 점점 성장하는데 넌 4년 전부터 검과 마법만 성장했을 뿐이야. 고작 그것만으로 그 아이 옆에 계속 있을 순 없어. 알고 있는 거니??"

불꽃 깃털이 결계에 닿아 주변에 흩날립니다.

주위를 둘러보자, 안나와 릴리를 포함한 고참 메이드들은 평소와 같았지만, 시더를 포함한 신입 메이드와 견습 메이드들은 새파랗게 질려 이를 딱딱 떨고 있습니다.

언니가 어머니께 외칩니다.

"아, 알아요! 차, 참견하지 마세요!!"

"아니, 참견할 거야. 리디야, 너, 앨런에게 어리광이 좀 심해. 하아…… 이대로 가다간 스텔라나, 아니면 펠리시아에게."

어머니가 말을 마치기도 전에 아무런 전조도 없이 『화염조』가 하늘로 날아올랐습니다.

『~~~!!!』시더 같은 견습 메이드들은 소리도 내지 못합니다.

모든 것을 태워버리는 불타는 흉조. 린스터를 상징하는 불 속성 극치 마법.

하지만, 그것을—— 어머니는 손날을 내리쳐 반으로 갈라 소실시켰습니다.

『헉?!』

메이드 중 극히 일부를 뺀, 저를 포함한 이들이 말도 안 되는 광경에 경악하고 입을 떡하니 벌렸습니다.

옆에서 보고 계시던 할머니는 "어머나~. 둘 다 장난꾸러기구나~." 라고 한마디 하십니다.

……자, 장난꾸러기란 의미의 범위가, 너무 넓은 것 같은데요.

혀를 차며 언니가 쌍검을 우아하게 뽑습니다. 어머니는 어깨를 으쓱하곤.

"애도 참. 안나!"

"네, 사모님 ♪"

린스터의 메이드장이 어느새 들고 온 순백색 양산을 던져 건넵니다.

그것을 아름다운 동작으로 오른손에 받아 든 어머니가 그 끝을 언니에게 향했습니다.

"앨런이 있다면 검을 썼겠지만, 너 혼자라면 이거로 충분해."

"어디 해보시죠."

언니가 쌍검으로 자세를 잡고 돌격 태세에 들어갑니다. 어머니는 여유로운 미소를 띠며 기다리고 있습니다.

저는 무심코 한숨을 쉬곤 어느새 제 앞에 앉은 연상의 자칭 메이드에게 제안했습니다.

"하아…… 매번 매번, 어머니와 언니는 왜 저러신담. 릴리도 낄래?"

"에이~ 싫어요~. 두 분 상대는 목숨이 몇 개나 있어도 모자라다구요~~."

"리네 아가씨, 놓치지 마시길. 시작합니다."

안나가 제게 주의를 환기합니다. 시선을 앞으로 향했습니다.

언니가 엄청난 속도로 질주합니다. 순간 『화염조』가 어머니 바로 위에서 급강하. 양산이 펼쳐지고 격돌하며 불타는 흉조가 흩어집니다.

언니는 도약하더니 한 바퀴 회전하며 쌍검을 비스듬히 휘둘러 내려칩니다.

"어머니, 각오하세요!" "자기 어머니한테 말버릇이 그게 뭐니!"

어머니는 방금 불꽃을 흩어버린 양산을 다시 접더니 쌍검을 받아냈습니다. 그 무게로 지면이 움푹 패고 충격에 물 벽과 돌 벽이 몇 개 날아갑니다. 막힌 뒤로도 언니는 공격을 계속했습니다.

굉장한 속도로 참격을 날리지만, 어머니는 어렵지 않게 받아내고 있습니다.

옆으로 후려친 뒤 쌍으로 찌르기. 뒤이어 참격. 마치 살아있는 생물처럼 쌍검이 움직입니다.

　저라면 첫 공격도 받아내지 못했겠죠.

　……하지만, 저 양산은.

　안나가 제 잔에만 홍차를 천천히 따르며 고개를 끄덕였습니다. 릴리가 "피곤해요오~." 하고 말하며 기지개를 켭니다. ……역시 가슴이 크군요. 유감이에요!

　메이드장은 릴리의 가슴을 감정 없는 눈동자로 뚫어지게 바라보면서도 설명해 줬습니다.

　"왕도에서 앨런 님이 골라주신 극히 평범한 양산이죠. 받아내고 계시는 건 사모님의 기량과 마력 덕이 아닐까요."

　"……언니, 꽤 진심인 것 같은데?"

　안나가 이어서 제 의문에 답해줬습니다.

　"쌍검을 사용하신 것은 새로운 기술 같지만…… 리디야 아가씨의 강함은 앨런 님이 옆에 계시는지, 안 계시는지에 따라 크게 좌우되지요. 저리되시는 것도 어쩔 수 없지 않을까 싶습니다."

　"아~ 알 것 같아. 오라버니 옆에 있을 때 언니는 글자 그대로 '난 지금 무적이야.' 하고 무언으로 주변에 선언하는데, 오라버니가 없으면 사람이 나태해지니까……."

　테이블에 상반신을 널브러뜨린 릴리도 동의합니다.

　"리디야 아가씨는 앨런 씨가 없으면 다른 사람 같더라구요~. 의외로 외로움도 잘 타고~ 저번만 해도 메모지를 읽으면서 책상에 엎드리더니 '보고 싶어~…….' 라고 하시던데."

　"우와아……."

제, 제 안에 있는 언니의 모습이 와르르 무너져 내립니다. 아니, 귀엽긴 하지만요.

물론 오라버니가 없을 때도 언니는 무척, 몹시 강하시지만…… 어머니쯤 되는 실력자가 상대라면 있을 때와 없을 때의 차이가 대조적으로 크게 느껴집니다.

끝이 보이지 않는단 걸 알았는지, 언니가 거리를 둡니다.

어머니는 양산을 다시 펼치고는 기다려 보시려는 모양입니다. 이 틈을 타 메이드들이 돌 벽과 물 벽을 보강하고 있습니다. 일 처리가 빠르군요.

지금까지 방긋방긋 웃으며 바라보고 계시던 할머니가 물어보셨습니다.

"어머나. 리사도 리디야도 재밌어 보이네. 나도 끼어도 될까?"

우와아…… 할머니까지 의욕을 불태우시다니…….

아아…… 오라버니! 역시 같이 와 주셨으면 했어요!

언니가 힐끗 할머니를 바라본 뒤, 방심하지 않고 쌍검을 거머쥐며 어머니를 노려봅니다.

"제게도 제 나름의 생각이 있어요. 어머니는 조용히 계세요."

"난 리암을 열여섯에 채왔거든? 그래서 리처드가 태어나."

『화염조』가 다시 하늘을 날아오릅니다. 어머니를 덮치려 들었지만, 맨손으로 머리를 붙잡아 짓뭉개버렸습니다.

"?!!!!" 시더는 이제 말도 나오지 않는지 제 뒤에서 비틀거립니다. 다른 신입 메이드들도 기절할 거 같군요.

한편 고참 메이드들은 "리디야 아가씨의 용맹한 모습!" "게다가 사모님과 큰사모님까지!!" "이런 기회는 또 없어! 촬영해!"
『네!!!!』 적응력이 뛰어나네요.

언니가 발을 구릅니다.

"아아~! 진짜~! 어머니!! 대, 대, 대체 왜 그런 말씀을 하시는 거예요!! 린스터 공작가 부인으로서 자각을 가지시라구요!"

"자각은 있거든. 자각이 있어서 이런 얘기를 하는 거야. 너도 앨런의 하숙집에 묵을 때 조금은 기대하지 않았니? 아아, 말해 두겠는데 그 애한텐 못을 박아두었단다. 부탁해도 손 안 댈걸?"

"으, 끅⋯⋯."

『검희』 리디야 린스터가 이렇게까지 궁지에 몰리는 모습은 분명 볼 수 없을 겁니다.

⋯⋯그, 그리고, 소, 손을 댄다, 는 건⋯⋯ 그, 저기, 아직 안 된다구요!

할머니도 세워뒀던 빗자루를 들더니 빙글빙글 돌리며 참견하십니다.

"나도 린을 채 온 게~ 열여섯 살 때였지~. 리디야는 그 아이가 싫니??"

"?! 아니에요!! 제가 그 녀석을 싫어하는 건, 세상이 멸망해도 있을 수 없어요!!!!! 그 녀석은, 앨런은 제게 있어서, 세상에 하나뿐인⋯⋯."

언니가 쌍검을 마구 휘두르며 줄줄이 말하다가 퍼뜩 깨닫곤 얼굴을 새빨갛게 물들이며 입을 다물었습니다.

올곧고 오라버니를 향한 끝없이 강한 마음⋯⋯. 어머니와 할머니가 논평합니다.

"답은 나왔네. 얘도 참, 패기가 없어요.""연애는 밀고 밀고 또 밀어야 하는 법이야~."

"ㅇㅇㅇㅇㅇㅇ……."

고개를 숙이고 몸을 크게 떨며 수치심을 견디는 언니.

어머니와 할머니 앞에선 오라버니 없는 언니는 말솜씨에서마저 압도당하고 맙니다.

즉, 이후로 기다리고 있는 것은.

"안나! 안나!!"

"네에~ 안나랍니다~."

영상 보주를 들고 촬영을 계속하던 메이드장이 다가옵니다. 저는 명령했습니다.

"서둘러서 내화 결계와 돌 벽, 물 벽을 보강해 줘! 나도 도울 테니까!!"

"알겠습니다. 릴리, 일할 시간이에요."

"네에에~."

제 옆에서 느긋하게 쉬고 있던 연상의 소녀가 자리에서 일어났습니다.

그것만으로도…… 가슴이, 가슴이 흔들립니다! 큭…….

패배감이 든 저와 릴리의 흉부를 부모의 원수처럼 바라보던 안나와 과반수의 메이드들은 눈치도 못 챈 채, 릴리가 솜씨 좋게 내화 결계를 더더욱 겹겹이 설치합니다.

정신을 차리고 저도 돕기 시작했습니다. 메이드들도 물 벽과 돌 벽을 더더욱 두텁게 쌓습니다.

작업이 끝남과 거의 동시에…… 언니가 얼굴을 천천히 들었습니다.

가면 같은 미소. ……진심으로, 무섭습니다.

쌍검을 되는대로 휘두르자 수많은 불꽃 깃털이 휘날리다가 불꽃 단검으로 변해 물 벽과 돌 벽에 닿습니다. 수십 장이나 되는 벽을 거뜬히 뚫어버리고 내화 결계를 절반까지 찢어 갈겨 소멸시킵니다.

마, 말도 안 되는 마력입니다.

"~~~으으으, 하윽……."

드디어 시더가 한계를 맞이해 기절했고 연이어 신입 메이드들도 차례차례 쓰러졌습니다. 그것을 고참 메이드들이 영상 보주를 한 손에 들고 보살핍니다. 익숙한 모습이 꺼림칙하네요.

언니가 어머니께 명랑하게 고했습니다.

"어머니, 오늘이야말로, 더는, 용서 못 하겠어요."

반면 어머니와 할머니는 태연합니다.

"그러니?" "어머나. 마력이 참 대단하네 ♪"

"어중이떠중이 같은 남자들의 혼인 신청을 거절해 주시는 건 고마워하고 있어요. 하지만! 그것과, 저와 그 녀석과의, 그…… 결혼…… 건은…… 저기…….."

"리디야, 잘 안 들려."

"리사, 너무 그러지 말렴~. 사실은 하루라도 빨리 그와 부부가 되고 싶고 작은 악단을 꾸릴 수 있을 만큼 아이도 원하고 있을 거란다. 우후후 ♪ 리디야도 참, 대담해라☆"

"~~~~~~~!!!!!!"

언니가 쌍검을 교차시켜 머리 위로 치켜들었습니다. 『화염조』가 현현. 급강하합니다.

화염이 언니를 삼키곤 점점 모여듭니다. 등에 한 쌍의 불꽃 날개가 솟아나며 두 자루의 검이 붉은빛을 발했습니다.

린스터 공작가 비전——『홍검』을 쌍검으로?!

그걸 본 어머니가 이마에 손을 얹고 한숨을 쉽니다. 할머니는 방긋방긋 웃고 계시군요.

"하아…… 자기 어미에게 『홍검』을 들이대다니."

"어머나. 솜씨가 많이 좋아졌네 ♪"

"어머니, 할머니. 이제, 울어도 용서 안 해드릴 거예요……."

우, 우와아…… 와, 완전히 화났어요. 100개 이상의 내화 결계를 뚫고 피부가 후끈거립니다.

오라버니가 있었다면 『리디야, 그만하자.』라고 말하며 간단하게 말려 주셨을 텐데…….

헛! 마, 맞아요. 지금은 할아버지와 아버지가 계셨죠!

전 린스터 공작과 현 린스터 공작이 있다면 분명 말릴 수…… 어, 어라?

두 분 다, 어, 어디로 가셨지? 당황한 절 보고 안나가 설명해 줍니다.

"큰 어르신과 어르신이라면—— '이 자리에서 우리가 할 수 있는 일은 아무것도 없구나. 저녁 전엔 끝내도록 전해주렴.'

'우린 평소 쌓인 피로를 풀고 있으마.'라고 하셨습니다. 린스터가의 계보를 살펴보면 남성분들은 대대로 여성을 응원해 주셨죠. 훌륭한 판단력이십니다. 저희도 본받아야겠어요!"

메이드장은 여전히 발상이 엉뚱합니다.

그러자, 저택 안에서 옅은 푸른 머리 메이드가 튀어나와 릴리에게 말을 걸었습니다. "뭐? 엠마가~?" "네. 시급합니다."

놀란 모습으로 연상의 소녀는 긴 붉은 머리를 펄럭이며 저택으로 달려갔습니다.

엠마는 우리 메이드대 4석으로 펠리시아 씨를 보좌하고 있습니다. 왕도에 무슨 일이 생긴 걸까요?

——그때 방대한 마력이 분출됐습니다.

제가 시선을 되돌리자, 언니가 쌍검을 후방으로 거머쥐고 앞으로 몸을 기울이고 있었습니다. 불꽃 날개가 기세를 더합니다.

여기에 어머니는 보란 듯이 양산을 펼쳐 앞으로 내밀었습니다.

"얘도 어쩔 수가 없어요. 그런데—— 괜찮겠니?"

"? 이제 와서 목숨을 구걸하셔서 봤자예요."

"이 양산은 왕도에서 앨런이 골라준 건데? 그 일격을 받으면 못 버틸걸. 다음에 만났을 때 난 이렇게 말하겠지. '그 양산은 리디야가 짜증을 부리다 불태워 버렸단다.'라고."

언니가 크게 휘청거립니다.

"! 끄윽…… 비, 비겁해요! 그, 그 녀석을 방패로 삼다니!!"

"검을 향한 게 누군데 그러니? 자, 덤비렴. 안 올 거면."

어머니가 한 걸음 내디뎠고── 다음 순간, 언니의 코앞까지 도달했습니다.

접은 양산을 눈에도 보이지 않는 속도로 찌릅니다. 언니는 주눅 든 모습으로 물러섰습니다.

"어머나. 리디야, 주의가 산만하구나."

할머니가 빗자루를 들어 심홍색 『화염조』를 풀어놓습니다.

커요. 너무나도 거대합니다! 그리고, 빨라요!!

이것이 『비천(緋天)』이란 이명을 가진, 과거 구 에트나 후국을 불과 사흘 만에 망국으로 내몬 린지 린스터의 『화염조』! 제대로 피하는 것조차 불가능해 정면에서 언니와 격돌합니다.

하지만, 역시나 천하무쌍 『검희』.

홍조를 쌍검으로 쪼갭니다. 불꽃이 춤을 추며 내화 결계 중 몇 개를 무너뜨렸고 저는 곧바로 보강했습니다.

릴리는 뭘 하고 있나 싶었는데── 연상의 붉은 머리 소녀가 저택에서 뛰쳐나와 안나에게 귓속말을 했습니다.

두 사람의 얼굴에 비치는 건…… 걱정?

눈앞에선 언니가 자세를 바로잡으려고 더더욱 후퇴했습니다. 할머니가 칭찬합니다.

"그렇게 간단하게 벨 줄은 몰랐는걸! 리디야, 정말로 많이 성장했구나. 그 애 덕분이니?"

"동시에 약해졌어요. 리디야, 뒤가 텅 비었거든?"

"으윽!!"

어머니가 이미 뒤로 돌아들어 와 있었습니다. 돌아본 언니가 순간 불꽃 날개로 요격을 꾀했지만, 어머니의 양산이 불꽃 날개를 흩어버렸고 거기서──메이드장과 릴리가 끼어들었습니다.

……어?

안나와 릴리는 어머니와 언니의 손을 붙잡은 채 파랗게 질린 얼굴로 입을 열었습니다.

"무례를 용서해 주십시오." "큰일, 큰일이에요~."

두 사람의 심상치 않은 모습에 우선 어머니가 양산을 뒤로 뺐고 이어서 언니도 불꽃 날개를 소멸시키고 쌍검도 집어넣었습니다. 어머니는 질문을, 할머니는 걱정을 입에 담으십니다.

"무슨 일이야?" "릴리, 괜찮니~? 얼굴이 새파란데~?"

언니는 진정이 안 된다는 듯이 어제 고장이 나버린 회중시계를 꺼내 뚜껑을 열었다 닫았다가 하고 있습니다.

안나가 무겁게 입을 열었습니다.

"부디, 부디…… 부디, 진정하시고 들어주시기 바랍니다."

──얘기를 마치자, 조금 전까지 시끌벅적하던 이 자리를 침묵이 지배했습니다.

몸이 멋대로 크게 떨리기 시작합니다.

그럴 수가…… 거, 거짓말, 이죠? 왜, 무슨 이유로, 그 가문이 그런 짓을.

왕도가. 게다가…… 게다가…….

이야기 도중부터 회중시계를 그저 물끄러미 바라보고 있던 언니가 갑자기 뚜껑을 닫더니 저택에 등을 돌리고 돌연 달려나갔습니다.

"리디야, 어딜 가려고?"

그런 언니의 가냘픈 왼팔을 어머니가 붙잡아 말립니다. 우리는 서둘러 다가갔습니다.

"당연한 거 아니에요? ──동도로 갈 거예요. 그 녀석의, 앨런의 곁으로. 제가 있어야 할 곳으로."

필사적으로 격정을 억누르며 언니가 말했습니다.

어머니가 타이르십니다. 그 눈동자 속에 있는 것 또한…… 격정입니다.

"알고 있지? 이미…… 이미, 늦었어. 지금은…… 정보 수집을 우선해야 할 때야."

언니는 왼팔을 뿌리치더니 읊조렸습니다.

"알아요, 그런 건. 그래도…… 그래도…… 그래도!!!!!!"

"리디야."

어머니가 정면에서 언니의 떨리는 양손을 부드럽게 쥐었습니다.

"진정하렴. 괜찮아…… 괜찮아. 괜찮으니까. 앨런은 강해, 누구보다도 강한 아이야. 그건 네가 가장 잘 알고 있지?"

──언니의 볼에 한 줄기 눈물이 흐릅니다.

그리고, 쥐어짜 내듯이…… 진심에서 나온 물음을 던졌습니다.

"어머니, 전, 그 녀석이…… 앨런이, 없으면…… 앞으로, 어떻게, 살아야, 하죠? 그 녀석이 없는, 캄캄한 세상을…… 어떻게, 걸어야 해요? ……그 녀석은, 그 녀석은, 그 녀석은!!!!!!…… 저, 저한테 있어서…… 이런, 이런 절 구해준…… 이 세상에서, 하나뿐인…… 하나밖에 없는…….."

그 말이 한계였습니다.

언니는…… 『검희』라고 칭송받으며 누구보다도 강하고 고상하며 늠름하고 아름다웠던 리디야 린스터는, 그날, 한 사람의 연약한 소녀로 돌아가 울며 무너지고 말았습니다.

──도착한 소식은, 그야말로 흉보.

『올그렌 공작을 수괴로 한 귀족 수구파 모반. 왕도 왕궁이 불타오르다. 리처드 공자 전하가 이끄는 근위 기사단 잔존 부대 및 『검희의 두뇌』, 동도에서 반란군을 상대로 용맹하게 싸우다…… 생사불명.』

제4장

"오오~『신시가지를 인간족이 걷는 것은 위험하다』고 들었
는데 아름다운 거리인걸, 앨런."

"대낮에 대로는 괜찮아요. 뒷골목은 위험하지만요. 왜 진베
이는 감색을 입었어요?"

송혼제를 오늘 밤으로 앞둔 광요일. 시간은 정오 전.

나는 동도에서 휴가 중인 근위 기사단 부장이자 그 녀석의 친
오빠이기도 한 리처드 린스터 공자 전하의 요청으로 동도 동부
에 있는 수인족 신시가지로 찾아왔다.

붉은 곱슬머리의 근위 기사단 부장이 제자리에서 한 바퀴 돌
았다. 부상은 다 나은 모양이다.

"어울리지? 심홍색으로 하려 했는데 부하들의 반대가 심해서
말이지."

"아하, 긍지를 꺾었다 그거군요."

"?! 애, 앨런, 그런 표현은 너무하지 않아?"

이러쿵저러쿵 시답잖은 대화를 나누며 대로를 걸어갔다. 목
적지는 지인의 가게. 카렌도 따라올 생각으로 가득했지만, 사
양했다. 가끔은 남자끼리 있는 것도 좋다.

"그래서 이제부터 갈 곳의 주인이 앨런의 지인인가?"

"맞아요. 소꿉친구? 같은 거려나요? 부대에서 마실 술도 살 수 있어요."

"흠. 또 리디야의 연적이로군. 게다가 소꿉친구라…… 앨런 도 제법인걸."

멋대로 이야기를 엉뚱한 방향으로 몰고 가는 공자 전하에게 사실을 고했다.

"그 녀석, 남자인데요?"

"뭣, 이, 라?!"

붉은 머리 근위 기사단 부장은 허리를 뒤로 꺾으며 신음을 흘렸다. 앞을 걷는 여우족 여성이 데리고 가던 두 어린 소녀가 우리를 보고 흉내 낸다. 작게 손을 흔들길래 마주 흔들어 주었다.

리처드가 물었다.

"나, 나이는 몇이지? 앨런은 『타고난 연하 킬러』. 이제 나이가 연하라면."

"열아홉 살이에요."

"이, 럴, 수, 가?!"

붉은 머리 근위 기사단 부장이 허풍스럽게 움직였다. 소녀들이 즐겁다는 듯이 다시 흉내 낸다.

"어허, 애들 보는데."

"응? 아차! 더 오버해서 할 걸 그랬군!! 그래도 응원 고맙다."

근위 기사단 부장이 소녀들에게 크게 손을 흔들었다. 소녀들이 아까보다도 더 크게 마주 흔들어 준다. 끄읍.

나는 왼손 검지를 굽혀 간단한 마법을 발동시켰다.

둥실둥실 떠오르는 무지갯빛 공기 방울을 몇 개 만들어 공중에 띄웠다. 소녀들이 반짝거리는 시선을 향하는 것이 보인다. 공기 방울의 형태를 바꿨다. 여러 동물, 그리폰, 용, 건물, 기차로.

""와아아아아아아아~~~ ♪""

소녀들이 폴짝거리며 환성을 질렀다. 나는 그것들을 지우고 고개를 숙였다. 주변에서도 커다란 박수가 일었다.

……어, 어라? 이 애들을 즐겁게 해주려고 했던 건데. 리처드가 쓴웃음을 지었다.

"그런 모습은 다른 애들한테 보여줘야지."

"어서 가죠."

쑥스러운 마음에 걸음을 재개했다.

소녀들도 어머니처럼 보이는 여성도 웃고 있었으니, 됐다 치자.

"안녕하세요~."

오래된 목조 가게의 포렴을 지나치며 인사했다. 바깥쪽 상호는 『스이 상점』이었다.

"아얏!!" "천천히 가세요". 안쪽에서 남성과 모르는 여성의 목소리가 들려온다.

쿵쾅거리며 달리는 소리가 난 뒤, 날카로운 안광에 키가 큰 여우족 청년이 뛰쳐나왔다. 짐짓 점잔을 빼며 기모노를 정리한다.

"누, 누군가 했더니, 애, 앨런이잖아."

"스이…… 며칠 전에 수로에서 약속해서 온 거거든요? 바쁘면 나중에 다시 오죠."

"잠깐만! 일단 들어와. 맛있는 술을, 우연히…… 그래, 우연히 입수했거든."

청년이 꼬리로 바닥을 차닥차닥 두드린다.

"오늘 밤은 송혼제인데요? 자경단으로 나가지 않아요? 이쪽은 리처드 린스터 공자 전하입니다. 동도에 머무르고 계세요."

"너, 나랑 술을…… 지, 지금 뭐라고?! 리, 리, 린스터 공자 전하?!!!"

청년은 펄쩍 놀라곤 넋을 잃었다. 나는 손뼉을 쳤다. 리처드도 쓴웃음을 지었다.

"그 반응, 풋풋한 게 아주 좋네요. 리처드, 여우족인 스이입니다. 음식에 관해서라면 맡겨도 문제없어요. 스이, 오늘은 말이죠. ……스이?"

여우족 친구는 침묵을 지키고 있다. 너무 충격을 준 모양이다.

"어쩔 수 없군요. 리처드, 여기 있는 상인의 연애담이라도 들어보실래요?"

그제야 스이가 반응했다. 어깨를 두드린다.

"너 꼬맹이 적 얘기해주랴? 사부께 체술을 배울 때 얘기는 어때."

"동도 수인이라면 다들 아는 얘기라고요. '난 널 원해!'였든가요?"

"큭! 요, 용건을 말해!"

머리를 벅벅 긁으며 스이가 화제를 강제로 바꿨다.

"용건은 둘이에요. 하나는 밤이 되기 전에 동도 서부 교외에 있는 근위 기사단 주둔지에 술을 배달해 주세요. 리처드, 몇 명이죠?"

"총 117명. 모래엔 왕도로 돌아가니까 모두를 위로해 줄 생각이야."

"?! 이, 인마…… 오늘은 송혼제야. 마차는 금지라고."

붉은 머리 근위 기사단 부장이 거꾸로 제안했다.

"괜찮아. 우리 쪽 힘쓰는 애들을 데려오도록 하지."

"두 번째는?"

스이가 내게 원망의 시선을 부딪치는 것을 받아넘기며 품에서 접은 종이를 꺼냈다.

받아 든 친구가 노려보며 묻는다.

"? 주문표?? 어차피 별 대단한 양도…… 앨런."

여우족 청년은 그만 머리를 감싸 안고 수그려 앉더니, 다음 순간, 펄쩍 뛰어올라 내 멱살을 붙잡았다.

"뭐뭐뭐뭐, 뭐야, 이 양은?! 거, 거기다, 납품처가 왕도『앨런 상회』라고?! 어어어, 어떻게 된 거야."

"서방님, 목소리가 크세요."

상쾌한 목소리와 함께 안에서 인간족 여성이 나왔다.

윤기 나는 긴 칠흑색 머리카락에 살짝 어두운 피부색. 남방계에 큰 키. 꽃무늬 기모노를 입고 스이를 바라보는 시선이 어딘지 모르게 부드럽다. 나이는 20세 전후일까. 고개를 숙였다.

"처음 뵙겠습니다, 앨런입니다."

여성은 미소를 짓더니 명랑하게 인사했다.

"모미지 토레토라고 합니다. 이름은 서방님께 매일 같이 들었지요. 조금 전에도 '앨런 녀석이 퇴원했대. 잘됐지. ⋯⋯그런데 박정한 녀석이야. 얘기하고 싶은 게 잔뜩 있건만.' 하고⋯⋯으읍."

"모, 모미지!"

"토레토 가문이라 하면 동도 방상의 유명한 거상 가문인데. 거기다 '서방님'이라뇨. 스이⋯⋯ 내게 숨기는 게 있는 거 아니에요?"

검은 머리 미녀의 입을 틀어막고 있는 스이가 시선을 피했다. 그 틈을 타 모미지 씨가 탈출했다.

"어휴, 서방님도 참. 이 피부와 머리카락 색을 보고 아셨겠지만⋯⋯ 제게 토레토의 피는 흐르고 있지 않습니다. 어릴 적에 거둬진 몸이에요. 양친께도 얼마 전 집을 나가라는 말을 들은 터라⋯⋯."

지금까지 쾌활했던 검은 머리 미녀가 고개를 숙이며 기운이 빠진다. 왼손으로 오른손 손목의 팔찌를 만지작거린다.

친구가 자연스럽게 손을 쥐었다. 모미지 씨의 얼굴에서 근심이 사라졌다. 스이는 원래부터 다정한 남자였다.

내가 질문했다.

"그래도 갑자기 집을 나가라고 얘기하다니, 마구잡이식인데요?"

여우족 친구는 조금 괴롭다는 듯이 얼굴을 찌푸렸다.

"내가 수인이라 그런 걸지도 모르지. 갑자기 '딸을 데려가라', '왕도에 오는 걸 금한다', 그런 소릴 하고는 끝이었어. 왕도 저택에도 갔지만…… 결국 만나지 못했지. 조금 이상하기도 했는데."

"이상하다뇨?"

스이가 모미지 씨의 머리를 자연스럽게 쓰다듬으며 고개를 끄덕였다.

"문 너머이긴 했는데 소리가 들렸거든. 장모님이 울고 계셨지."

토레토 가문은 대대로 인종 무관하게 인재를 등용하는 것으로 알려져 있으며 올그렌 공작가와도 깊은 관계를 맺고 있다. 얘기를 듣는 한…… 모미지 씨를 왕도에 두고 싶지 않았던 건가?

얘기를 듣던 리처드가 끼어들었다.

"그래서 스이와 모미지 양은 이미 결혼했나?"

"윽?!" "약혼은 했지요."

"오호라, 그래. ――그렇다는데? 앨런."

붉은 머리 근위 기사단 부장이 내게 말머리를 향했다.

"저는 송혼제가 끝나면 왕도로 돌아갑니다. 그 주문서는 축의금 대신으로 삼아 주세요."

"가격이 안 쓰여 있는데?"

"부르는 대로 상관없어요."

"그렇다면, 거절한다!"

청년은 주문표를 내게 난폭하게 돌려주자마자, 팔짱을 끼고 고개를 돌렸다. 그러자.

"실례하겠습니다."

모미지 씨가 주문표를 받아 들곤 생각에 잠기더니, 품에서 펜을 꺼내 주문서에 재빨리 무언가를 적고는 내밀었다.

"앨런 님, 이 정도로 어떠신지요?"

훑어본다. 바로 말해 파격적이다.

"이 금액이면 이익이 안 나오는 거 아닙니까?"

"그걸 내는 것이 상인의 기량이 아닐지요. 대신 조건이 붙지만요."

"이, 이봐, 모미지."

"스이 님, 잠깐 조용히 하세요."

"⋯⋯네."

두 사람의 힘의 관계가 엿보였다. 모미지 씨, 강하다. 리처드가 눈시울을 꾸욱 누르고 있다. 린스터가에서 있었던 나날을 떠올렸을 것이다. 검은 머리 미녀께 확인했다.

"조건이 뭐죠?"

"상품은 반드시 전달하겠습니다. 대신── 저와 서방님 결혼식에 참석해 주시길 부탁드려요."

스이가 글자 그대로 펄쩍 뛰었다.

"모미지?!"

"알겠습니다."

"앨런?!"

"감사합니다. 그러면 이 주문은 저희가 맡도록 하죠. 상세한 내용은 왕도의 펠리시아 포스 님께 여쭈면 되겠지요?"

"네, 부탁드리겠습니다. 강적이니, 무운을 빕니다."

"서방님이라면 문제없답니다."

"……얘들아…… 나 좀 그만 무시하면 안 될까……."

여우족 청년이 시무룩 처진다. 여전하다.

나와 검은 머리 미녀는 얼굴을 마주 보고 웃었다. 모미지 씨가 친구 뒤로 돌아 들어가 껴안았다.

"스이 님, 죄송해요. 이런 절 용서해 주세요."

그래도 무시한다. 모미지 씨가 짓궂은 표정을 지었다.

"앨런 님. 서방님은 정말로 당신을 존경하고 계신답니다. 방금도 오래된 책을 읽으시며 '앨런이 읽던 책이야. 적색 신호탄의 의미는.' 하고 으읍."

"마, 말하지 마! 볼일 다 봤으면 가!"

스이는 장래의 신부 입을 틀어막곤 새빨갛게 달아올라 화를 냈다. 나는 손을 팔랑팔랑 흔들었다.

"잘 부탁해요. 리처드, 갈까요."

"쯧."

팔짱을 끼며 스이가 언짢다는 듯이 혀를 찼다. 그래도 꼬리는 아쉬워 보인다.

나는 가게 밖으로 나가기 직전 돌아보며 말했다.

"아아, 맞다."

"! 뭐, 뭔데."

연상이라곤 생각할 수 없을 만큼 눈을 빛내며 꼬리를 좌우로 흔든다.

품에서 작은 노트를 꺼내 글자를 휘갈겼다. 한 장을 찢어 부유 마법으로 스이 앞으로 옮긴다.

"제가 왕도에서 하숙하는 곳입니다. 신혼여행, 초대할게요. 왕도를 안내해 드리죠."

"뭐?! 애, 앨런?!"

"모미지 씨, 제 사제를 잘 부탁해요."

"알겠습니다. 제 목숨을 걸어서라도!"

검은 머리 여성이 굳게 고개를 끄덕였다. ……기시감이 강하다. 누가 또 이 소릴 했었는데.

그렇게 생각하며 리처드의 뒤를 쫓았다. 앞으로 몇 군데 가게를 더 돌아야 한다.

왕도에 있는 낯을 가리고 안경을 낀 상회의 직원 대표는 내게만 엄하단 말이지.

뭐, 나도 이래저래 부탁해 놓았으니, 비긴 셈이지만. 부탁한 물건은 찾아 놨을까?

*

"오빠, 아직이에요?"

방 밖에서 카렌의 초조한 목소리가 들린다. 나는 거울에 자신을 비추고 마지막으로 확인해 봤다. 어떠려나?

"다 됐죠? 들어갈게요!"

허락도 없이 유카타 차림의 여동생이 방으로 들어왔다. 그리고 무언.

"잘 어울." "잘 어울려요! 승리예요! 완전 승리라구요!"

갑자기 흥분한 여동생이 침대로 뛰어들었다. 기쁜지 베개를 품에 안고 데굴데굴 굴렀다.

──지금 나는 얼마 전 여름 축제 때는 입지 못했던 유카타를 입었다.

색은 살짝 연한 검은색. 며칠 전, 아버지의 연줄 덕에 손에 넣은 헌 옷을 어머니가 밤을 새워가며 수선해 주신 것이다. 안나 씨가 맡기고 간 영상 보주를 한 손에 든 어머니가 고개를 내밀었다.

"우후후 ♪ 딱이네~! 우리 아들, 멋있다 ♪ 모처럼 송혼제 아니니."

"……고마워요."

볼을 붉적이며 감사 인사를 전했다. 여전히 굴러다니는 카렌의 손을 잡아 일으켜 세웠다.

"우후후~ ♪ 오빠 유카타 차림은~ 나밖에 못 보지롱~ ♪ 완전 승리야~ ♪"

"이상한 노래 그만 부르고."

한껏 기분이 좋아진 카렌을 나무라며 회중시계를 확인했다. 슬슬 저녁 시간이다.

"정말로 어머니랑 아버지는 거목 앞 대광장으로 안 가세요?"

"우린 근처 수로에서 할 거야~. 카렌도 당연히 그게 더 좋을 거 아니니 ♪"

"! 아, 아니."

""아니야?""

"……진, 않아요. ……어, 어휴! 노, 놀리지 마세요!"

여동생을 어머니와 놀리고 있는데 아버지가 얼굴을 비쳤다.

"앨런, 카렌, 아직 안 갔니? 응, 둘 다 잘 어울린다."

"……감사합니다." "감사합니다."

조금 쑥스러워하며 아버지께 감사를 말했다. 어머니가 가슴을 폈다.

"우후후~ ♪ 당연하지, 나탄이 골라줬는걸~ ♪"

"그것도 그렇군. 아무렴── 엘린이 골랐으니까."

"나탄~ ♪" "엘린."

둘만의 세계로 떠나는 아버지와 어머니. 우리 부모님은 금슬이 좋은 데다 여전히 깨가 쏟아지신단 말이지.

카렌이 왼손을 꼬옥 쥐었다.

"오빠, 가요."

"그래. 아버지, 어머니, 다녀오겠습니다."

부모님은 우리 남매를 인자하게 바라보았다.

""다녀오렴. 몸조심하고.""

동도 송혼제의 역사는 약 200년 전으로 거슬러 올라간다.

원래는 각 가정에서 행해지던 계절 행사였다는데, 양초에 불을 붙인 종이 등불을 앞에 있는 수로에 흘려보내는 게 다였다는 모양이다. 그럼에도 불구하고 지금은 동도 수인들에게 있어서 가을의 수확제와 어깨를 나란히 하는 커다란 행사가 된 이유는 무엇인가.

그것은 바로 200여 년 전의 마왕 전쟁, 그 최종 결전인 『혈하 회전(血河會戰)』에서 수인족이 대영웅 『유성』을 포함한 수많은 용사를 잃었기 때문이다.

──그 전장에서 전사한 용사들의 영혼이 이날만 거목으로 돌아온다.

근거는 없다. 아마도 처음에는 단순한 진혼을 목적으로 했던 것이 오랜 세월에 걸쳐 지금 같은 형태로 자리 잡은 것이리라. 하지만── 상관없다고 생각한다. 사람에겐 조건 없이 믿을 수 있는 것이 필요하다.

거목 앞 대광장으로 이어지는 서쪽 다리를 건너며 생각하고 있는데 왼쪽 어깨에 머리가 실렸다.

"카렌?"

"딴생각 금지예요. 귀여운 여동생을 내팽개쳐 두는 오빠한테 불만을 말할 자격은……."

"앗, 카렌─!" "카렌~."

인파 속에서 한 손에 등롱을 든 다람쥐족 소녀와 표범족 소녀가 여동생의 이름을 불렀다. 카야와 코코다. 카렌이 날 바라본다. 고개를 끄덕였다.

"대광장에서 만나자. 내 마력은 쫓아올 수 있지? 불안하면 마법 생물인 작은 새를……."

"어휴! 어린애 취급하지 말아요! 괜찮거든요. 꼭 갈게요."

부학생회장님은 그렇게 선언하고 인파를 헤치며 두 사람에게 다가갔다. 카야와 코코에게 손을 흔들자, 소녀들도 손을 흔들어 답해줬다.

혼자가 되어 천천히 다리를 건너갔다. 다리 아래에는 불이 켜진 수많은 곤돌라와 작은 배들이 떠다녔다. 만에 하나라도 누군가 동쪽과 서쪽 다리, 대광장에서 추락했을 때를 대비한 것이다.

시선을 되돌리자, 군중 속에서 나란히 걷고 있는 작은 곰족 토마 씨와 토끼족 시마 씨를 발견했다.

놀랍게도…… 손을 잡고 있다! 이제야 드디어……. 축하할 일이다.

──대광장에 도착했다. 입구에는 자경단이 손에 올라갈 만한 작은 종이 등롱을 배부하고 있었다.

줄을 서 있자 "토마?!" "너 이 자식!" "이 배신자가!!" 하고 자경단 남성 단원들이 트집을 잡는 소리가 들려왔다. "시마 씨, 축하해요." "잘됐다~." "남자들, 일하러 돌아가! 분단장, 축하합니다." 하고 여성 단원들은 연이어 축복했다. 두 사람은 자경단 단원이기 때문이다.

내 순서가 되자, 우산이 달린 작은 종이 등롱이 내밀어졌다.

"오오! 앨런. 네게 상담했던 용수로. 잘 굴러가더라!!"

"감사합니다, 롤로 씨."

자경단 단장이며 본업은 건축가인 표범족 남성── 롤로 씨가 웃었다.

지금의 수인족에겐 과거의 강함은 더 이상 없다. 자경단도 수인 거리의 치안과 유지가 주요한 임무다. 총단원 수는 약 500명. 나는 만약을 위해 확인했다.

"뭐 이상한 일은 없었나요?"

"특별한 건 없었다. ……아니지, 묘한 일이 있었군. 올그렌 공작가로부터 오늘 밤 송혼제에 자경단은 참가하는지 며칠 전에 문의가 있었다."

확실히 묘한 얘기다. 자경단이 매년 송혼제를 경호하는 건 공작가도 주지의 사실일 터. 그런데 일부러 확인을 하다니…….

롤로 씨가 내 등을 민다.

"뭘, 아마 담당자가 바뀐 걸 테지. 자아, 계속 가라."

석연치 않았지만 대교로 향했다. 망루 같은 곳에 통신 보주가 설치되어 있었다.

그때 갑자기, 내가 들고 있던 종이 등롱에 불이 붙었다. 눈앞에는 늑대족 소녀가 있었다.

"어서 와, 카렌. 카야랑 코코는?"

"대광장에서 흘려보낸대요."

"그렇구나. 얍."

"아…….."

나는 카렌이 들고 있던 종이 등롱에 불을 붙였다. 그러자, 여동생이 왼팔에 달라붙었다.

"고마워요. 오빠가 알고 있을 줄은 몰랐네요. 『종이 등롱에 서로 불을 붙여준 남녀는 평생을」…… 아무것도 아니에요. 지금 건 잊어주세요."

카렌은 도중에 어물거리며 입을 다물었다. 농담을 건네봤다.

"『종이 등롱에 서로 불을 붙여준 남녀는 평생 행복해진다』는 소문이 있었지."

"……오빠, 여동생을 괴롭히는 건 대죄 중의 대죄거든요?"

"난 카렌이 행복해졌으면 좋겠는데."

"저도 오빠가 행복해졌으면 좋겠어요. 하지만…… 리디야 씨 는 안 돼요!"

"? 왜 리디야는── 아, 시간인가 보다."

다리, 대광장, 대교의 가로등, 사람들이 들고 있는 등롱의 불 이 하나, 둘 꺼지다 종이 등롱의 흐릿한 불빛만이 남았다.

그것을 신호로 가로등 근처에 설치된 통신 보주에서 위엄있는 소리가 울렸다.

『──올해도 이날이 찾아왔다.』

늑대족 족장 겸 수인족 총대인 오우기 씨의 목소리다.

『지금으로부터 200여 년 전, 우리는 수많은 용사를 잃었다. 묵념을.』

조용히 눈을 감았다. 캄캄한 어둠 속에서 카렌이 손을 쥐길래 맞잡아 주었다.

한동안 정적이 흐른다.

『그럼── 등롱을 대수로로. 용사들의 넋이 달래지고 고이 잠들기를.』

대교의 난간에서 들고 있던 종이 등롱을 아래로 떨어뜨렸다. 흐릿한 등불이 둥실둥실 천천히 떨어져 물에 닿는다. 수면이 꽃밭처럼 바뀌어 갔다. 무척 환상적인 광경이다.

여기에 뒤섞여 옅은 비취색 불빛이 어지러이 날아들었다.

이 빛을 영혼이라고 믿은 것이리라. 정체는 거목의 마력이 새어 나온 것이라 일컬어지지만…… 즐거운 듯이 춤을 추는 것처럼도 보인다.

어릴 적, 이 광경을 보고── 나는 정령을 믿었다. 조용히 기도를 올린다.

왼손에 통증이 달렸다. 시선을 향하자, 여동생이 게슴츠레 흘겨보며 꼬집고 있었다.

"오빠, 지금 기도하면서 뭐 빌었어요?"

"아버지와 어머니와 카렌이 행복하길. 티나네와 건강한 모습으로 만날 수 있길."

"조금은 자기 일도 빌어주세요. 오빠 몫은 제가 빌어뒀어요."

"카렌은…… 정말로 착하구나. 내 자랑스러운 동생이야. 고마워."

전류가 달린 것처럼 유카타를 입은 여동생이 비틀거리더니 팔을 놓고 뒤로 물러섰다.

손을 가슴에 꼬옥 대고 떠듬떠듬 불평한다.

"윽! 그, 그런 식으로, 가, 갑자기 진지한 표정을 짓는 건 비겁해요. 반칙이라구요. 그, 그런 오빠는, 오빠 같은 건, 전 오빠가 ────── 너무 좋아요──────."

뒤쪽 거목에서 불꽃이 올라 대교를 빛으로 물들였다.

"불꽃놀이, 예쁘네. 자, 돌아갈까. 카렌. 마지막에 뭐라고 말했니?"

"……비밀이에요. 오빠는 바보예요."

──이후, 대광장에서 술을 마시던 토마 씨와 시마 씨에게 걸려 잔뜩 트집이 잡혔다.

여기에 일을 마친 자경단 단원들까지 연이어 난입했고.

결국 밤이 새도록 연회가 이어져 잠이 들고 만 카렌을 업고 집으로 돌아오게 됐다.

귀가한 내가 어머니께 야단을 맞은 것은 말할 필요도 없을 것이다.

*

기본적으로 나는 자는 것을 좋아했고 모처럼 본가에 있는 것이니 조금은 늦잠도 자고 싶었다. 하지만.

"꼭 평소처럼 깨더라."

중얼거리며 손을 뻗어 베개 곁에 놓아둔 회중시계를 집어 확인했다. ……역시 정확히 정각이다.

침대에서 내려와 조용히 세면대로 향했다. 아직 이른 아침. 일찍 일어나는 어머니조차 자고 있었고 밖에선 지저귀는 새 소리밖에 들리지 않았다. 깨우지 않도록 조심하자.

세수하고 이를 닦았다. 거울로 얼굴을 확인한다. 문제없다.

조용히 방으로 돌아와 옷을 갈아입고 안뜰로 향했다.

준비 운동을 한 뒤 마법 기초 훈련에 돌입했다.

우선 옛 여덟 속성 마법구를 몇 번이고, 몇 번이고 생성했다가 지우기를 반복했다. 긴급 시 곧장 쓸 수 있도록 마법식을 확인하고 은밀성을 높인다. 이어서 2속성, 3속성, 4속성, 5속성……이렇게 속성을 늘려 반복했다. 조급해하지 않는 것이 요령이다.

이어서 시험 제작 중인 마법식을 몇 가지 실험했다. 한차례 시험을 마치면, 이제 마지막 마법이다.

오른손을 휘둘러 마법 생물인 작은 새를 열 몇 마리 생성해 하늘로 날렸다.

작은 새를 매개로 번개, 바람, 빛 마법을 이용해 광역 탐지를 실행. 전방 공간에 투영했다.

동도 전역 지도의 일부에 건물의 형태와 움직이는 존재가 점점 떠오른다.

"내 마력 양으론 이보다 더 정밀하게는 힘들구나. 카렌이나 엘리에게 알려줘서…… 어?"

저도 모르게 얼빠진 소리가 나왔다.

──전역 지도에는 신구 수인 거리에 다가오는 군대 여럿이 표시되고 있었다.

부대 하나가 아니고 여럿. 수는 수천, 까딱하면 만을 넘을지도 모른다. 사고가 혼란에 빠진다.

이곳은 올그렌 공작가가 비호하는 동도.

이곳에 이만한 군세가 대체 왜……. 최악의 결론에 도달해 피부에 소름이 돋았다.

아니야. 이건 올그렌이 스스로 일으킨 반란이다! 왕도뿐 아니라…… 동도에서까지냐!!

양손을 휘둘러 작은 새 수십 마리를 생성해 전속력으로 각계각소에 급보를 전달하고자 하늘로 풀었다. 이대로 가다간 때를 놓치고 만다. 나는 가족을 깨우기 위해 집 안으로 돌아가려다가 —— 바로 옆으로 펄쩍 뛰었다. 앞뒤에서 날아온 외날 단검 몇 자루와 사슬이 안뜰을 파헤치며 지면에 꽂혔다.

전방 공중에는 후드 모자가 달린 회색 로브를 입은 마법사가 다섯 명. 기묘한 마법식으로 공간에서 사슬을 생성해 공중에 서 있다. 뒤에서도 기척이 난다. 지붕 위에도 넷…… 포위당했나.

손에 묻은 흙먼지를 털어내며 물었다.

"다른 사람과 착각하신 거 아닙니까? 제 이름은."

"『짐승 아닌 짐승』……『검희의 두뇌』. 우리와 같이 와 주실까. 우리의 주인께서 널 원하신다."

선두에 선 대장급 남성이 단검을 쥐었고 부하들도 일제히 그를 따랐다.

그들은 모두 똑같이 외날 단검과 후드 모자가 달린 회색 로브를 입고 있었다. 과거에 읽었던 문헌을 떠올렸다.

"이 정도까지 기척이 없는 잿빛 암살자.『사슬』을 이용하는 마법식. 성령교의 암부…… 이단심문관. 이 반란극에는 성령교가 관여하고 있다 이거군요. 제럴드에게 대마법과 그 밖의 자금, 무기를 건넨 것도 당신들이죠? 아니, 아마도 훨씬 이전부터 접촉을…….”

“입을 다물게 하라!”

차갑게 대장급 남자가 외치자 단검과 사슬의 폭풍이 사방에서 휘몰아쳤다.

나는 바람 속성 초급 마법 『풍신파(風神波)』를 상공에 발동. 단검을 지면으로 떨구고 사슬의 마법식에 개입해 소실시켰다. 표정은 보이지 않지만 회색 로브들이 동요했다. 대장급 남자에게 다시 물었다.

“아직 대답을 못 들었습니다만?”

“어서 다물게 하라!!”

대장급 남자가 고함을 치자, 부하들이 돌진했다. 나는 준비해 둔 마법을 발동했다.

회색 로브들의 사각을 노려 번개 속성 초급 마법 『뇌신탄(雷神彈)』을 맞춰 의식을 빼앗은 뒤, 어둠 속성 초급 마법 『암신사(闇神絲)』로 구속했다. 곧바로 사슬을 소실시켜 대장급 남자를 지면으로 떨어뜨렸다.

털썩, 하고 8명의 마법사가 안뜰에 굴렀고 착지한 대장급 남성이 뒤로 물러섰다. 후드 모자가 벗겨진다.

남자의 생김새를 보고 동방계라고 추측했다. 볼에는 기묘한 문양이 새겨져 있었다.

“마법의 발동 기척도 없이…… 거, 거기다 마법을 지워? 괴, 괴물 자식이!”

“너무하네요. 자, 얘기해주세요. 목적이 뭐죠?”

남자는 떨며 더더욱 뒤로 물러섰으나.

"……앨, 런?"

"!" "어머니!!"

툇마루에 잠에서 깬 어머니 엘린이 있었다. 남자는 어머니에게 주저 없이 단검을 던졌다.

나는 온 힘을 다해 끼어들어 요격했다. 시선을 향했지만, 이미 공중에 사슬을 생성해 달아나는 남자의 모습이 보였다.

놓쳤나 싶었으나── 천둥소리가 울리며 남자에게 벼락이 직격했다. 안뜰로 추락한다.

내 옆에는 잠옷 차림의 카렌이 서 있었다. 머리카락이 번개 마법을 급하게 쓴 탓인지 위로 뻗쳤다.

"오빠, 대체 무슨 일이죠?"

"……어머니, 아버지를 어서 깨워요. 시간이 없어요."

"어? 아, 응. 그, 그래."

멍하니 있던 어머니가 달려가고 나와 카렌, 그리고 의식을 잃고 바닥을 구르는 8명의 회색 로브와 대장급 남자가 남았다. 땅에 쓰러진 대장급 남자에게 물었다.

"질문을 계속하죠. 목적이 뭡니까?"

"……큭큭큭…… 누가, 말할, 줄 알고."

"아니! 제 번개를 맞고도 의식이 있어요?!"

남자가 얼굴만을 들어 조소한다. 카렌은 내 왼팔을 붙잡곤 살짝 떨고 있다.

"……『검희의 두뇌』. 네놈은 위험하다. 우리 주인께서 관심을 가지는 것도, 이해가, 가는군. 그러니── 여기서!"

"카렌! 마법 장벽 최대로 전개!!" "네, 넷!"

남자와 의식을 잃었을 터인 회색 로브들이 꺼림칙한 빛을 발하기 시작했다.

마력이 부풀어 오르고 남자들이 공중으로 떠오른다. 자폭할 셈인가?!

간섭조차 어려운 암호식! 게다가, 각각이 다 다르다!! 대장급 남성이 절규한다.

"나는 신앙을 수호하는 자일지니! 성녀님이, 성령이, 그것을, 바라고 계신다!!"

남자들의 몸이 단숨에 부풀어 오르고 사람을 유지하는 허용량을 넘어서며── 폭발한다!

그러나 다음 순간, 몸은 폭발하지 않고 재가 되어 무너져 내렸다.

대장급 남자의 얼굴에 서린 것은 진심에서 우러나온 의문.

"대체, 왜, 폭발을, 안 하⋯⋯?"

9명의 암살자가 먼지가 되어 사라졌다.

⋯⋯저 마법식은 기동 되도록 구축되어 있지 않았던 모양이다. 조용히 읊조렸다.

"성녀, 라고."

대마법 『소생』을 다루며 세상을 치유했다고 일컬어지는 고대 영웅의 이름.

영웅의 칭호를 계승한 것은 『용사』── 그 상냥한 소녀뿐이었을 텐데.

　작은 새들이 상황을 전하러 왔다. 이미 일부 수인 거리가 습격을 받기 시작했다. 왕국 성령교와 달리 성령교 본가는 수인을 『짐승』이라 가르치며…… 사람으로 취급하지 않는다. 왼쪽 소매가 당겨졌다.

　"오, 오빠……."

　불안한 듯이 나를 올려다보는 여동생의 머리에 손을 얹었을 때── 집안에서 마력 반응이 느껴졌다.

　"앨런, 카렌! 이리 와 주렴!! 나탄이, 나탄이!"

　뒤늦게 들려오는 어머니의 비명. 나와 카렌은 황급히 집으로 뛰어들어갔다.

*

　"그러면, 아버지, 어머니."

　"앨런." "……."

　나는 현관에서 두 사람에게 인사를 했다. 아버지는 오른발을 약간 절고 있었다.

　아버지는 뒷문으로 숨어든 회색 로브 한 사람을 눈치채고 수제 호신용 마도구로 격퇴했으나, 구속하던 중 감추고 있던 단검에 다리를 베이고 말았다고 한다.

　게다가 구속한 남성은 아버지의 눈앞에서 자폭해 재가 됐다. ……내가 있으면서 뭘 한 거야!

치유 마법은 걸었으나, 나와 카렌의 마법으론 즉각 완치까진 불가능했다.

카렌과 마력을 연결하면 되겠지만…… 그러면 따라오고 말겠지. 아버지에겐 미안하지만, 이대로 그냥 있게 하자.

마법 방어 성능이 높은 왕립학원의 교복으로 갈아입고 어머니 옆에 있는 여동생에게 부탁했다.

"카렌, 아버지와 어머니를 부탁해. 거목에서 만나자."

"오빠…… 여, 역시 우리도 같이 갈래요! 아니면, 저라도!"

"지금 움직이면 많은 사람을 구할 수 있어. 못 본 체할 순 없어. 따라오는 것도 안 돼. 내가 가려는 곳은── 전장이야."

"윽!!! 오빠는, 그렇게, 절 항상, 항상!!"

"아버지가 다리를 다쳤잖아. 카렌, 부탁이야."

"……네."

여동생이 외치다가 걱정스러워하는 어머니와 진땀을 흘리는 아버지를 보고 멈췄다.

나는 리디야가 두고 간 왕궁 마법사 지팡이에 덮인 천을 벗겼다.

끝에 묶인 붉고 파란 리본들이 아침 햇살을 머금고 반짝였다.

"앨런!"

등 뒤에서 어머니의 걱정으로 가득 찬 목소리가 들려온다. 나는 손을 들고는 전장으로 향했다.

뒷골목을 식물 마법까지 활용하며 한결같이 달렸다.

동도가…… 『숲의 도시』가 불타고 있었다.

　구시가지의 이곳저곳에서 피어오르는 검은 연기. 무언가 불타는 악취. 소란스러운 경종 소리.

　작은 새들의 정보가 속속 도착한다. 습격을 받은 것은 신구 수인 거리뿐.

　인간족 거리는 조용하지만, 동도역의 대형 시계탑이 계속해서 울리고 있다.

　근위 기사단과 수인족 자경단의 주력은 기습을 면했고 일부 자경단이 거목 앞 대광장에서 긴급 진지를 구축 중. 지휘하는 것은── 시마 씨로군. 믿음직스러운 누님이다.

　리처드 일행인 근위 기사단과 롤로 씨가 이끄는 자경단 주력은 구시가지의 주민들을 구출 중. 신시가지도 자경단 분단이 주민을 동쪽 다리로 유도하고 있다. 스이에게선 '맡겨놓으라고!'라는 연락이 들어왔다.

　각 족장에게선 대답이 없었다. 정보의 취사선택에 시간을 지체하고 있나? 반면, 데그 씨와 더그 씨 같은 전 족장과 전 부족장들의 대답은 빨랐다. 수달족을 중심으로 한 곤돌라, 작은 배 사공들은 수로를 활용해 주민들을 피난시키겠다고 했다. 식물을 타고 건물 지붕으로 오른다.

　거목에서는 커다란 소리와 함께 끊임없이 신호탄이 오르고 있었다.

　색은── 칠흑.

　『적습. 즉시 거목으로 피난하라! 아이, 여자, 노인을 버리지 마라!!」

　신호탄은 수인 학교에서 배웠으나…… 실제로 보게 될 줄이야.

　구시가지의 대로 중간쯤이 보이기 시작했다.

　이미 수십 명의 근위 기사단이 대형 방패로 벽을 치고 100명 전후의 반란군과 맞서고 있었다. 방패 뒤로는 피난하는 수인들 수백 명의 모습이 보인다. 부상자 다수. 아이들까지…… 닥치는 대로냐.

　"리처드!"

　"! 앨런! 올그렌의 모반이다!! 제럴드와 이어져 있던 걸 알리는 서간이."

　"얘기는 나중에 해요!"

　외치며 나는 옥상에서 뛰어 후방에서 반란군 군대를 강습했다.

　군기로 보건대── 올그렌을 따르는 게클랭 백작 부대의 선발대!

　지팡이를 휘둘러 지면에 얼음 덩굴을 달리게 해 수십 명을 구속. 혼란을 일으켰다.

　최후방에서 말을 타고 있는 살찐 기사가 허둥대며 지휘봉으로 날 가리켰다.

　"뭘 하는 거냐! 상대는 하나다."

　병사들을 뛰어넘어 백작의 안면에 번개 속성 초급 마법 『뇌신탄』을 때려 박아 낙마시켰다.

　다시 도약하며 이번에는 물 속성 초급 마법 『수신파(水神波)』

를 적진 중앙에서 여럿 발생시킨 뒤 상공에서 발동. 병사들을 물에 홀딱 적시고 바람 마법으로 나 자신을 공중에서 제어했다.

그리고 근위 기사단 맨 앞줄로 내려와 지팡이의 물미로 땅을 내려찍었다.

번개 속성 초급 마법『뇌신파』가 지면을 달려가 적진 전체에 작렬한다. 털써덕 하고 반란군 병사들이 연이어 쓰러지며 앓는 소리가 올랐다. 남은 것은 회피한 말뿐. 리처드에게 말했다.

"그럼 질문이 있는데요."

"이보세요. 아니, 넌 리디야의 파트너였지. 이 정도는 궁지조차 되질 않겠구나."

근위 기사단 부장님은 멋대로 납득했다. 주변의 기사들도 마찬가지다.

나는 어깨를 으쓱이고── 붉은 머리의 근위 기사단 부장에게 고개를 깊이 숙였다.

"죄송합니다…… 근위 기사단에게는 무리한 일을 부탁하게 될 것 같습니다."

"우리야말로 급보가 없었다면 기습당했을 거야. 덕분에 전투 불능에 빠진 자를 거목으로 후송할 수 있었어. 부하들의 목숨을 구해줘서 진심으로 고맙다. 또, 네게 빚이 생겼는걸."

"? 또, 말입니까. ……서간은 뭐죠?"

"어젯밤 늦게 갑자기 누군가 투서를 보냈어. 글랜트 올그렌과 제럴드가 주고받은 내용이 적힌 것이었지. ……앨런, 이 반란은."

나는 수긍했다.

"올그렌 공작가뿐만이 아닙니다. 왕국 동방의 주인이었던 귀족 수구파가 일으켰다고 보아야 타당하겠죠. 지금쯤 분명 왕도도 비슷할 겁니다. 성령교의 암부도 얽혀있어요. 저도 습격당했습니다."

주변의 근위 기사들이 술렁였다. 왕국 내에서 종교 조직이 속세에 관여하는 것은 극히 드물었다.

──작은 새가 몇 마리 돌아왔다. 나는 얼굴을 찌푸렸다.

이런 상황인데도 『올그렌과의 대화를 모색』하겠다고? 족장들은 무슨 생각을 하는 거야······.

의식을 전환해 붉은 머리의 근위 기사단 부장에게 말을 걸었다.

"리처드, 전투로 시간을 벌면서 거목 앞 대광장으로 후퇴합시다. 구시가지에서 군대로 전열을 구축할 수 있을 만한 폭은 대로밖에 안 나와요. 다른 곳은 자경단에게 맡길 수밖에 없습니다. 주민들도 비상시에는 대로를 통해 거목을 향하게 되어 있어요."

"그러도록 하지. 다들, 알고 있겠지만, 다시 소개하마. 앨런이다. 그의 말을 듣지 않을 경우 죽어도 할 말이 없을 거다. 명심하도록!"

『예!』

근위 기사들이 일제히 흉갑을 두드린다. 나는 저도 모르게 볼을 긁적이며 쑥스러움을 감추고자 지시를 내렸다.

"그러면, 여러분, 시작으로 먼저 진지를 구축하죠. 이 싸움은…… 장기전이 될 겁니다.”

*

내려치는 검을 지팡이로 받고 찌르는 창도 몸을 비틀어 피하며 상대편 기사의 배에 번개 마법을 실은 발차기를 때려 박는다.

“컥!”

수염투성이 얼굴이 고통으로 일그러지고 무릎을 꿇는다. 나는 그 얼굴을 발판 삼아 도약. 가옥 지붕에 착지했다.

직후, 수많은 공격 마법이 밀려들었다. 박살 나는 지붕 자재들 가운데를 달려 적 전열의 최후미에 있는 마법사들을 빛 속성 초급 마법 『광신시(光神矢)』로 연속 저격했다. 비명이 인다.

“이, 이 녀석!” “후위만 노리다니!” “인간족이 짐승을 지키느냐!” 전위를 형성하는 기사들이 내게 악담을 퍼붓는다. 깃발 인장을 보아하니, 올그렌 공작가 휘하의 일각인 레도로 자작가의 군대다. 병력은 아까보다도 많은 200명 전후. 이로써 세 번째로 상대하는 군대다.

작은 새의 정찰 정보까지 합쳐 생각해 봤을 때—— 주력은 온존 중이다. 중소 귀족들을 방패로 내세우고 있다.

나는 아군 진지 쪽으로 지붕 위를 통해 후퇴하며 득의양양하게 미소 지었다.

——전형적인 전력 순차 투입이로군.

대규모 병력으로 유린당했다간 끝이었다. 올그렌 공작가답지 않은 전술이다.

기분이 썩 좋아지는 가운데 지팡이를 회전시켰다. 『빙신경(氷神鏡)』을 8연속 발동. 반란군 공격 마법을 난반사시키며 튕겨내자, 기사와 마법사들이 방어하기에 급급해진다. 나는 붉은 머리 근위 기사단 부장을 불렀다.

"리처드!"

"근위 기사단, 앞으로!"

『예!!』

진지에 틀어박혀 있던 근위 기사들이 붉은 머리 근위 기사단 부장을 선두로 뛰어나와 한 치 흐트러짐 없이 돌격을 감행했다.

눈 깜짝할 새 반란군의 전열이 무너진다.

지붕 위에서 근위 기사단이 날뛰는 모습을 바라보며 작은 새들의 보고를 확인했다.

……길보는 없군.

족장들은 여전히 큰 혼란에 빠져있었다. 신호탄을 쏜 것도 대광장에 있는 자경단의 독단이었던 모양이다.

구시가지, 신시가지 모두 주민의 피난을 진행하고 있긴 하지만…… 시간이 필요하다. 게다가.

" '거목 방어를 위해 자경단을 대광장으로 퇴각시킨다', '올그렌 공작가에 『옛 서약』에 의거한 교섭을 요구한다' 고?"

마음이 무거워진다. 근위 기사단 단독으론 좁은 골목길로 반란군이 들어가면 채 대응하지 못할 것이다. 하물며 이런 상황인데 『옛 서약』을 꺼내 들어 교섭하겠다니…… 언어도단도 정도가 있다.

거리에선 근위 기사단이 승리의 함성을 지르고 있었다. 나는 작게 중얼거렸다.

"전방에는 분별조차 없는 반란군. 후방에는 현실 직시를 거부하는 족장들이라. 리디야…… 오늘만큼 네가 곁에 없어서 허전하다고 느꼈던 적은 없었어."

레드로 자작의 군대를 패주 시킨 우리는 함정을 다수 설치한 뒤 제1진지를 포기. 다리와 더욱 가까운 위치에 구축한 제2 진지로 후퇴를 결정했다. 뒤로 빠지며 함정을 계속 설치했다.

리처드와 함께 부대 최후미를 맡고 있는데 후방에서 커다란 소리가 들려왔다.

"자경단 단장을 맡은 표범족 롤로다! 앨런이 있다고 들었다! 어디 있나!!"

붉은 머리 근위 기사단 부장과 내가 마주 봤다. 거리에 적군의 모습은 보이지 않았다. 작은 새의 정찰 정보에 따르면 패주한 부대가 대기하던 다른 부대로 흘러 들어가 진형에 혼란이 발생한 모양이었다.

주위의 근위 기사들이 흉갑을 두드렸다.

"리처드, 앨런 님, 가시죠." "후미는 저희가!" "부대의 최후미라…… 기사의 묘미로군!" "……대체로, 죽음이 뒤따르지." 『이 남자 입 좀 막아!!』 붉은 머리 공자 전하가 웃는다.

"어쩔 수 없지. ──나와 앨런은 잠시 빠진다. 맡기마."

『예!』

우리는 최후미를 근위 기사들에게 맡기고 거리를 나아갔다. 건물들에서 들고나온 테이블, 의자로 구축된 제2 진지에서는 경갑을 장착하고 배틀 액스를 든 롤로 씨가, 아마도 베르트랑이란 이름일 리처드의 부관과 근심에 찬 얼굴로 대화 중이었다. 나는 손을 크게 흔들었다.

"롤로 씨!"

"앨런!"

쩌렁쩌렁한 목소리. 주위에 있는 수인들 몇 명도 내게 손을 들어 올리길래 흔들어 대답했다. 가까이 다가가 본업이 건축가인 단장님께 인사했다.

"무사하셔서 다행이에요."

"네 연락 덕이지. ……족장들 명령은 들었지?"

"네. 롤로 씨, 이쪽은 리처드 린스터 공자 전하십니다. 근위 기사단 부장을 맡고 계십니다."

"수인족 자경단 단장을 맡은 표범족 롤로다. ……높여 부르지 않으면 큰일 나나?"

"이곳은 전장. 사양할 것 없습니다. 리처드입니다. 중요한 얘기가 있죠?"

"고맙다. 각 길과 골목길에 단원을 배치했어. 침투당할 일은 없을 거다."

나와 리처드는 말없이 동의를 표했다. 베르트랑 님에게 눈짓을 주자 베테랑 기사는 고개를 끄덕여 주었다.

우리는 근처 집 안으로 들어갔다. 현관으로 들어가자마자, 나는 도청 방지용 마법을 전개했다.

"롤로 씨, 리처드, 얘기해도 괜찮습니다. 자경단 퇴각 명령 얘기죠?"

"그래. 우리에게 어서 퇴각하라고 독촉이 왔다."

"아직 모든 주민이 거목으로 들어간 게 아닌 것 같은데요?"

리처드의 질문에 굳건한 롤로 씨의 표정이 일그러졌다.

"구시가지와 신시가지 모두 아직이야! 족장들은 거목 회의실에 틀어박혀 협의, 또 협의! 송혼제 다음 날이라 다들 모여있는데도 제대로 된 명령 하나 오질 않는다!"

⋯⋯족장들이 혼란을 증폭시키고 있다니. 한숨을 쉬고 롤로 씨에게 말했다.

"자경단은 주민 여러분을 지키며 명령대로 대광장으로 후퇴해 주세요. 리처드, 근위 기사에게서도 사람을 뽑을 수 있나요? 그러면 더 마음이 놓여서 다소 속도가 빨라질 겁니다."

"뭐?!" "맞는 말이군."

"앨런⋯⋯ 너, 설마 죽을 생각."

"아닙니다. 여긴 제가 죽을 장소가 아니에요."

롤로 씨가 양어깨를 붙잡고 격분하려던 것을 제지했다.

"전 귀여운 제자 넷과 낯을 가리고 안경을 낀 직원 대표님, 제게는 엄한 악우와 왕도에서 재회하기로 약속했거든요. 여동생과도 약속했습니다. '거목에서 만나자'고. 그러니── 저는 죽을 수 없어요."

"……알았다. 리처드 린스터 공자 전하."

롤로 씨는 등을 곧추세우고 직각이 될 때까지 고개를 깊이 숙였다.

"이 자리에서 처음 만난 당신께 부탁하는 건 무례하다고 알지만…… 앨런을 부디, 부디, 부디 잘 부탁드립니다. 이 남자는…… 늑대족의…… 아니! 수인족의 미래마저 바꾸어 줄 남자입니다. 이런…… 이런, 얼토당토않은…….."

뒷말은 이어지지 않았고, 현관의 지면에 큼지막한 눈물이 자국을 만들어 나갈 뿐이었다. 롤로 씨의 몸이 크게 떨리고 있었다. 흉갑을 때리는 소리가 들린다.

"롤로 공, 모두 맡겨만 주시길! 리처드 린스터의 이름에 걸고, 앨런을 절대 죽게 하지 않겠습니다."

"리처드 공…….."

자경단 단장은 고개를 들더니 다시 붉은 머리 근위 기사단 부장을 향해 깊숙이 고개를 숙였다.

얼굴을 들고 어깨에 롤로 씨가 손을 올렸다. 아플 정도로 세게 쥔다.

"앨런. 죽지 마라! 주민을 피난시키면 곧장 돌아와. 꼭 돌아와!!"

눈이 새빨개진 표범족 건축가님께 대답했다.

"감사합니다. 괜찮아요. 어떻게든 하겠습니다."

작은 새가 현관으로 들어왔다. 휴식 시간은 끝인 모양이다.

둘이서 고개를 끄덕이고 밖으로 나갔다. 롤로 씨는 곧장 단원들 곁으로 달려갔다.

나는 리처드에게 따지고 들었다.

"왜 그런 소릴 했어요? '앨런은 죽게 하지 않겠다' 니."

"그야, 저리 말하지 않으면 납득 못 할 거 아니냐. ──본심이 기도 하고. 자, 우리도 가자. 일할 시간이야."

붉은 머리 공작 전하가 밖으로 나간다. 석연치 못한 것을 느끼면서도 나는 그 뒤를 쫓았다.

"부장님! 앨런 님!"

제2 진지로 돌아오자 베르트랑 님이 날래게 달려왔다. 리처드가 지시를 내린다.

"베르트랑, 젊은 녀석들로 1개 분대를 선발해 줘. 자경단과 함께 거목으로 후퇴시킨다."

"예! 이미 선발해 놓았습니다. 하지만, 다들 억지를 쓰고 있어요. 특히 라이언이……."

"하여간! 앨런, 잠시 얘기하고 올게."

근위 기사단 부장은 젊은 기사들을 향해 걷기 시작했다. 그러자 베테랑 기사가 말을 걸어왔다.

"앨런 님은 후퇴 안 하십니까?"

"그냥 앨런이면 됩니다, 베르트랑 님. 누군가 남아야 하니까요."

"저야말로 베르트랑이면 됩니다. 당신께서 남을 것까진 없는 것 아닙니까?"

윙크하며 대답했다.

"여기서만 하는 얘기지만. '친구에게 버림받아도 너 스스로 친구를 버리진 말아라'. 옛날에 아버지께 그리 배웠습니다. 그리고 저는 리처드 린스터 공자 전하를, 사회적 지위가 다르다 한들── 친구라고 여기고 있거든요. 절대, 이런 어처구니없는 전장에서 잃진 않을 겁니다."

"?! 이, 이 같은 전장에서조차, 당신은 리처드를……!"

입을 떡하니 벌리는 장년의 기사에게 메모지를 건넸다. 대로에 구축할 예비 진지 지점이다.

"베르트랑, 구축 준비를 부탁합니다."

"예!"

베테랑 기사가 내게 멋지게 경례하고는 달려가 기사들을 모아 움직이기 시작했다.

전방 거리에는 반란군이 군기를 펄럭이며 집결하고 있었다. 백작가 본대 이상의 병력을 투입하기 시작했나. 진짜는 이제부터다. 롤로 씨의 말을 떠올렸다.

'죽지 마라', 라.

자연스럽게 웃음이 나오고 만다. 멈출 수가 없었다.

롤로 씨, 그런 건 억지라고요. 절망은 하지 않겠습니다. 하지만 여길 극복한들 분명…….

그렇다 해도…… 지팡이를 가로로 휘둘러 전방에 펄럭이는 수많은 군기를 『풍신파(風神波)』로 쓰러뜨렸다.

──친구가, 가족이, 아이들이 도망치기 위해서라면, 목숨을

걸겠습니다.

날 향해, 수많은 돌벽과 대형 방패 틈새로 반란군이 검과 창을 들이댄다. 일개 가정교사를 상대로 너무 거창하게 대응하는 것 아닌지. 무슨 일인지 주변 근위 기사들로부터도 외경의 시선이 느껴진다. 이거 다 허세거든요?

리처드가 지친 얼굴로 돌아왔다.

"앨런, 방금 그것도 리디야가 알려준 거야? 젊은 녀석들은 간신히 보냈다."

"수고하셨습니다. 베르트랑 님께 예비 진지 구축을 부탁드렸어요. 그리고 세간 일반적인 시선으론 당신과 저도 충분히 젊은 축에 속할 텐데요?"

"그래, 맞는 말이지. ──어라? 슬슬 시작하려나? 계획은 있어?"

전방 전열에서 강한 전의가 느껴진다. 지금까지 상대한 자들과는 명백하게 수준이 다르다.

근위 기사단 부장의 질문에 나는 고개를 저었다.

"전혀요. 주민들 피난이 끝날 때까지 그저, 계속 용감히 싸울 뿐입니다."

"크으, 호기로운걸! 가슴이 뛰는데! 무훈을 쌓을 기회라 이거군."

"열심히 해봅시다. ──최악의 경우, 제가 남겠습니다. 당신은 퇴각해 주세요."

후반부는 작은 목소리로 제안했다. 근위 기사단 부장은 전방의 반란군을 바라보며 입을 다물었다. 품에서 담배를 꺼내더니, 홀딱 반할만한 동작으로 불을 붙여 보라색 연기를 빨아들이고 뱉어온다. 순간, 정적이 찾아온다.

담배를 불태워 재로 만들더니, 리처드 린스터가 날 보지도 않고 목소리를 높였다.

"싫어. 절대 싫어. 그런 말은 안 들어줄 거야. 싫다고!"

"당신은 차기 린스터 공작입니다. 이런 곳에 목숨을 걸 필요는 없어요."

리처드는 공작가의 상징인 극치 마법 『화염조』도 비전 『홍검』도 사용할 수 없다. 하지만 『근위 기사단을 재건했다』는 실적이 있다. 언젠가는 공작을 이을 사람인 것이다.

근위 기사단 부장이 살짝 화난 얼굴을 내게 향했다.

"앨런, 린스터의 가훈에 『친구를 못 본 척 버리고 무훈을 얻어라』란 말은 존재하지 않아. 무엇보다 나는 네게 큰 은혜를 입었지."

"은혜, 요?"

호령과 함께 적 전열이 전진을 시작한다. 리처드가 검을 뽑아 마법을 자아내기 시작했다.

"넌 부하의 목숨을 구해줬어. 그리고 넌 내 동생을—— 리디야를 구해줬지. 모두가 포기한 거나 다름없던 그 아이의 어둠을 걷어내고 빛이 되어줬어. 동생의 목숨을 구해준 거야! 그 아이 오빠로서 은혜는 갚을 거다. 교육을 잘 받고 자랐거든—— 근위 기사단, 전진! 약자가 도망치는 시간을 벌고자 이 몸을 방패로 삼는 것! 올바른 기사로서 해야 할 일 아니겠냐. 모두, 우리가 기사가 된 이유를 떠올려라!!"

『오오오오!!!!!!!!!』

근위 기사단 부장의 부추김에 기사들도 검과 장창, 대형 방패를 거머쥐고 호응했다. ……공자 전하도 하여간.

——『친구』라. 나는 리처드와 나란히 섰다.

"사람 참, 어쩔 수가 없네요. 서로 이런 곳에선 죽을 수 없단 것으로 정리하죠."

"오케이, 그러자고!"

리처드가 기사 검 끝에 불 속성 상급 마법『작열 대화구(灼熱大火球)』를 발동했다.

적 전열이 멈추고 스태프를 내밀어 연이어 내화 결계를 형성했으나—— 붕괴했다.

『?!!!』

전열 후방에 있는 적 마법사가 혼란에 빠진다. 수백, 수천의 폭력은 이길 수 없어도 수십 명이 상대라면 마법 개입이 유효하다. 그대로 대화구가 적 전열의 기사들을 날려버리며 커다란 구멍을 뚫었다.

"지금이다! 근위 기사단, 돌격하라!!"『오오! 오오오!! 오오오오!!!』

리처드의 호령에 일제히 근위 기사들이 진지를 벗어나 돌격을 개시했다.

——지금은 이긴다.

하지만 적의 세력은 압도적이다. 언젠가는 수에 압도당하고 말리라. ……그래도.

"지켜 보이겠어. 이런 곳에선 죽을 수 없으니까!"

결의를 읊조리며 나는 달려나갔다.

*

『앨런! 들리나?! 구시가지 주민 모두 다리를 건넜다! 너희도 서둘러 퇴각해!! 지원이 필요하다면—— 이 자리에 있는 자경단 모두가 도우러 가마!』

기다리고 기다리던 연락이 귓가를 울린 것은 주력 투입을 개시한 반란군의 네 번째 공세를 분쇄하고 한숨 돌리던 때였다. 이미 다리 앞 최종 진지로 퇴각을 마쳤다.

솔직히—— 모두 엉망진창이다.

기적적으로 죽은 이는 없었지만, 중상자와 마력이 고갈된 기사들은 억지로 대광장으로 후퇴시켰다. 그때 하나같이 입을 모아 『아직 할 수 있습니다!』 하고 외쳤다. 근위 기사단, 장난 아닌걸.

나는 오른팔에 이어 왼팔에도 붕대를 감으며 통신 보주에 대답했다.

"롤로 씨, 고대하던 소식이군요. 신시가지 쪽은 어떤가요?"

『신시가지는 아직이야. 거의 건넌 것 같긴 한데…….』

"알겠습니다. 도움은 필요 없어요. 대광장 진지 구축을 부탁합니다. 그곳은 아시는 것처럼 재질 때문에 절대 함락이 불가능해요. 우리가 뒤로 빠진 뒤 서쪽 다리는 족장의 명령이 없어도 파괴하겠습니다."

『알았다. 기다리마.』

통신을 마치고 나는 하얀 갑옷을 자신의 피로 더럽힌 붉은 머리 근위 기사단 부장에게 말을 걸었다.

"리처드, 구시가지의 수인족이 모두 피난을 마친 모양입니다. 퇴각하죠."

"아니, 앨런. 그건 불가능해 보이는데."

"무슨 소리…… 그런 뜻이었군요."

나는 반란군 전열 후방에 나부끼는 두 개의 군기를 보았다.

하나는 왕국 4대 공작, 올그렌 공작가의 것. 드디어 주력 중의 주력을 투입했나.

하지만 문제는 나란히 선 군기에 그려진 상징일 것이다.

『사슬로 감긴 작은 잔에 단검』 문장. 사방에 놓인 십자.

리처드 옆에 서서 이마에 붕대를 감고 있는 베르트랑 님이 군기를 보고 신음을 흘렸다.

"도, 동방의, 성령기사단이, 왜, 왜, 동도에……."

나는 그 말을 받아 내뱉었다.

"올그렌 공작가가 들인 겁니다. 올그렌은…… 왕국을 팔았어요!"

『!!!!!』

일기당천을 자랑하는 근위 기사들이 충격에 우두망찰 섰다.

왕국 4대 공작가는 건국 이래 수많은 적으로부터 왕국을 수호하였다.

그 공작가가 타국의 군대를 안으로 불러들이다니, 천지가 뒤집혀도 있을 수 없다고 여기던 일이 벌어진 것이다. 충격을 받지 않는 것이 이상했다. 일이 이렇게까지 되어서야 일련의 움직임이 모두 이어졌다.

· 제럴드 사건에 시종일관 비협력적이던 올그렌 공작가.

· 『광순』은 둘째치고 『소생』의 조악한 모조품과 『염린』의 존재.

· 왕가와 세 공작가의 힐문 권고를 순순히 받아들인 글랜트 공자.

· 펠리시아의 편지에 적혀있던 『군수 물자』에 관한 이상한 움직임.

· 북방 제국, 남방 후국 연합의 국경 부근 대규모 연습 실시.

· 『검희의 두뇌』라 이름을 부르며 날 습격한 성령교 암부 이단심문관.

· 무방비한 수인들을 무자비하게 습격하고 주저가 없던 반란군의 행동.

길이 병문안으로 오지 않은 것도 이 때문이라면…… 내가 너무 멍청했다.

심호흡하고 기사 검을 움켜쥔 붉은 머리 근위 기사단 부장에게 말을 걸었다.

"——리처드."

"앨런, 난 이래 봬도 말이지, 내 성씨에 긍지를 갖고 있어. '왕국을 수호하는 것은 공작가의 책무이다'. 아버지와 할아버지께 몇 번을 들었는지! 그걸, 그걸, 그걸!!"

검을 쥔 손에 힘을 너무 세게 주어 피가 배어 나온다.

리처드 린스터 공자 전하는 진정으로 공작가를 잇기에 합당한 인물이었다.

질서정연하게 적 전열이 갈라지며 백발이 무성한 대장부가 한 사람 앞으로 나왔다.

나이는 이미 노년이라 해도 될 텐데 발걸음은 당당하다. 오른손에는 외날 창을 들고 몸에는 중후한 기사 갑옷을 입었다.

광장 중간까지 찾아온 그 대장부가 사자후를 날렸다.

"내 이름은 헤이그 헤이든. 올그렌 공작의 가신이다! 지휘관과 대화를 원한다!!"

나는 리처드와 눈짓을 나눴다. 목소리를 드높였다.

"천하의 대기사님께 송구합니다만, 단호히 거부하겠습니다! 당신들은 매국노이며 송혼제 다음 날을 고의로 노려 무방비한 수인들에게 검을 향한 비겁한 자들입니다! 그런 기사 나부랭이와 나눌 말은 없습니다!"

『큭!!!!』

후방에 있는 기사들이 분노하며 무구가 부딪히는 소리를 낸다.

모두 똑같이 외날 장창에 올그렌의 문장이 장식된 대형 방패를 들었다.

——『보랏빛 방벽』과 어깨를 나란히 하는 올그렌 공작가 친위기사단이다.

노기사는 내 발언을 듣고 눈을 날카롭게 떴다.

"젊은 마법사님. 우리 군이 신민을 습격했다고…… 그게 무슨 소린지?"

"모른다는 말은 못 할 겁니다. 무방비한 사람들에게 검과 창을 들이대고 마법을 쏜 것은 올그렌 휘하 귀족과 그 병사들입니다!"

"그런 건, 그런 건, 모른다!"

폐에서 뿜어져 나오는 듯한 고통에 찬 목소리. ……설마, 진짜로?

기가 막혀 하고 있는데, 갈라진 전열에서 다른 기사 한 사람이 찾아왔다.

네모난 투구로 얼굴이 보이지 않았고 중갑 중앙을 장식한 것은 『사슬로 감긴 작은 잔에 단검』. 성령 기사다. 오른손의 거대한 대검을 어깨에 짊어지고 있다. 조소하는 듯한 지적이 날아왔다.

"헤이든 공, 이런 문답에 의미는 없소. 우리가 달성해야 할 임무는 거목의 탈취요."

"고셔 공, 끼어들지 마시기를 바라오."

"고작해야 짐승 한두 마리, 죽은들 아무런 문제도 없소. 앞으로 수백, 수천이 죽게 될, 큭?!"

더는 못 참겠다. 분노가 끓어오른 나는 진지를 뛰쳐나가 전력을 다해 마법을 발동시켰다.

흙 속성 초급 마법 『토신소(土神沼)』로 고셔라 불린 성령 기사의 발밑을 늪으로 바꿔 구속한다.

갑옷 틈새를 노려 불 속성 중급 마법 『염신창(炎神槍)』과 얼음 속성 중급 마법 『빙신창(氷神槍)』을 때려 박은 뒤 지팡이 끝에 번개 창날을 형성. 간격을 좁혀 도약한다.

마법 착탄과 동시에 한 바퀴 회전하며 스태프를 내려쳤으나 —— 중급 마법을 보지도 않고 소멸시킨 성령 기사의 왼손에 저지당했다.

"『짐승 아닌 짐승』 주제에!!!!"

"크으윽!!"

진지에 때려눕혀질 뻔한 것을 간신히 부유 마법으로 받아 속도를 줄였다.

저 남자가 입은 갑옷, 마법 내성 성능이 높다. 내가 쓰는 마법으론 관통은 도저히 힘들겠어.

나는 일어서서 지팡이를 쥐고 자세를 잡고는 노기사에게 차갑게 고했다.

"당신들은 지켜야 할 자에게 검을 향했어. 이제 와서 무슨 말을 한들 소용없어!"

"확인해야 할 일이 있군. 고셔 공, 지금은 물러서시오."

"거절하오! 거목의 탈취가 나의 임무! 성령이, 성녀님이 그것을 원하고 계시오!!"

"확인이 먼저요!"

노기사와 성령기사가 노려본다.

여기서도 성녀냐. 머릿속에 메모해 두며 타개책을 필사적으로 생각했다.

눈앞의 성령 기사 한 명이라면 몰라도 성령기사단과 친위기사단을 지금 상대하는 것은 위험하다. 수에 압도당하고 만다. ……나는 정말로 구제 불능이구나.

자신의 어리석음을 욕하고 있으려니 리처드가 진지 밖으로 나왔다. 당황해 외쳤다.

"리, 리처드, 뭐 하는 겁니까?!"

"아니 그게, 화내는 앨런이란 무척이나 희귀한 걸 봐서 그런지 몸이 가볍거든. 한 번 더 날뛰는 정돈 가능할 것 같아. 이 얘긴 리디야와 리네, 어머니와 안나에게 좋은 선물이 되겠어."

리처드가 여전히 서로를 노려보는 노기사와 성령 기사에게 호통을 쳤다.

"이곳은 전장! 대화는 검으로 하라!"

"끄음……."

"홋…… 무신앙자치곤 좋은 마음가짐이군. 성령 기사 제4부대 대장인 나, 고어 고셔가 네놈들을 상대해 주마. ──도움은 필요 없다!"

『예.』

고셔가 뒤돌아 성령기사단을 향해 부르짖자, 일제히 대답했다.

무시무시하게 규율이 잡혀 있다. 만만찮겠어. 성령 기사는 노기사를 쏘아보았다.

"귀공들은 부디 퇴각하시길. 우리는 저자들을 해치우고 거목을 탈취하겠소."

"귀공이 할 수 있을 것 같진 않군."

"흥!"

노기사의 말에 고셔는 어깨에 대검을 올리고 코웃음을 쳤다.

떠나가는 헤이든과 순간 시선이 교차했고── 느껴지는 것은 강하디강한 후회?

친위기사단이 노기사와 함께 물러가는 것을 확인한 성령 기사는 갑자기 대검으로 지면을 휘둘러 쳤다. 거세게 흙먼지가 일어나며 도발이 쏟아진다.

"자아! 덤비거라!! 무신앙자와 짐승 아닌 짐승 놈아!"

"그렇다면야 뭐." "가 봐야지."

나와 리처드는 아무런 상의도 없이 흙먼지 속을 좌우 다른 방향에서 질주했다.

『암신사』로 왼팔을 묶어 올리고 발밑에 『빙신극(氷神棘)』을 발동한다.

"비, 비겁하다!"

고셔가 외쳤고 모든 마법이 조금 늦게 갑옷의 간섭을 받아 소실했다.

그래도 순간 구속에 성공해 빈틈투성이가 됐다. 스태프 끝에 불꽃을 휘감아 어깨에서 허리까지 갑옷 틈새를 노려 연속으로 찌른다. "끄윽!" 성령 기사가 신음을 흘렸다. 반응이 있군!

오른쪽에선 리처드도 검을 번쩍이며 압도적인 검기를 피로했다. 나와 같이 갑옷 틈새로 검을 찔러넣었으나 예리함이 전혀 다르다. 하여간 린스터는 이렇다니까!

근위 기사단 부장이 검 끝에 『작열 대화구』를 발동했다.

"먹어라!"

"끄으웃!!"

지근거리에서 대화구를 때려 박자 고셔가 대검으로 막으며 후퇴했다.

갑옷의 문양이 밝게 빛나고 있다. 저게 마법 장벽을 발생시키고 있었군. 수수께끼가 하나 풀렸다.

또 다른 수수께끼는—— 어떻게 고셔는 상당한 상처를 입었음에도 멀쩡한 거지?

나는 옆에서 검을 쥐고 자세를 잡은 붉은 머리 근위 기사단 부장에게 물었다.

"리처드, 어땠어요?"

"제대로 들어갔지. 서 있을 수 있을 리가 없을 텐데."

"흐으으으으으읍!!!!"

찌부러지는 소리와 함께 대화구가 소실했다. 성령 기사가 우리에게 대검을 들이댄다.

"비겁하게 기습이라니! 부끄러운 줄을 알아라!!"

"그야말로 기습 공격 중인 당신들한테 그런 말을 들은들."

"아무렇지도 않은데."

"흥! 이것은 우리의 성전이다. 네놈들, 신앙 없는 자들은 미래 영겁 이해할 수 없을 것이다!!"

"""!"""

고셔는 대검을 양손으로 들어 올리곤—— 직후, 마치 발리스타의 탄환처럼 비상했다. 발밑에선 사슬이?! 나와 리처드는 전력을 다해 마법 장벽을 전개, 근위 기사들도 공격 마법을 속사한다.

"후하하하하하!!!! 소용없다!!!!!"

마법 장벽이 간섭을 받아 약해지고 공격 마법도 튕기어 나온다.

사용하는 마력 양은 크지만, 여기선 얼음 마법을 지면에—— 그때, 성령 기사가 의기양양하게 승리를 선언했다.

"짐승 아닌 짐승 주제에!!!!! 성령을, 성녀님을 위해, 네놈을 여기서 잡."

"——누가 짐승 아닌 짐승이에요? 우리 오빠를 모욕하지 마!!!"

달려온 것은 글자 그대로 섬광.

뒤늦게 천둥소리가 울리고 흙먼지가 일며 근처에 있던 가로등이 충격으로 부서졌다.

하늘 저 멀리서부터 공중을 찢으며 내려온 번개 속성 상급 마법 『뇌제난무(雷帝亂舞)』는 나와 리처드의 공격이 통하지 않던 고셔를 완벽하게 붙잡아 지면으로 패대기쳤다. 돌풍이 불어

닥치며 사슬이 끊어지고 사라진다. 나와 리처드는 진지 앞까지 후퇴했다. 돌아보지도 않고 감사를 전했다.

"고마워, 카렌. ……그래도, 와버렸구나."

"훌륭해! 카렌 양, 근위 기사에 관심은 없니?"

"근위 기사에 관심 없어요. ……오빠."

우리를 아슬아슬하게 구해준 것은 거목으로 피난시켰을 터인 카렌이었다. 목소리가 차갑다.

눈 깜짝할 새에 내 앞으로 찾아온 여동생은 동물 귀와 꼬리를 거꾸로 세우고 있었다.

"무리했죠? 자기 혼자서!!"

"아니…… 그게, 있지? 여, 열심히 했다곤 생각하는데……."

"그런 걸 물어본 게 아니라구요! 어휴!!"

카렌은 내게 치유 마법을 잔뜩 걸기 시작했다. 몸의 아픔이 가신다.

옆에 있는 리처드와 근위 기사들에게도 치유 마법이 쏟아진다. 근위 기사단 부장이 감탄을 흘렸다.

"오오…… 아니, 역시 근위 기사단에 와줬으면 좋겠는걸!"

"중급 치유 마법을 이만한 인원에게……." "천재의 여동생도 또 천재로군." "장난 아닌데." 역전의 근위 기사들도 찬사를 올린다. 오빠로서 기쁘다. 기쁘긴 한데…….

"이, 이제 괜찮아. 상처는 나았으니."

"안, 돼, 요."

어지간히 화가 난 모양이다. 어쩔 수 없어 마음대로 하게 내버려 두려는데—— 꺼림칙한 마력 반응이 느껴졌다.

"카렌!" "꺅!"

재빨리 여동생을 안고 리처드 일행을 바람 마법을 써서 지면으로 쓰러뜨린다.

조금 전까지 우리의 목이 있었던 자리를 잿빛 광선이 지나갔다.

사선상에 있던 광장의 목재들이 모조리 잘려 재로 변했다.

광선을 쏜 것은—— 검게 탄 갑옷을 입고 투구가 벗겨져 맨얼굴을 드러낸 고셔였다. 입술이 깎여서 떨어져 나갔고 코는 뭉개졌으며 머리에는 머리카락 없이 심한 화상에 문드러진 자국뿐. 카렌의 번개 마법에 의한 상처가 아니다.

그리고—— 얼굴 왼쪽 절반이 잿빛 마법식으로 뒤덮여 생물처럼 꿈틀거리고 있었다.

"제럴드와 똑같군…… 성령기사단은 대마법 『소생』을 이미 복원했나?!"

고셔의 남아있는 오른쪽 눈이 날 포착했다. 탁한 왼쪽 눈에 점점 마력이 모여든다.

"리처드!!" "나한테, 맡겨!!"

믿음직스러운 근위 기사단 부장은 곧장 고셔 앞으로 4중 불 속성 마법 장벽을 발동시켰다.

나도 일어나 시제 마법인 2속성 탐지 방해 마법 『백창설화(白蒼雪華)』를 최대로 전개. 마력 감지를 방해했다.

제럴드와의 전투를 떠올리며 대응책을 생각했다.

고셔는『광순』과『염린』모두 갖고 있지 않다. 하지만 그때는 리디야와 티나가 있었다. 대마법『소생』을 사용하는 상대에게 나와 리처드 둘만으론…… 그때, 옷깃을 붙잡혔다.

"카렌?"

여동생은 날 빤히 바라보곤 고개를 수그렸다. 말을 걸려 했으나—— 광선이 몇 개나 상공으로 발사됐다.

몇 발이 거목 가지를 스치고 지나가 가지가 박살 났고 나뭇잎이 춤췄다. 원거리에서도 저만한 위력이라니.

나는 리처드와 시선을 교환하고 서로 고개를 끄덕였다. 근위 기사단 부장이 근위 기사단에게 고함을 질렀다.

"현재 진지를 포기! 너희는 카렌 양을 데리고 대광장으로 후퇴해라!! 나와 앨런은 저 괴물을 해치운다. 우리의 마력 반응이 사라지면—— 이후 지휘는 베르트랑, 네가 맡아라! 롤로 공은 신뢰해도 돼. 연계하도록!!"

"리처드!!!!!"

조금 전까지 격렬한 전장에 있으면서도 냉정하고 침착했던 베테랑 기사가 부르짖었다.

린스터 공자 전하가 호언장담했다.

"상관으로서 최저한의 책무야.『이건 명령이다』같은 소린, 하게 만들지 말아줘."

"큭! ……철수다! 서둘러!!"

베르트랑 님은 말을 집어삼키고 근위 기사들에게 호령을 내렸다. 기사들이 후퇴한다.

나는 연상의 친구에게 윙크해 보이곤 고개를 수그린 여동생을 다시 돌아보았다.

　"카렌, 평생에 한 번 하는 부탁이야. 가주렴."

　"……싫어요."

　"카렌."

　"싫어요!!!!"

　나는 무릎을 굽혀 여동생과 시선을 맞추려 했지만, 갑자기 카렌의 오른손이 내 옷깃을 세게 붙잡아 잡아당겼다. 가깝다. 눈동자에는 커다란 눈물방울.

　"오빠는…… 오빠는, 언제가 되어야 절 바라봐 줄 건가요?"

　"? 난 언제나 카렌을 보고." "안 보고 있다구요!"

　전력을 다한 부정. 여동생이 호소한다.

　"오빠 안에서 전 어릴 적 그대로예요! 저는, 저는!! 강해졌어요, 강해졌단 말이에요, 더는, 당신의 도움을 받기만 하는 존재가 아니에요!!!! 절, 지금의 절 제대로 봐주세요. 절, 오빠의, 당신의 곁에 있게 해줘요……."

　"……카렌."

　방울방울, 눈물을 흘리는 여동생. ……나는 못난 오빠구나.

　근위 기사단 부장이 후퇴하는 근위 기사들에게 외쳤다.

　"아까 얘기를 정정하마. 나와 앨런── 그리고 카렌 양이 저 녀석을 해치운다!"

　"리처드?!"

　"앨런, 네가 졌어. 내 경험에서 생각해 봤을 때, 패배를 인정하는 건 서두를수록 좋아.”

“하지만! 큭!!”

충격과 함께 불 속성 4중 장벽이 깨지며 눈꽃이 휘날린다. 대검을 든 고서가 포효했다.

“무신앙자 놈들이이이이이이이이이이이!!!!!!!”

제럴드와 달리 이 단계가 되어서도 의식이 있는 모양이다. 『소생』의 연구에 진전이 있었나? 리처드가 한 걸음 내디디며 씨익 웃었다. 기사 검을 옆으로 휘두른다.

“조금은 시간을 버마. 어서 얘기하고 와!”

근위 기사단 부장이 고서에게 불 속성 상급 마법 『홍연염창(紅蓮炎槍)』을 다중 발동.

불타는 심홍색 창이 거의 인간을 그만둔 성령 기사를 연이어 덮친다.

“얕보지 마라아아아아아!!!!!!!!”

고서가 대검과 잿빛 광선으로 요격하며 맞섰다. 주변 일대에 굉음과 열풍이 몰아치며 목제 광장이 순식간에 불타오르기 시작한다. 나는 품에 있는 여동생에게 시선을 되돌렸다.

“카렌.”

“알아요. 이건 제 고집이에요. 하지만, 오빠는 제 오빠라고요! 리디야 씨나 티나, 스텔라말고요! 그러니까…… 그러니까……!”

전방에선 리처드의 탄막 속을 고서가 한 걸음, 한 걸음 전진하고 있다.

여동생을 안고서 말해주었다.

"내가 이렇게까지 애쓸 수 있었던 건 카렌이 있었던 덕이거든?"

"……정말요?"

"정말이야. 내가 카렌을 지켜줘야 해! 하고 계속, 계속 생각했어. 하지만—— 지금부터는 함께 걸어가자. ……아까 번개 마법은 굉장했어."

"어? 오, 오빠??"

여동생에게서 떨어져 지팡이를 휘리릭 돌리고 왼손을 내밀었다.

"어서 저 녀석을 처리하자. 힘을 빌려주겠니?"

"! ……네, 네! 네!! 네!!!"

카렌은 크게 부풀린 동물 귀와 꼬리를 진심으로 기쁘다는 듯이 흔들며 내 왼손을 두 손으로 쥐었다.

——얕게 마력이 연결된다.

여동생이 내 손을 놓고 『뇌신화』를 발동했다. 단검을 던져 번개 십자창을 형성한다. 서로 마주 보고 고개를 끄덕였다.

리처드가 마법 발동을 멈추고 우리 곁으로 후퇴했다.

"이제 괜찮나?"

"네." "문제없어요!"

"그래. 그러면…… 선수 교대야. 내 화력으론 채 무찌를 수 없을 것 같아서 말이지."

근위 기사단 부장은 조금 분한 듯이 읊조렸다. 고셔는 불을 떨쳐내며 대검을 휘두르고 절규했다.

"이 신앙 없는 자들이이이이이이!!!!! 성령이, 성녀님이 바라고 계신단 말이다아아아!!!!! 얌전히, 거목을 우, 우리, 우리에게 에에에에에에!!!!!!!!"

도중부터 말이 점점 불분명해진다. 손에서 놓친 대검이 지면에 박혔다.

심장에서 잿빛이 새어 나오기 시작하더니 몸이 네발짐승으로 이형화하며 갑옷이 부서져 내렸다.

성령교, 혹은 성령기사단이 『소생』의 모조품 양산에 성공.

하지만 완벽과는 거리가 멀며 사용자는 반드시 대가를 치른다…… 이건가.

이런 상황이 됐음에도 후방의 성령기사단은 움직이지 않았고, 오히려——.

"영상 보주를 쓰고 있다고?"

기사들이 보호 중인 회색 로브의 마법사들이 보주로 이형화한 고셔와 날 촬영하고 있다. ……실험을 관찰하듯이. 한기가 든다.

스태프를 휘둘러 마법사들의 보주를 『광신시』로 모두 저격해 파괴했다.

나아가 고셔와 기사단 사이에 거대한 얼음벽을 만들고 『백창 설화』를 재발동. 이만한 두께면 그리 쉽게 부술 순 없을 것이다.

고셔였던 존재가 절규했다. 잿빛으로 빛나던 것이 거무칙칙하게 탁해지기 시작했고—— 짙은 어둠이 세차게 고동쳤다.

『오오오오오오오오!!!!! 성령과 성녀님을 위하여어어어어어
어!!!!!』

　카렌이 번개 창끝에 『뇌제난무』를 셋 준비하고 있다. 하지
만…… 대마법을 사용하는 상대에게 과연 일반 상급 마법이 통
할까. 두 번의 전투에서는 극치 마법과 비전의 공격력이 『광순』
과 『소생』의 회복력을 웃돌았고 사용자가 리디야와 티나라는
압도적인 마력의 소유자였다.

　이번에는 나와 카렌뿐이다. 여동생의 마력 양도 평범한 사람
들과는 비교가 되지 않을 정도로 많지만, 그 두 사람에겐 뒤진
다. 게다가 후방에는 성령기사단이 있다. 힘이 다하는 것을 기
다리는, 그런 장기전은 불가능하다.

　일격으로 결착을 내야만 하는데── 카렌이 날 바라보았다.
붉게 상기한 볼, 동물 귀와 꼬리에는 긴장이 엿보인다.

　"오빠. 더, 더 깊게 마력을 연결하면 여러 문제가 해결되지 않
을까요? 즉, 구체적으로는…… 이, 이렇게요!"

　"?!" "와우."

　──카렌이 내 이마에 키스했다.

　마력이 더욱 깊게 연결되며 여동생의 번개가 한층 더 활성화
된다.

　나는 히죽거리는 리처드를 노려보며 스태프의 물미로 지면을
쳤다.

　시제 얼음 속성 상급 마법 『팔조빙주(八爪氷柱)』가 고셔를 위

아래로 무자비하게 꿰뚫어 붙들어 맨다.

이미 통각조차 없는지 성령 기사였던 존재는 비명도 지르지 않고 좌반신에서 흑회색 사슬 몇 개로 만든 『손』을 뻗어 얼음 기둥을 빼려고 발버둥 쳤다. 여동생을 나무랐다.

"오빠는 동생을 이런 애로 키운 기억은 없는데 말이지."

"여동생은 오빠를 지키는 법이라구요. 그게 세상의 섭리이자 거목과의 서약이에요. ——갈게요!!"

그렇게 말하고 카렌은 번개 창을 쥐어 잡곤 굉장한 속도로 번쩍이며 달려나갔다. 돌격을 감행한 것이다.

나는 다리에 시제 3속성 상급 마법 『빙뢰질구(氷雷疾驅)』를 발동, 추격했다.

고서였던 존재는 여전히 얼음 기둥에 구속당해 있었지만, 그럼에도 왼쪽 눈에 마력을 집중시켰다.

『짐승, 죽어 마땅하다!!!!!!!!!』

꺼림칙한 흑회색 광선을 카렌을 향해 쏜다. 가만둘 줄 알고.

『빙신경』을 다중 발동. 광선을 난반사해 되받아쳤다.

고서가 재빠르게 두 발째 광선을 발사해 되받아친 광선을 상쇄했다. 충격파가 주변의 구조물을 파괴한다. 나아가 흙먼지 속에서 수많은 흑회색 사슬 손이 덮쳐왔다.

나는 시제 불 속성 상급 마법 『홍염요원(紅炎燎原)』을 발동해 모조리 불태워 버린 뒤 동시에 시제 2속성 상급 보조 마법 『천

풍비조(天風飛跳)』를 나와 카렌에게 걸어 크게 도약, 고셔의 머리 위로 갔다.

공중에서 생성해 낸 얼음 거울을 발판 삼아 번개 창을 둘이 함께 거머쥐었다. 그리고── 여동생을 불렀다.

"카렌." "전해졌어요!"

간발의 차도 두지 않고 돌아온 대답. 시선을 순간보다도 더욱 짧게 마주치고── 직후, 얼음 거울을 세게 박차 단숨에 급강하했다.

타락해 이형화한 고셔가 발버둥 치면서도 증오를 퍼붓는다.

『나의 신앙의!!!!! 거름이 되어라아아아아아아!!!!!! ?!』

눈동자에 마력이 모이려는 순간── 맹렬히 타오르는 불꽃에 휩싸였다. 리처드의 화염 창! 절묘한걸!

고셔는 그럼에도 온몸에서 흑회색 사슬을 수없이 뽑아내 상공의 우리를 추격했다.

카렌이 날카로운 기백을 뿜어낸다.

"오빠와 함께 있을 때 저는 무적이란 걸── 오늘, 여기서, 증명하겠어요!!!!!"

번개 창끝에 준비되어 있던 세 발의 『뇌제난무』를 해방한다.

꺼림칙한 사슬의 무리를 흩어버리고 활로를 개척한다. 고셔의 등이── 보였다!

나는 번개 창과 스태프를 겹쳐 들고── 티나와 제자들, 카렌을 위해 시험 제작한 상급 마법을 부여했다.

『팔조빙주』, 『열풍산월(烈風散月)』, 『신뇌아창(迅雷牙槍)』…… 얼음, 바람, 번개 3속성 복합.

속성을 하나 더할 때마다 위력이 급격하게 올라간다.

이 시점까지는 카렌도 스텔라와의 모의전 때 경험했다. 하지만, 부하가 굉장하다.

더 이상 했다간……. 그러자 내 손에 손톱을 세우고 바라본다. 『계속해 주세요.』

두 눈을 순간 잠시 감고―― 4번째, 5번째…… 시제 상급 마법을 계속해서 부여한다.

『홍염요원』, 『멸수멸화(滅水滅花)』, 『천벽토추(穿壁土槌)』, 『광망순섬(光芒瞬閃)』, 『명암영부(冥闇影斧)』.

총 8속성 상급 마법이 합쳐져 무지개색 빛을 발하며 휘몰아쳤다. 삐걱거리는 번개 창을 남매가 함께 필사적으로 제어한다.

위력은 이제…… 비전과 극치 마법을 명백하게 뛰어넘었다!

온몸이 비명을 지른다. 그러나, 『기뻐! 기뻐!! 기뻐!!!』. 카렌에게서 감정이 흘러나온다. 이런 비상시에도 웃음이 나올 만한 순수한 환희.

『내 신앙이, 성녀님에게 선택받은 내가 이런 곳에서 질쏘냐아아!!!!!』

고셔가 절규하자, 등 전체에서 수많은 검은 잿빛 사슬이 튀어

나왔다. 한데 모여들어 하나의 흑회색 창이 되었고 무지개 창과 격돌했다. 빛을 발하는 나선 모양 무지개와 끔찍한 어둠이 싸움을 벌인다.

카렌의 눈동자가 더더욱 짙고 깊은 보라색으로 변했다. 보랏빛 번갯불이 눈부시게 빛나는 번개가 된다. 둘이 함께 외쳤다.

““가라아아아아아아아!!!!!!!!!””

무지개 창끝이 순간, 사납게 울부짖는 번개의 늑대가 되며 균형이—— 무너졌다.

흑회색 창을 소멸시키며 필살의 무지개 창이 이형화한 고서의 등을 꿰뚫고—— 마력을 해방했다.

직후 느낀 것은 커다란 충격. 매개가 된 단검이 버티지 못해 부서졌고 후방의 얼음벽이 무너지며 광장에 균열이 가는 것이 시야에 들어왔다.

충격에 날아가면서도 나는 카렌을 안은 채 마법 장벽을 최대로 전개했다. 무너진 진지 안으로 날아간다.

시야가 조금씩 맑아지며—— 나와 근위 기사단 부장은 전율했다.

“엄청나군요.”“괴물인 것도 정도가 있지!”

고서가 그 자리에 서 있었다. 괴물에서 사람의 모습으로 돌아와 우리를 노려본다.

입가가 움직인다. “성녀님이…… 성령…….” 그러나 거기까지였다.

눈이 움푹 패며 이가 빠지고 피부가 홀쭉해지며 뼈와 가죽만 남아—— 쓰러졌다. 이긴, 건가?

후방의 성령기사단은 자신들의 부대장이 패배했음에도 불구하고 소리조차 내지 않았다. 전열에서 거구의 기사 몇 명이 나오더니 고서를 회수했다. 무리하게 공격하지 않고 질서정연하게 물러간다.

그런 와중, 후방의 회색 로브들이 무언가 대화를 나누는 것이 간신히 보였다.

"——『〈피〉의 실험은 거의 성공』, 『열쇠』, 『결함』, 『마지막』이라고?"

"앨런?"

"아뇨. 리처드, 우리도 물러납시다. 다리를 부숴야 해요."

"그렇지? 그리고…… 계속 안고 있다간 카렌 양이 죽겠는데?"

"네?"

나는 자신의 상태를 확인했다.

카렌은 내게 안긴 채 새빨갛게 달아올라 딱딱하게 굳어있었다.

황급히 떨어져 마력의 연결도 끊었다. 여동생이 입술을 비죽인다.

"……가, 갑자기, 그, 그렇게 세게 안는 건, 그, 그, 금지예요!"

"아, 아니, 지금 건 어쩔 수 없었던 것 같은데…… 그러면 다음부턴 안 할게."

"안 돼요."

"으, 으응……?"

"안, 돼, 요."

카렌이 정색하며 꾸짖었다. 박력이 심상치 않다. 무심코 나는 고개를 끄덕이고 말았다.

그 모습을 바라보던 붉은 머리 근위 기사단 부장이 배를 잡고 웃었다. 끄으으응…….

"앨런!"

다리 쪽에서 큰 소리가 들려온다. 살펴보니 롤로 씨에 자경단, 나아가 퇴각했을 터인 근위 기사단까지 모여 손을 흔들고 있었다. 리처드와 마주 보고 쓴웃음을 지었다.

붉은 머리 근위 기사단 부장이 다리 쪽으로 걸어가 부하들에게 외쳤다. "너희들, 명령 위반이야!" 좋은 상관이다.

자, 그럼 우리도 가볼까 하던 때—— 카렌이 내 왼쪽 어깨에 머리를 얹었다.

"오빠, 저, 도움이 된 거…… 맞죠?"

"그럼. 나와 리처드만으론 못 이겼어. 카렌 덕이야. 고마워. 정말로, 이제 진짜 어린애 취급은 못 하겠구나."

여동생은 움찔 몸을 떨었다. 그리고 속삭이듯이 읊조렸다.

"그러면…… 저, 또 머리를 길러볼까 해요."

나는 물끄러미 여동생의 어른스러운 옆얼굴을 바라보았다.

"지금 제게 오빠 옆을 걸을 자격이 없다는 건 알아요. 하지만, 전 지지 않을 거예요!"

스태프의 붉고 파란 리본들을 만지더니── 내 멱살을 잡아 얼굴을 끌어당겼다.

"그치만, 오빠가 머리를 묶어준 것도, 지팡이에 리본을 달아준 것도, 제가 첫 번째란 말이에요! 리디야 씨도, 스텔라도, 티나도 아니에요! 그걸 잊지 마세요. 머리를 기르면…… 또 오빠에게만 묶어달라고 할 거예요."

그렇게 말하고 여동생은 내 대답도 기다리지 않고서 손을 떼더니 다리로 향하기 시작했다.

"……그만 두근거리고 말았어."

여동생에게 그런 감정을 품은 것을 번민하며 나는 작은 새를 만들어 냈다.

──구시가지는 어떻게든 됐다. 하지만, 신시가지는 어떻게 돌아가고 있지?

*

"무슨 소릴 하고 계신 겁니까! 당신들은!!"

거목 상층부에 있는 대회의실. 원탁에는 각 부족의 족장들이 앉아있었다.

평소엔 온화한 리처드의 얼굴은 살기가 등등했고 이마의 붕대에서 피가 배어 나오고 있었다.

" '신시가지의 일부 주민이 피난 못 했으니 동쪽 다리는 부술 수 없다'. 그건 좋습니다. 하지만 그 주민분들을 지키는 자경단이 신시가지에서 두텁게 포위된 상태에 있단 건 이미 판명됐어요. 판단에 시간을 들일 여유 따윈 없단 말입니다!"

──고서의 맹공을 버텨낸 우리는 광장과 서쪽 대교를 부수고 대광장으로 퇴각했다.

그 사이, 신시가지를 작은 새로 정찰한 결과, 여우족 일부 주민이 무슨 일인지 거목으로 향하지 않고 내륙의 고지대로 피난한 결과, 적군에게 포위당했다는 사실이 판명됐다.

대광장의 지휘를 롤로 씨에게 맡기고 서둘러 리처드와 함께 족장들에게 보고하러 온 것인데…… 붉은 머리 근위 기사단 부장이 양손으로 책상을 내리쳤다.

"그런데…… '주민을 구하기 위해 자경단을 움직일지 말지는 지금부터 협의하겠다. 근위 기사단과 도망쳐 온 다른 종족이 가겠다면 말리진 않겠다'고? 제정신입니까?"

"이 무슨!" "아, 아무리 린스터의 공자라지만 너무하는군." "우, 우리에게도 생각이 있소." "그럼." "인간족이 허락도 없이 거목으로 들어오지 마라!" "무단 침입이 아닌가." "전투를 확대시키지 마."

얼굴에 고충과 피로를 드러낸 구시가지의 족장들은 침묵했고 신시가지의 족장들이 너나 할 것 없이 리처드를 비난했다. 유일하게 여우족 여족장만은 고개를 숙인 채였다. 나는 중얼거리듯 조용히 말했다.

"리처드. 시간만 아깝습니다."

"……그렇구나."

나와 붉은 머리 근위 기사단 부장은 족장들에게 등을 돌리고 출구로 향했다.

중앙에 앉은 늑대족 족장 겸 총대인 오우기 씨가 나를 불러세웠다.

"앨런, 기다려라! 어쩔 셈이냐!"

걸음을 멈추고 등 너머로 담담히 말했다.

"신시가지에 있는 사람들을 구할 겁니다. 미처 도망치지 못한 주민 중 과반수는 여성, 아이예요. 그리고 포위한 부대 중 일각은 성령기사단입니다. 서두르지 않으면…… 돌이킬 수 없는 일이 벌어질 겁니다."

"……큭! 허, 허나……."

오우기 씨가 말을 주저했고 당황한 신시가지의 족장들이 말리려 들었다.

"기, 기다려라." "너, 너 같은 게 참견할 문제가 아니야." "아, 아직 교섭의 여지는 있을 터다." "『옛 서약』이 있어." "애당초 넌 인간족 아니냐!" "그래, 인간족이야!" "물러가!"

"이봐…… 적당히들 하지?"

『?!』

내게 온갖 악담을 퍼붓던 신시가지의 족장들에게 리처드가 분노했다. 불꽃에 피부가 탄다.

"……앨런, 잠시면 된다, 기다려 줄 순 없느냐?"

피곤함에 절은 오우기 씨가 간청했다. 나는 고개를 젓고 차갑게 거절했다.

"협의할 시간은 분명히 있었습니다. ……올그렌과의『옛 서약』은 이미 죽었다고요."

원탁을 둘러보았다. 족장 회의는『올그렌 공작가 모반』이란 미증유의 사태 앞에서 아틀라가 죽은 그 사건 이후로 줄곧 맺혀 있던 인간족에 대한 불신이 터져 나와 사고 정지 상태가 된 것 같았다.

──미안해, 리디야. 나는 이제부터 무리를 할 거야. 일부러 그러듯이 어깨를 으쓱이고 통보했다.

"『정할 수 없다』고 정해진 거죠? 그러면 마음대로 하겠습니다. 전 수인족 취급도 받지 못하는 모양이니…… 후후. 이렇게 보니 저는……『짐승 아닌 짐승』이 맞는군요."

『윽?!!!』 "앨런!!!!"

구시가지의 족장들이 격렬히 동요한다. 얼굴이 창백해진 오우기 씨가 자리에서 일어섰다.

나는 깊이 고개를 숙였다.

"──지금까지 감사했습니다. 이제 실례하도록 하죠. 리처드, 갑시다."

에필로그

거목을 나오자마자 나는 멈춰 섰다. 붉은 머리의 공자 전하가 의아한 듯이 물어온다.

"앨런? 왜 그래??"

"조금…… 지치네요. 진지 구축과 근위 기사단, 자경단에 설명하는 건 맡겨도 될까요?"

리처드는 내 어깨를 두드리고 걸어갔다.

——아마도, 마지막으로 이 풍경을 보고 싶어 하는 것을 깨달았으리라. 눈치 빠른 사람이니까.

나는 지팡이를 안고서 주저앉아 양팔의 붕대를 벗겼다. 어머니가 봤다간 큰일이다.

주변에는 수많은 수인족과 드워프, 엘프, 인간족 몇몇이 오가고 있었다.

중상자는 거목 안에 수용되었고 이곳에는 경상자와 다치지 않은 사람뿐인 모양이다. 이미 간이 텐트가 몇 개나 설치됐다. 사람들은 인종, 종족과 무관하게 서로를 돕고 있었다.

그곳에는 내가 대회의실에서 느꼈던, 구시가지와 신시가지의 대립, 인간족에 대한 증오는 없었다.

——족장들이 회의실에 틀어박혀 있지 말고 이 광경을 봐 준다면.

그런 생각을 하고 있는데 며칠 전, 신시가지에서 만났던 여우족 소녀 한 명이 뛰어왔다.

커다란 눈망울에는 눈물이 그렁그렁 맺혔다.

"응? ……언니는 어쨌니?"

"……."

말없이 안기길래 등을 쓰다듬었다. 소녀는 몸을 심하게 떨고 있었다.

"이네!"

여우족 여성이 다리 방향에서 낯빛을 바꾸고 달려오는 것이 보였다. 소녀의 어머니다. 볼과 오른팔의 흰 천에 피가 배어나 있었다. 나는 소녀에게 말했다. "어머니가 마중 오셨어."

하지만 떨어지질 않는다. 시선을 맞추자, 울어서 쉰 목소리로 말했다.

"있지, 있지…… 언니가…… 아직, 다리 너머에 있어서……."

"! ……그렇구나. 그래, 그래도 괜찮아. 걱정 마. 내가 데리러 갔다 올 테니까. 약속할게."

"약속?——응, 알았어!"

소녀는 웃어 보이더니 어머니 곁으로 떠났다. 소녀의 어머니가 울면서 딸을 꼬옥 안아준다.

지팡이를 들고 일어서자 군중 속에서 서로 몸을 기댄 아버지와 어머니를 발견했다.

달려가고 싶은 마음을 억누르고—— 나는 대교 쪽으로 걸음을 옮겼다.

그 사이, 많은 사람과 만났다.

정식 명령이 내려오지 않았기에 거목 안으로 들어가지 못하고 부상자들을 구호하는 고양이족 여성 치유 마법사와 개족 남성 마법 약사. 그들을 보조하는 백발 섞인 젊은 인간족 여성.

큰 냄비에 따뜻한 수프를 끓여 나누어주고 있는 다람쥐족 할머니와 엘프족 할아버지.

거목 안에서 쓰지 않는 의자와 테이블을 대광장으로 옮기고 있는 소족과 드워프들.

어젯밤, 왕도에서 이곳에 도착해 갑자기 말려든, 그리폰편 조인(鳥人)들. 상황이 이런데도 펠리시아의 편지와 부탁해 놓은 물건을 받을 수 있었던 건 뜻밖의 행운이었다.

족장들에게 피난 상황을 알리기 위해 일단 거목으로 찾아온 전 수달족 족장인 데그 씨와도 잠시 얘기를 나눌 수 있었다. 수달 노인은 "고생을 시키는군." 이라는 말을 남기곤 거목 안으로 들어갔다.

자주적으로 일하는 사람들 덕에 최소한의 혼란만으로 수습되는 모양새다.

그러는 사이 대교가 보이기 시작했다.

도망쳐 온 것처럼 보이는 군중들 속에서 아는 얼굴을 발견해 나는 뒤에서 어깨를 두드렸다.

"토넬리."

"?! 뭐, 뭐, 뭐야⋯⋯. 너, 너였냐⋯⋯ 쯧⋯⋯."

그곳에 있던 것은 늑대족 족장 오우기 씨의 아들인 토넬리와 그 부하 소년들이었다. 옷도 더러워지지 않았고 다친 곳도 없어 보인다. 무슨 일인지 무척 동요⋯⋯ 아니, 겁을 먹었다.

나는 의아한 생각에 물어보려 했으나── 그때였다. 동쪽 하늘에 신호탄이 세 발.

그 색은 선명한── 적색, 적색, 적색.

다시 하늘을 달리는── 적색, 적색, 적색.

주변에 있는 수인 어른들이 술렁이기 시작하더니, "이, 이봐!" "그래, 저 색은⋯⋯." "멍청이들이!" "족장들에게 알려야 해⋯⋯!" 하곤 연이어 거목을 향해 달음박질쳤다.

──족장들은 곧장 판단을 내리지 못할 것이다.

그리고 그 시간은 남겨진 사람들의 목숨을 위험하게 만든다. 예정 변경은 없다. 대교로 가자.

토넬리가 짜증과 두려움이 섞인 모습으로 외쳤다.

"이, 인마! 어, 어디 가려는 거야!!"

"응? 당연하지. 신시가지 사람들을 구하러 가는 거야."

어른들은 눈을 휘둥그레 뜨고 심하게 동요했다. 토넬리와 그 부하 소년들은 망연자실한 모습이다.

늑대족 소년이 혀가 잘 돌아가지 않는 입으로 물었다.

"너, 너⋯⋯ 저 색이 뭘 뜻하는지 모, 몰라서, 그래?!"

"적색이 셋. 의미는 『함정, 오지 말 것, 버려라』. 그야 알지. 그래도—— 그게 어쨌단 거야? 수인은 가족을 버리지 않아. 내겐 귀도, 꼬리도 없어. 하지만, 수인족의 일원이야. 의무를 다 할 때가 지금이지. ……설령, 인정받지 못하더라도 말이야."

"윽?!!!!"

입을 떡하니 벌리는 토넬리를 그대로 두고 나는 걸음을 옮겼다.

먼저 돌아간 리처드가 반대한다면 나 혼자서라도 하자고 생각하던 때—— 작은, 하지만, 이 자리의 누구보다도 커다랗게 보이는 사람이 대교 앞에서 두 팔을 벌리고 내 앞을 막아섰다.

"가게 안 둘 거야! 가게 못 둬!! 이번엔 절대로…… 못 가게 할 거야!"

"……어머니."

여태껏 본 적 없는 비통한 표정으로 그곳에 선 것은—— 나의 어머니, 엘린이었다.

필사적으로 앞서 달려왔을 것이다. 한쪽 발은 맨발이었고 버선에는 피가 맺혔다.

어머니는 눈물이 그렁그렁한 눈으로 점점 다가왔다.

"앨런, 넌…… 나의, 나와 나탄의, 세상에 하나밖에 없는 아들이야. 내겐, 우리에겐, 너밖에…… 너밖에 없어. 그 뜻을, 넌 알고 있니?"

말이 가슴에 꽂힌다. 왕궁 마법사가 되지 못하고 동도로 돌아오지도 않고 여름방학 중엔 두 번이나 어머니를 울리다니, 난 불효막심한 자식이다. 그럼에도…… 웃는 얼굴로 말했다.

"괜찮아요. 그냥 갔다만 오는 거니까. 그렇게 위험하지도 않아요."

하지만, 내 몸부림은 어머니에게 통하지 않았다. 강하게, 강하게 안으며 가슴을 때린다.

"거짓말! 거짓말!! 거짓말…… 뭐든 혼자서 짊어지려고 하지 마! 넌, 아직 열일곱 살…… 고작 열일곱 살 어린애란 말야!! 난…… 우린, 네게…… 이런, 이런 짓을 시키려고 왕도로 보낸 게 아니야!!!!!!!"

"어머니."

작은, 하지만 누구보다도 따뜻한 손을 살포시 두 손으로 감싸
—— 모든 감사를 전했다.

"고마워요…… 고마워요. 그 말만으로도, 이미 충분…… 이미, 충분해요."

"앨, 런?"

어머니의 눈물 젖은 눈동자가 나를 바라본다.

——옛날, 울기만 하던 날 지켜준 것은 이분과 아버지였다.

미소 지으며 말을 이었다.

"저는 어머니와 아버지의 아들이 된 걸, 오늘까지 진심으로 자랑스럽게 여겨왔어요. 두 분의 아들이었단 사실이—— 지금까지 절 앞으로 나아가게 만들어줬어요. 그러니."

마음을 진정시키고 경애하는 어머니에게 결의를 전한다.

"아이들을, 친구를, 가족을 구하러 갈게요. 『자신의 소중한 사람을 못 본 척하지 마라』. 저는 그렇게, 어머니와 아버지께 배웠으니까."

"앨런…… 안 돼! 안 돼!! ……안 돼."

어머니가 눈물을 뚝뚝 흘리며 말린다.

이분은 날, 피가 이어지지도 않은 날…… 수인이 아닌 날 진심으로 사랑해 주었다. 감정이 무너져 내린다. 눈물이 흘러넘친다.

"어릴 적…… 매일 같이 괴롭힘당하며 울고 있던 절, 한없이 안아주시던 어머니의 따뜻함과 머리를 쓰다듬어 주시던 아버지의 다정함 덕분에 제가 지금까지 살아올 수 있었어요. 그 따뜻함과 다정함이, 그 이후로, 제게 얼마나…… 얼마나 용기를 북돋아 줬는지! 한 번도 잊은 적이 없습니다. 그 무렵에는 매일 밤 『다시 태어나도 부디 두 분의 아들로 태어나게 해달라』고, 몇 번이고, 몇 번이고 거목에 빌었어요. 그 마음은── 지금도 변함없어요."

"그러면! 가지 마!! 제발, 부탁이니…… 가지, 마……."

어머니가 눈물로 눈을 새빨갛게 물들이고 내게 생각을 뒤집길 간청하고 있었다. 낯익은 다정한 마력이 뒤에서 느껴진다.

──나는 세상에서 가장 행복한 사람이야.

"전 어머니와 아버지 아들이 되어 행복했어요. 정말로, 정말로 행복했어요. 두 분이야말로 제 길을 비추며 걸어갈 용기를 가장 처음에 주셨고, 그러면서도 절대 꺼지지 않는 등불이셨어요. 하지만—— 이번엔 제가 비춰줄 차례가 온 거예요. 고마워요. 사랑해요, 어머니."

"앨, 런……!!!"

그대로 어머니의 작은 몸이 무너져 내린다. 양손으로 얼굴을 덮고 흐느껴 울기 시작한다.

나는 작게 숨을 내쉬곤.

"아버지, 다녀오겠습니다!"

돌아보며, 아직 다리가 아플 텐데 이곳까지 와 준 땀에 흠뻑 젖은 아버지, 나탄에게 인사했다.

"앨런."

"괜찮아요. 이래 봬도 『검희의 두뇌』 같은 과분한 이명으로 불린 몸이라고요."

가볍게 농담을 던졌다. 반면, 아버지는 무언가를 억누르듯이 말했다.

"내겐 선조들처럼 전장을 누빌 힘은 없다. 하지만 수많은 서적을 읽어왔어. 그리고 역사는 내게 『아들을 절대 전장으로 보내지 말라』고 말하고 있다. ……그렇게 말하고 있어!"

"아버지…… 지금, 확실히 알았어요."

오른손으로 리디야의 지팡이를 굳게, 또 굳게 쥐며 왼팔 소매로 눈물을 닦아냈다.

웃어 보인다. 이것이…… 마지막이 될지도 모르니까.

"전 분명, 오늘 이 자리에 있기 위해 아버지와 어머니의 아들이 된 거예요. 제가 해야 할 일을 하겠습니다. 두 분께 받은——
이 이름과 목숨에 걸고."

"앨런!!!!!!!!!"

처음으로 듣는 아버지의 외침. 어머니의 울음소리가 커진다.

──나는 멈추지 않고 대교를 건너기 시작했다.

대광장 중앙에는 꺼내 온 책상과 의자, 목재를 쓴 야전 진지가
구축되어 있었다. 최전선에는 근위 기사단이, 예비 진지에는
자경단과 의용병들이 진을 치고 있는 모양이다.

아직 파괴하지 않은 신시가지 쪽 다리 위로는 이미 반란군의
군기가 다수 보였다.

깃발 문장으로 보아하니…… 올그렌의 정규부대다. 그 수는
약 2천 전후.

다리로 한정된 지형 때문에 정면 병력이 한정되었다곤 하나,
열세인 것은 현저했다.

──어디까지 버틸 수 있을지.

"오빠!"

예비 진지 안에서 리처드와 대화를 나누던 카렌이 날 발견하
고 붕붕 손을 흔들었다.

걸어가자 주위 기사들이 연이어 내게 경례했다. 당황하는 내
옆으로 자랑스러운 듯이 카렌이 섰다.

"──리처드, 뭡니까? 이게??"

"총지휘관님께 경례하는 건 당연하잖아? 어이쿠, 나도 해야

겠군. 앨런 님, 명령을!"

"혼나볼래요?"

리처드는 허풍스러운 동작으로 양손을 들어 올렸다. 주변 근
위 기사들도 쓰게 웃는다.

"그냥 장난친 거야. 실제로 네가 총지휘관인 건 변함없고. 그
렇죠! 롤로 공?"

"웅? 그럼!"

조금 떨어진 곳에서 지시를 내리던 자경단 단장인 표범족 롤
로 씨가 수긍했다. 낯익은 단원들—— 작은 곰족인 토마 씨와
토끼족 누님인 시마 씨도 엄지를 세웠다.

——그 안에 스이의 모습은 없었다. 리처드에게 물었다.

"신호탄은 확인했나요?"

"그래. 그 뜻도 카렌 양에게 들었지. ……앨런, 어떻게 할까?"

일제히 소리가 사라진다. 내 말을 주위의 근위 기사들, 그리고
자경단원, 의용병들이 주목하고 있다. 뜻은 다들 알고 있는 모
양이다. 나는 전달했다.

"구하러 가야죠. 단—— 저와 근위 기사단 일부만 갑니다."

순간, 진지 안이 정적에 휩싸였다. 직후, 근위 기사들이 차례
차례 장비 점검을 시작했다.

자경단원들이 분노한 표정으로 내게 몰려왔다. 가장 앞에는
작은 곰족인 토마 씨다. 롤로 씨는 이를 악물고 있다.

토마 씨의 진심 어린 노성.

"앨런!! 이 자식이…… 우릴 빼겠다니, 무슨 생각이냐!!!!"

"족장들에게서 구조를 위해 자경단을 움직일 허락을 받지 못했습니다."

"뭐?! 그, 그러면 넌 어떤데! 너만 가다니, 그런 건……."

"저는." "괜찮아요. 저도 갈 거예요."

카렌이 옆에서 끼어들었다. 나는 여동생을 노려보았다.

하지만 카렌은 날 무시하고 담담히 상황을 설명했다.

"현재 족장들은 판단해야 할 일을 즉각 판단하지 못해 자가 중독 상태에 빠져있어요. 그렇다면 저도 마음대로 할 거예요. 저랑 오빠가 있으면 아무런 문제도 없으니까요!"

"그, 그래…… 그럼, 그럼 말이다…… 앨런, 우리도!"

"토마 씨, 안 됩니다. 이럴 때일수록 단결해야 해요! 카렌도 말이 지나쳤어."

나는 여동생을 나무랐다. 롤로 씨와도 시선을 교환했다. 고개를 끄덕인다.

단원들이 뿔뿔이 흩어져 자기 자리로 돌아갔고 그 자리에는 나와 여동생만이 남았다. 팔짱을 끼고 토라졌다.

──자, 그러면.

"카렌."

"아까는 인정해 줬잖아요! 저도 같이 갈 거예요!"

"안 돼. 아까랑 지금은 상황이 너무 달라. ……아까는 아직 『뒤』가 있었어. 하지만 이번엔 『앞』으로 나가야만 해. 물러설

수 없어. 애당초……."

나는 카렌의 왼발 검집을 가리켰다.

"단검이 부서졌잖아. 지금 카렌은 무기가 없어."

"자, 자경단이나 근위 기사단 무기를 빌리면 돼요!"

크게 고개를 저었다. 내 여동생은 똑똑하다. 자신의 상태를 이해하고 있다.

"『뇌신화』를 도저히 버티지 못해. ……데리고 갈 순 없어."

카렌이 분함에 몸을 크게 떨었다. 눈물이 맺힌 눈동자에 담긴 감정은 강한 거절.

"싫어요! 진짜 싫어요! 절대 안 들을 거예요! 오빠랑 함께라면 전 아무것도, 아무것도 두렵지 않다고요!! 마법만 있어도 전 충분히, 오빠의 뒤를."

"카렌."

여동생을 다정히 껴안았다. ……이렇게 닿으니 보다 확실히 알 수 있다.

기운차 보이지만 마력이 현저히 감소했다. 도저히 싸울 수 있는 상태가 아니다.

──무리하게 하고 말았다.

"오, 오, 오빠?! 가, 갑자기, 뭐 하는 거예요?! 아, 아직, 날도 밝은데!"

깜짝 놀라 어쩔 줄 몰라 하며 카렌이 허둥거렸다. 귓가에 속삭였다.

"지금까지 고마워. 난 네 오빠가 되어서 행복했어. 정말로 행복했어. 내 여동생이 되어줘서…… 내게 다른 이를 사랑하는 마음을 알려줘서── 고마워. 세상에서 제일로 좋아해, 카렌. ……미안해. 어머니와 아버지를 부탁할게."

"……네? 오빠, 윽!"

방심해 마음을 놓고 있던 카렌과 마력을 연결해 신체 강화 마법을 강제 차단, 급소를 때린다.

교복 모자가 떨어지며 부학생회장을 가리키는 『한쪽 날개와 지팡이』 모양의 작은 은장식이 빛을 잃었다. 힘이 빠진 여동생의 몸을 안아 들었다.

──나는 거짓말쟁이 오빠거든. 여동생을 지키는 게 바로 오빠지.

나는 왼팔 소매를 세게 붙들어 맨 여동생의 손가락을 살포시 떼어놓으며 머리를 천천히 쓰다듬고 안주머니에서 회중시계를 꺼내── 교복 모자와 함께 놓았다.

떨어진 곳에서 지켜보고 있던 시마 씨에게 눈짓을 주었다. 눈물을 연신 닦아내며 고개를 끄덕이곤 가까이 다가와 카렌을 받아 들었다. 나는 왕도에서 도착한 물건을 품에서 꺼냈다.

──연보라색 검집에 담긴 단검. 뽑아서 확인한다. 칠흑색 검날은 서 있지 않다.

그 반면 무시무시하게 튼튼했다. 이거라면 전속성 동시 발동도 버텨내겠지. 펠리시아는 기대 이상의 물건을 입수해 준 모양이다.

검을 집어넣고── 검집에 손가락을 미끄러뜨리며 얼마 없는 마력을 사용해 영구적으로 마법 제어를 보조해 주는 마술식을 구축했다. 분명 조금은 도움이 되리라. 나는 단검을 토끼족 누님에게 건네주었다.

"시마 씨. 카렌이 깨면 이걸."

"앨런, 처음부터 이럴 생각이었지? 하지만, 너도!"

베테랑 마법사인 시마 씨가 내 상태를 깨닫고 방울방울 눈물을 흘린다.

윙크하며 쓴웃음을 지었다. ……잔존 마력은 이제 절반도 남지 않았다.

"제겐 귀여운 동생과 격전이 벌어질 전장으로 갈 용기는 없어서요."

모여든 주변 자경단 사람들을 둘러보았다.

"그러면, 여러분, 나중 일은 부탁하겠습니다. 구원은 반드시 옵니다. 희망을 버리지 마세요. 제 걱정은 필요 없습니다. 신시 가지 사람들은 반드시 구출해 내겠습니다."

하지만 누구 하나 대답하지 않은 채 시선도 움직이지 않았다. 사정을 눈치챈 토마 씨가 오열했다.

"앨런…… 아무리 이름이 같다지만…… 네가, 네가!!!"

──마왕 전쟁 최종 결전에서 늑대족 대영웅 『유성』은 남겨진 동료들을 구하기 위해 한 번 무사히 건넜던 혈하를 주저하지 않고 다시 건너 모든 동료를 구해내고…… 죽었다.

그야말로 내가 어린 마음에 동경했던 진짜 『영웅』, 그 자체였다.

그에 반해 나는 일개 가정교사다. 도저히 그와 같은 일은 해낼 수 없다.

그럼에도── 누군가 가야만 한다. 그 소녀는 날 믿어준 것이다.

그렇다면 발버둥 치자. 지금까지도 수많은 사지를 넘어왔다. 약속을 어기는 것은 좋아하지 않는다.

뭐, 그럴 때는 항상 언제나…… 옆에는 『둘이 함께라면 우린 무적』이라며 절대적으로 신뢰를 둘 수 있는 붉은 머리 소녀가 있어 주었지만.

회중시계를 건넨 것을 들으면 그 녀석은 분명 화내겠지.

나는 마지막으로 한 번 더 눈물을 흘리며 잠이 든 여동생의 머리를 쓰다듬고 전장을 향해 걷기 시작했다.

전선 진지에서는 이미 부대 편성을 마쳐놓았다. 일 처리가 빠르다.

나는 여유롭게 적군을 관찰하는 붉은 머리 공자 전하 옆에 서서 이름을 불렀다.

"리처드."

"편성은 마쳤어. 장자 이외, 처와 자식이 없고 약혼자도 없으며 다치지 않은 사람을 선발한 1개 중대, 총 47명이지. 아아, 말할 것도 없이── 나도 참가할 거다."

표정 하나 안 바꾸고 리처드가 그렇게 말했다. 일부러 농담처럼 한마디 했다.

"당신은 장자에 약혼자까지 있었던 것 같은데요? ……부대는 누가 볼 건데요? 남아주시죠."

"앨런, 내 성은 아직 『린스터』야. 『사익스』가 아니지. 공작가 사람에겐 그에 상응하는 책무가 있어. 부대는 고참들이 볼 거다. 롤로 님도 계시고. 저분 참 대단하시더만. 근위 기사단으로 끌어오고 싶어질 정도야."

"저분은 건축가가 본업이에요. 장자에 아름다운 처와 귀여운 딸까지 딸렸다고요."

"그거 아쉬운걸. 새 간부 후보를 찾았나 싶었는데. 인생은 좀처럼 마음대로 굴러가질 않는구나."

"그러게 말입니다."

둘이 얼굴을 마주 보고 웃었다. 전방의 적진이 소란스럽다. 공세에 나서려는 모양이다.

붉은 머리 공자 전하가 표정을 진지하게 다잡았다.

"앨런, 넌 남아라! 이 전장은 틀림없는 사지야. ……지금 널 보냈다간 리디야와 리네를 울릴 거 아니냐."

"감사합니다."

절망적인 전황 아래 놓여 있음에도 양식을 굳세게 유지하는 마음씨 착한 친구에게 감사를 전했다.

"저는 과거 마왕 전쟁에서 목숨을 걸고 인간족 세계를 구한 늑대족 대영웅 『유성의 앨런』이 아닙니다. 전국을 개인의 무용으로 타파할 순 없어요. ……영웅과는 거리가 멉니다."

지팡이 끝에 마법을 엮는다. 색이 다른 두 리본이 빛을 발한다.

적군의 군기는 전례가 없을 만큼 강한 전의를 품고 있었다. 호령이 공격 개시를 알린다.

"하지만, 아버지와 어머니는 이름도 없는, 피도 이어지지 않은 제게 이 이름을 주시고, 오늘까지 친자식 이상으로 자애와 사랑을 주시며 계속 지켜주셨습니다. 그렇다면."

스태프의 물미로 지면을 찌른다. 전진을 개시하려는 중갑 기사의 발밑을 진창으로 변화시켜 얼렸다. 상공에 보이지 않는 『풍신시(風神矢)』를 발동. 장갑 틈새를 노려 발사한다. 노성과 비명이 메아리쳤다.

그럼에도── 이 정도 마법으론 정예 군대의 전진은 막을 수 없다.

진창은 굳고 얼음은 녹았으며 다친 중갑 기사들에게 치유 마법의 빛이 쏟아진다.

임전 태세를 갖춘 근위 기사들의 성난 외침을 들으며 리처드에게 말했다.

"그런 제가 친구를, 아이들을, 수인족『가족』을 버리고 안전권 내에 머무를 수야 없죠! 근위 기사단은 우수하고 강합니다. 하지만 동도 지리는 익숙지 않을 겁니다. 길을 안내해 줄 이가 필요해요. 참, 소개가 늦었군요."

윙크하며 정중히 인사했다.

"제 이름은 앨런. 누구보다도 자비심이 깊은 늑대족의 나탄과 엘린의 아들입니다. 지금부터 여러분을 연옥으로 안내해 드리 겠습니다. 그래도 되겠죠? 리처드 린스터 차기 공작 전하?"

붉은 머리 근위 기사단 부장이 입을 떡하니 벌린다. 결사대로 뽑힌 근위 기사들도 어안이 벙벙했다.

이윽고—— 리처드가 웃기 시작했고 기사들도 마찬가지로 웃 음을 터트렸다. 모두에게 퍼져나가 진지 전체를 울린다. 적군 의 전진이 당황한 것처럼 조금 느려졌다.

연상의 친구가 말을 쥐어짜 냈다.

"——넌, 멍청이 중의 멍청이야, 앨런. 이러니 리디야가 따르 지. 그러면—— 안내를 부탁해도 될까?"

나는 미소 짓고 대답했다.

"네. 물론이죠."

"진정으로…… 진정으로 고맙다—— 근위 기사단!!!!!"

『우리는 나라를 지키는 검이며! 우리는 나라를 지키는 방패이 니! 우리는—— 약자를 돕는 기사가 되리라!!』

리처드의 호령에 근위 기사들이 일제히 흉갑을 두드리며 기사 검을 뽑고 창을 거머쥐며 대형 방패를 내밀고 지팡이에 마법을 전개했다.

——응, 나쁘지 않다. 자연스럽게 미소가 깊어졌다.

붉은 머리 공자 전하가 검을 뽑았다.

"그럼—— 가자! 이번에야말로 린스터 공작가 장자의 힘을 보여주도록 하지!!"

나는 깊게 고개를 끄덕였다.

"대뜸『화염조』부터 날리고 보겠단 거죠? 부탁드립니다."

"짓궂긴! 어차피 난 못 쓴다고!"

웃는 얼굴로 리처드가 야전 진지를 뛰쳐나가 달리기 시작했다. 그 앞에는 거대한 대화구가 넷.

뒤를 이어 나도 또 마법을 발동시키며 바란군 대열을 향해 달려나갔다.

뒤따르는 것은 죽음을 각오하고 구원대로 뽑힌 근위 기사. 그수는 46명.

진지에 남은 기사들, 더불어 자경단과 의용병의 마법사들까지 앞으로 나서며 전력을 다해 원호 사격을 개시했다. 적 전열에 공격 마법이 차례차례 작렬하며 대광장에 거센 바람이 휘몰아친다.

——스태프에 묶인 붉고 푸른 리본들이 날 격려하듯이 반짝였다.

후기

　다섯 달 만에 인사를 드립니다, 오랜만에 뵙습니다, 나나노 리쿠입니다.

　──네, 다섯 달 만입니다. 평소처럼 넉 달이 아닙니다.

　본 서적을 집필하던 중 인생 최악의 목감기에 걸리는 바람에, 한 달을 비우고 말았습니다. 앞으로는 건강을 최우선으로 열심히 해나가고자 합니다. 죄송했습니다.

　본작은 인터넷 소설 사이트 『카쿠요무』에서 연재 중이던 것을 90% 정도? 가필한 것입니다.

　가필이라는 단어의 개념에 대한 도전은 계속됩니다.

　내용 말인데요, 이번 권은 말도 안 되는 곳에서 끝났죠.

　하지만── 안심해 주시기 바랍니다. 제2부는 모두 이런 느낌이거든요(뭐?).

　보이기 시작한 각 히로인들의 『강점』과 『약점』이 앞으로 선명히 드러나게 됩니다.

　다음 권 이후로는 하워드, 린스터, 그리고 루브펠러 각 공작가가 어떤 존재인지도 풀어나가게 되겠지요.

　제1부와 분위기가 제법 달라지겠지만, 각 캐릭터의 다른 모습도 보여드릴 수 있으리라 생각합니다.

단언할 수 있는 것은…… 이번 권에서 갑자기 급상승했을 모 붉은 머리 근위 기사단 부장님의 평가가 한 단계, 두 단계 더 상승하리란 것이죠. 린스터는 겉치레가 아니다 이 말입니다.

그러면—— 선전입니다!

웹툰 플랫폼「소년 에이스 plus」에서 만화판을 연재 중입니다!

무토 타무라 선생님께서 아주 재미있게, 더불어 티나와 아이들을 귀엽게 그려주셨으니 꼭 한 번 읽어주시기 바랍니다. 흐뭇해진 겁니다, 정말로요.

도와주신 분들께도 감사의 인사를.

담당 편집자님, 작년 말, 건강이 안 좋아지는 바람에 무척 폐를 끼쳤습니다. 건강을 최우선으로 여, 열심히 하겠습니다. 앞으로도 잘 부탁드리겠습니다.

cura 선생님께도 많은 폐를 끼쳤습니다. 죄송합니다. 표지의 카렌을 본 순간, 그, 극장판인가?! 하고 기성을 지르고 말았습니다. 감사합니다.

여기까지 읽어주신 모든 독자분께도 온 힘을 다해 감사의 말씀을 드립니다.

또 뵙게 되길 기대하고 있겠습니다. 다음 권은…… 겁쟁이 그녀의 차례가 되겠군요.

나나노 리쿠

공녀 전하의 가정교사 5
뇌랑의 공주와 왕국 동란

2024년 08월 20일 제1판 인쇄
2024년 09월 05일 제1판 발행

지음 나나노 리쿠
일러스트 cura

제작 · 편집 노블엔진 편집부

발행 데이즈엔터(주)
등록번호 제 2023-000035호
주소 07551 서울특별시 강서구 양천로 570 NH서울타워 19층
대표전화 02-2013-5665

ISBN 979-11-380-5113-2
ISBN 979-11-6524-024-0 (세트)

KOJO DENKA NO KATEI KYOSHI Vol.5 RAIROU NO IMOTOGIMI TO OKOKU DORAN
©Riku Nanano,cura 2020
First published in Japan in 2020 by KADOKAWA CORPORATION, Tokyo.
Korean translation rights arranged with KADOKAWA CORPORATION, Tokyo.